I0761381

Secretos que queman

JENNY HAN

SIOBHAN VIVIAN

Secretos que queman

Obra editada en colaboración con Editorial Planeta – España

Título original: *Burn for Burn*

Bajo el sello editorial CROSSBOOKS M.R.
Avenida Presidente Masarik núm. 111,
Piso 2, Polanco V Sección, Miguel Hidalgo
C.P. 11560, Ciudad de México
www.planetadelibros.com.mx

Primera edición impresa en España: junio de 2025
ISBN: 978-84-08-30414-2

Primera edición impresa en México: agosto de 2025
ISBN: 978-607-39-3093-2

Impreso en los talleres de Corporación en Servicios
Integrales de Asesoría Profesional, S.A. de C.V.,
Calle E # 6, Parque Industrial
Puebla 2000, C.P. 72225, Puebla, Pue.
Impreso y hecho en México / *Printed in Mexico*

Para nuestras abuelas,
Kyong Hui Han y Barbara Vivian.

Advertencia de contenido

Este libro trata temas emocionalmente difíciles, ya sea de forma explícita o solo mencionada, como abuso sexual, suicidio, *bullying* y abuso de sustancias.

Agradecimientos

A los graduados de 2012 del INSTITUTO JAR ISLAND

REINA DEL BAILE: Zareen Jaffery
REY DEL BAILE: Justin Chanda
PRESIDENTA DE LA CLASE: Carolyn Reidy
VICEPRESIDENTE DE LA CLASE: Jon Anderson
MEJORES NOTAS: Anne Zafian
PRESIDENTA DE LA SOCIEDAD NACIONAL DEL HONOR: Julia Maguire
MÁS SINCERO: Paul Crichton
MIEMBROS DEL CORO: Lydia Finn, Nicole Russo
CAPITANA DE LAS ANIMADORAS: Chrissy Noh
VICEPRESIDENTAS DEL COMITÉ DEL BAILE: Elke Villa, Michelle Fadlalla
EDITORA EN JEFE DE *LA CRÓNICA DEL INSTITUTO JAR ISLAND*: Lucille Rettino
FOTÓGRAFA DE LA CLASE: Anna Wolf
MÁS CREATIVA: Lucy Cummins
DIRECTORA DEL COMITÉ DEL ANUARIO: Venessa Carson

EDITORA DE LA REVISTA DE LITERATURA: Katrina Groover
FUTUROS LÍDERES EMPRESARIALES: Mary Marotta, Christina Pecorale, Jim Conlin, Mary Faria, Teresa Brumm
MÁS ESPÍRITU ESCOLAR: Emily van Beck
PRESIDENTA DEL CLUB DE NACIONES UNIDAS: Molly Jaffa
CAPITANA DEL EQUIPO DE DEBATE: Jita Fumich
MÁS PROBABILIDADES DE TRIUNFAR: Riley Griffin

Mary

La niebla matutina ha teñido todo de blanco. Igual que uno de esos sueños en los que siento que caigo por una madriguera pero me quedo atascada, como flotando en una nube, y no consigo despertarme.

De pronto, suenan las sirenas y la niebla se disipa para dejar a la vista Jar Island, que se expande por el horizonte como uno de los cuadros de la tía Bette.

Entonces es cuando me doy cuenta de que por fin lo he conseguido. He vuelto de verdad.

Uno de los operarios amarra el ferri al muelle con un cabo muy grueso, mientras que otro se encarga de bajar la rampa. La voz del capitán resuena por el altavoz.

—Buenos días, pasajeros. Bienvenidos a Jar Island. Por favor, recuerden tomar sus pertenencias.

Casi había olvidado lo hermoso que es este lugar. El sol se alza por encima del agua y tiñe todo de un brillante color amarillento. Mi reflejo en la ventana me devuelve la mirada: ojos claros, boca entreabierta y el cabello mecido por el viento. No soy la misma persona que cuando me fui de aquí en séptimo. Soy más grande de edad, eso está claro, pero no es solo eso. He cambiado. Ahora, cuando me miro, veo a una chica fuerte. Quizá incluso guapa.

¿Me reconocerá él? Una parte de mí espera que no. Pero otra, la parte que dejó atrás a mi familia para volver aquí, desea que sí. Tiene que acordarse de mí. Si no, ¿qué sentido tiene?

Oigo el retumbar de los coches estacionados en la zona de carga mientras se preparan para bajar. Hay unos cuantos más en la costa; forman una larga fila que llega hasta la entrada del estacionamiento para subir a bordo y volver al continente. Solo queda una semana de vacaciones. Me aparto de la ventana, me aliso el vestido veraniego de rayas finas y vuelvo a mi sitio para recoger mis cosas. El asiento que tengo al lado está vacío. Meto la mano por debajo y palpo en busca de algo que ya sé que está ahí. Sus iniciales. RT. Recuerdo el día que las talló con su navaja suiza porque le tuvo ganas.

Me pregunto si la isla habrá cambiado. ¿Seguirán preparando los mejores muffins de arándanos en Milky Morning? ¿El cine de Main Street seguirá teniendo las mismas butacas de terciopelo verde llenas de bultos? ¿Cuánto habrán crecido las violetas de nuestro jardín?

Es raro sentirse como una turista, porque los Zane han vivido en Jar Island prácticamente desde siempre. Mi tatarabuelo diseñó y construyó la biblioteca. Una de las tías de mi madre fue la primera concejala de Middlebury. Nuestra familia tiene un terreno justo en el centro del cementerio que hay en medio de la isla, y algunas de las lápidas son tan antiguas y están tan cubiertas de musgo que no se puede ni leer quién está enterrado ahí.

Jar Island está compuesta por cuatro pueblitos. Thomastown, Middlebury, que es de donde soy, White Haven y Canobie Bluffs. Cada uno de ellos tiene su propia escuela primaria, aunque luego todos se juntan para estudiar en el

Instituto Jar Island. Durante el verano, la población se incrementa debido a los varios miles de personas que vienen a pasar las vacaciones. No obstante, durante el año la isla solo tiene unos mil habitantes.

Mi madre siempre dice que Jar Island nunca cambia, que es un universo chiquitín e independiente. Hay algo en esta isla que permite que se finja que el mundo ha dejado de girar. Creo que eso es parte de su encanto, una razón por la que tanta gente elige pasar aquí los veranos. O por la que los defensores acérrimos soportan los problemas que conlleva vivir aquí todo el año, tal como hacía mi familia.

Hay gente a la que le encanta que en Jar Island no haya ni una sola franquicia, centro comercial o restaurante de comida rápida. Papá dice que hay unas doscientas leyes y ordenanzas que hacen que construirlos sea ilegal. En su lugar, la gente hace las compras en los mercados locales, consigue las recetas y medicinas en farmacias y boticas y escogen sus lecturas para la playa en librerías independientes.

Otro de los aspectos que hace que Jar Island sea especial es que es una isla de verdad. No hay ningún puente ni túnel que la conecte con tierra firme. Todo el mundo y todos los productos entran y salen mediante el ferri, excepto los pocos ricos que se trasladan con sus aviones privados desde el diminuto aeródromo.

Recojo mis maletas y sigo al resto de los pasajeros para bajar del barco. El muelle acaba justo en el centro de bienvenida. Hay un autobús de los años cuarenta en el que pintaron «Excursiones por Jar Island» estacionado delante, lo están lavando. Unas calles más atrás, se encuentra Main Street: una pintoresca avenida flanqueada por tiendas de regalos y cafeterías. Y, por encima de todo esto, se yergue la gran colina de Middlebury. Tardo un segundo en localizarlo, dado que tengo que protegerme los ojos del sol, pero atisbo, en la cima, el tejado rojo chillón de mi antigua casa.

Mi madre creció en esa casa, junto con su hermana Bette. Mi habitación era el cuarto de mi tía, que tiene vistas al mar. Me pregunto si ahora que vuelve a vivir allí habrá recuperado su habitación.

Ella no tiene hijos, y yo soy su única sobrina. Nunca se ha desenvuelto demasiado bien con los niños, así que siempre me ha tratado como a una adulta. Me gustaba sentirme mayor. Cuando me preguntaba qué me hacían sentir sus cuadros, me escuchaba con interés. Sin embargo, nunca se acostó en el suelo para ayudarme a hacer un rompecabezas ni horneamos galletas juntas. Tampoco es que yo lo necesitara. Ya tenía un padre y una madre dispuestos a hacer esas cosas conmigo.

Creo que va a ser estupendo vivir con la tía Bette ahora que soy más grande de edad. Mis padres me tratan como a una bebé; el ejemplo perfecto de esto es que sigo teniendo que estar en casa a las diez en punto, y eso que ya cumplí los diecisiete. Supongo que, después de todo lo que ha pasado, tiene sentido que sean tan protectores.

El camino a casa es más largo de lo que recordaba, aunque tal vez sea porque me retrasan las maletas. Me detengo unas cuantas veces a intentar parar a uno de los coches que suben por la colina a duras penas. Algunos de los residentes piden aventón. Es una forma de ayudar a tus vecinos bastante común. A mí nunca me dejaron, pero es la primera vez que no tengo a mis padres mirándome por encima del hombro. Nadie me recoge, lo que es un fastidio, pero ya habrá otra oportunidad. Tengo todo el tiempo del mundo para pedir aventón y todo lo que me venga en gana.

Paso de largo la entrada de mi casa sin darme cuenta. Los arbustos han crecido a lo loco y ocultan la fachada para que no se vea desde la calle. No me sorprende. La jardinería era cosa de mi madre, no de Bette.

Arrastro las maletas los últimos metros y contemplo la casa. Es una edificación colonial de tres pisos cubierta de tablillas de cedro gris, persianas blancas en las ventanas y un muro de piedra que rodea el jardín. El viejo Volvo color arena de mi tía está estacionado en el camino de entrada, cubierto con una sábana de florecitas moradas.

El arbusto de violetas ha crecido más de lo que creía posible. Y, aunque ya se le han caído muchas flores, las ramas se hunden por el peso de mil más. Respiro tan hondo como puedo.

Qué gusto da volver a casa.

Lillia

Ya vuelve a ser esa época del año: el final de agosto, cuando solo queda una semana para que empiecen las clases. La playa está abarrotada de gente, pero no tanto como el 4 de julio. Estoy acostada en una toalla grande con Rennie y Alex. Reeve y PJ están jugando al *frisbee*, mientras que Ashlin y Derek fueron a nadar. Esta es mi pandilla desde noveno. Cuesta creer que por fin vayamos a empezar el último año del instituto.

El sol brilla con tal fuerza que siento que mi bronceado adopta un tono más dorado todavía. Me hundo en la arena. Me encanta el sol. A mi lado tengo a Alex, que se está echando crema en los hombros.

—Madre mía, Alex —se queja Rennie, que levanta la vista de la revista que está leyendo—. Ya usaste la mitad de mi crema. A la próxima, o te traes una o dejo que te dé cáncer de piel.

—¡¿Estás bromeando?! —exclama Alex—. Si esta me la robaste de mi cabaña. Apóyame, Lil.

Me incorporo con los codos y me siento.

—Te falta una parte en el hombro. Date la vuelta, ven.

Me agacho a su lado y le aplico un chorrito de protector solar. Alex se da la vuelta y pregunta:

—Lillia, ¿qué perfume usas?

Me río.

—¿Para qué quieres saberlo? ¿Quieres que te lo preste?

Me encanta tomarle el pelo a Alex Lind. Es un tontuelo.

Él también se ríe.

—No, solo era por curiosidad.

—Pues es un secreto —declaro mientras le doy palmaditas en la espalda.

Es esencial tener un aroma propio. Una fragancia reconocible para que, cuando recorras los pasillos del instituto, todos se den la vuelta, como una respuesta pavloviana o algo así. Cada vez que les llegue ese aroma, pensarán en ti. Azúcar quemado y campanillas, esa es la esencia de Lillia.

Me vuelvo a acostar en la toalla y me acomodo boca abajo.

—Tengo sed —anuncio—, ¿me pasas el refresco, Lindy?

Alex se inclina hacia delante y rebusca en la hielera.

—Solo queda agua y cerveza.

Frunzo el ceño y miro a Reeve. Tiene el *frisbee* en una mano y, en la otra, mi refresco.

—¡Reeve! —grito—. ¡Eso era mío!

—Lo siento —me contesta, pero no suena nada arrepentido.

Lanza el *frisbee* en un arco perfecto y este aterriza justo al lado de unas chicas muy lindas que están sentadas en sillas de playa. Justo donde había apuntado, no me cabe duda.

Miro a Rennie, que ha entrecerrado los ojos.

Alex se levanta y se limpia la arena de los shorts con la mano.

—Ahora te traigo yo otro refresco.

—No hace falta —contesto. Aunque, por supuesto, no lo digo en serio. Me muero de sed.

—Me vas a extrañar cuando no esté para hacerte de mesero —rebate con una sonrisilla.

Alex, Reeve y PJ se van mañana a hacer pesca en altamar. Van a pasar una semana fuera. Siempre vamos juntos a todas partes, así que va a ser raro acabar el verano sin ellos.

Le saco la lengua.

—¡No te voy a extrañar nada!

Alex corre hacia Reeve y después se van hacia el puesto de hot dogs que hay al otro lado de la playa.

—¡Gracias, Lindy! —grito. Cómo me consiente.

Vuelvo la mirada hacia Rennie, que está sonriendo.

—Ese chico haría cualquier cosa por ti, Lil.

—Ya basta.

—¿Crees que es guapo? Sé sincera.

Ni siquiera tengo que pensarlo.

—Pues claro que es guapo. Solo que para mí no.

Rennie se ha empeñado en que Alex y yo tendríamos que salir, para ella emparejarse con Reeve y hacer citas dobles y escapadas de fin de semana los cuatro juntos. ¡Como si mis padres me fueran a dejar irme por ahí con chicos! Si Rennie quiere pescar una enfermedad de transmisión sexual de Reeve, adelante, pero Alex y yo no vamos a estar juntos. Somos amigos. Y punto. No hay atracción. Rennie me lanza una miradita, pero, por suerte, no insiste más. Levanta la revista y pregunta:

—¿Qué te parece este peinado para el baile de bienvenida?

Me enseña una foto de una chica ataviada con un vestido brillante color plata y la melena rubia ondeando como una capa.

Me río.

—¡Ren, si el baile es en octubre!

—¡Exacto! Solo queda un mes y medio. —Zarandea la revista delante de mi cara—. Bueno, ¿qué te parece?

Supongo que tiene razón. Tal vez deberíamos empezar

a elegir vestidos. No pienso comprar el mío en ninguna de las *boutiques* de la isla, porque hay un noventa por ciento de posibilidades de que otra chica aparezca con el mismo. Miro la foto con más atención.

—¡Es una maravilla! Pero dudo que haya un ventilador gigante en la fiesta.

Rennie truena los dedos.

—¡Exacto! Un ventilador. Qué gran idea, Lil.

Me río. Si lo quiere, lo tendrá. Nadie le dice que no a Rennie Holtz.

Estamos comentando posibles modelitos cuando se acercan dos chicos a nuestra toalla. Uno de ellos es alto y lleva el cabello rapado a lo militar, y el otro es más bajito y corpulento, con bíceps anchos. Ambos son guapos, aunque el bajito más. Desde luego, son más grandes de edad que nosotras y, sin duda, no van al instituto.

De repente, me alegro de llevar el bikini negro nuevo y no el rosa de lunares blancos.

—Chicas, ¿tienen un destapador? —pregunta el alto.

Niego con la cabeza.

—Seguramente les puedan prestar uno en el bar.

—¿Cuántos años tienen? —me pregunta el musculoso.

Sé que a Rennie le gusta por cómo se coloca la melena a un lado y pregunta:

—¿Para qué quieres saberlo?

—Porque tengo que asegurarme de que puedo hablar con ustedes —contesta con una sonrisa. Ahora la mira a ella—. Legalmente.

Mi amiga suelta una risita que le hace parecer mayor, no una risa aniñada.

—Somos legales. Por un pelo. ¿Cuántos años tienen ustedes, chicos?

—Veintiuno —responde el más alto mientras me mira de

arriba abajo—. Estamos en último curso de la Universidad de Massachusetts, venimos a pasar una semana aquí.

Me coloco bien la parte de arriba del bikini para no enseñar demasiado. Rennie acaba de cumplir dieciocho, pero yo sigo teniendo diecisiete.

—Rentamos una casa en Shore Road, en Canobie Bluffs. Podrían ir algún día. —El musculoso se sienta al lado de Rennie—. Dame tu número.

—Si me lo pides con educación —le reprocha ella, tan dulce como picante—, igual lo pienso.

El alto se sienta a mi lado, al borde de la toalla.

—Me llamo Mike.

—Yo, Lillia —respondo.

Por encima de su hombro atisbo a los chicos, que ya vuelven. Alex me trae un refresco de cola. Nos están mirando, seguramente se pregunten quiénes son estos tipos. Nuestros amigos pueden ponerse muy protectores cuando se trata de gente de fuera.

Alex frunce el ceño y le dice algo a Reeve. Rennie también se percata de que se acercan, así que empieza a reírse más alto todavía y a juguetear más con el cabello.

El alto, Mike, me pregunta:

—¿Son sus novios?

—No —respondo.

Me mira con tal intensidad que me sonrojo.

—Bien —anuncia, y me sonríe.

Tiene unos dientes muy bonitos.

Es el principio de una noche veraniega perfecta, de esas en las que brillan todas las estrellas y no necesitas llevar sudadera ni aunque estés a la orilla del mar. Y vaya suerte, porque dejé la mía en casa. Me quedé dormida después de volver del trabajo y me perdí la cena porque estaba durmiendo. Cuando me desperté, solo me quedaban unos cinco segundos para tomar el próximo ferri al continente, así que metí en la mochila la ropa que tenía tirada por el suelo, choqué los cinco con mi padre para despedirme de él y corrí desde T-Town hasta el puerto de Middlebury. Sé que se me olvida algo, pero Kim me dejará robarle lo que sea del clóset, así que me da igual.

Main Street está a reventar. Casi ninguna de las tiendas está abierta a estas horas, pero eso no importa. Los turistas pasean sin rumbo alguno y se paran ante los escaparates para mirar las sudaderas y las viseras de mala calidad con el emblema de Jar Island.

Odio agosto.

Refunfuño mientras me abro paso entre ellos a empujones y me dirijo a Java Jones. Si quiero estar despierta para el *encore* de Puppy Ciao, voy a necesitar cafeína.

Puppy Ciao toca en la tienda de música en la que trabaja Kim, un local que se llama Paul's Boutique. En el espacio de al lado, que sirve como garage, organizan conciertos y, si toca un grupo que quiero ver, Kim me deja pasar la noche en su departamento. Vive justo arriba de la tienda, y los grupos también suelen alojarse allí, cosa que está increíble. El cantante de Puppy Ciao parecía estar bastante bueno en la portada del disco. No tanto como el de la batería, pero Kim dice que esos siempre dan problemas.

Subo los escalones hacia Java Jones de dos en dos. Pero, justo cuando estoy a punto de abrir la puerta, uno de los trabajadores pone el seguro.

Golpeo el cristal.

—Sé que están cerrando, pero ¿podrías darme un café largo para llevar rapidito?

Este me ignora mientras se desata el delantal y apaga el cartel luminoso. El escaparate se queda a oscuras. Me doy cuenta de que seguramente parezco una turista rica y maleducada que cree que los horarios de las tiendas no aplican para ella, esa clase de *snobs* creídos con los que me veo obligada a lidiar todos los días en el puerto deportivo. Así que tiro el cigarro a medio fumar al suelo, me meto las manos en los bolsillos todo lo que puedo para bajar mis *shorts* de mezclilla hasta la parte inferior de las caderas y grito con desesperación:

—¡Por favor! ¡Soy de aquí!

Se da la vuelta y me mira como si fuera la tipa más pesada del mundo, pero, entonces, se le suaviza el gesto.

—¿Kat DeBrassio?

—Sí.

Lo miro con los ojos entrecerrados. Me parece familiar, pero no consigo ubicarlo.

El chico quita el seguro y abre la puerta.

—Yo competía en *motocross* con tu hermano. —Sujeta la puerta para que pase—. Cuidado. El suelo está resbaladizo. Y saluda a Pat de mi parte.

Asiento y camino de puntitas con mis botas de motociclista hasta pasar al lado de otro empleado que empuja un trapeador enmarañado de un lado a otro. Después, dejo la mochila en el mostrador mientras el chico me prepara el café. Es entonces cuando me doy cuenta de que Java Jones no está vacío del todo. Queda otro cliente.

Alex Lind está sentado solo a una de las mesas del fondo, encorvado sobre una libretita. Creo que es su diario o algo así. Lo he descubierto un par de veces garabateando en secreto, aunque pensara que estaba siendo discreto. Nunca me lo ha enseñado. Seguramente porque piensa que me burlaré de lo que haya escrito.

Y la verdad es que lo más probable es que tuviera razón. Haber salido durante unas semanas no nos convierte en amigos de verdad.

No voy a interrumpirlo, solo quiero tomar el café e irme. Pero, entonces, detiene el lápiz en medio de una página. Se muerde el labio inferior, cierra los ojos y piensa durante un instante. Parece un niño concentrado en sus oraciones nocturnas, vulnerable y lindísimo.

Lo voy a extrañar.

Me paso los dedos rápidamente por el fleco y lo llamo.

—Eh, Lind.

Abre los ojos, asustado. Se mete la libreta rápidamente en el bolsillo trasero y se me acerca a pasos rápidos.

—Eh, Kat. ¿Qué haces?

Pongo los ojos en blanco.

—Voy a un concierto con Kim. ¿No te acuerdas?

Se lo conté hace cinco putas horas, cuando pasó por el puerto deportivo a la hora de comer. Así es como empezamos a salir. Nos conocimos en el club náutico en junio. Por descontado, yo ya sabía de antemano quién era Alex. Tampoco es que nuestro instituto sea enorme. Pero, en realidad, no habíamos hablado nunca, quizá un par de veces el año pasado en clase de Arte. Nos juntamos con gente muy distinta.

Alex vino un día con una lancha nueva, pero se quedó encallado al intentar salir.

Lo arranqué del asiento del conductor y le di una lección rapidita. Se quedó impresionado al verme manejar su barco. En un par de ocasiones, cuando le metí fuerte al acelerador, vi que se agarraba a los lados y los nudillos se le ponían blancos. Fue bastante adorable.

Tenía la esperanza de que me acompañara durante el resto de mi turno para que el trabajo se me hiciera más ameno. Y también porque sé que mañana se va a pescar. Pero me abandonó para salir con sus amigos a la playa. Sus amigos de verdad.

—Sí —dice Alex mientras asiente—. Ahora caigo. —Entonces, se inclina hacia delante y apoya los codos en el mostrador—. Oye, vuelve a darle las gracias a Kim de mi parte por dejar que me quedara a dormir en su casa.

Llevé a Alex a la tienda de discos en julio a ver Army of None. Nunca había oído hablar de ellos antes de que empezáramos a salir, pero ahora son su grupo favorito. Pasé vergüenza porque fue al concierto vestido con una camisa polo del club de campo de Jar Island, pantalones de estilo cargo y chanclas. Kim me lanzó una mirada en cuanto entramos porque su ropa era de lo más corriente. Alex se compró una camiseta del grupo y se la puso al instante. Ir con el *merchandising* del concierto también es corriente, pero al menos era mejor que la camisa polo. En cuanto empezó la música, Alex se integró bastante bien, movía la cabeza al ritmo del resto de los asistentes. Y fue súper educado en el departamento de Kim. Antes de meterse en la bolsa de dormir, recogió todas las botellas de cerveza vacías y los sacó al contenedor de reciclaje.

—¿Quieres venir? No quedan entradas para el concierto, pero puedo meterte.

—Imposible —contesta con un fuerte suspiro—. Tim quiere zarpar al amanecer.

Tim, el tío de Alex, es un calvo solterón. No tiene familia ni responsabilidades de verdad, así que invierte todo su dinero en juguetitos, como el nuevo yate en el que Alex y sus amigotes se van a altamar.

Levanto los hombros.

—Bueno, pues supongo que esto es un adiós. —Lo saludo como un oficial de la Marina—. Que tengas buen viaje —digo con sarcasmo, porque no lo deseo. Ojalá no se fuera. Sin las visitas de Alex en el trabajo, la semana va a ser un asco total.

Se endereza.

—Puedo llevarte al ferri.

—No hace falta.

Me empiezo a alejar, pero él me agarra del tirante de la mochila y me la quita del hombro.

—Es que tengo ganas, Kat.

—Está bien. Pues como quieras.

Mientras conduce hacia el muelle de donde sale el ferri, no deja de mirarme por el rabillo del ojo. No sé por qué, pero me hace sentir incómoda. Me giro hacia la ventanilla para que no pueda verme.

—¿Qué te pasa? —pregunto.

Suelta un suspiro.

—No puedo creer que ya haya terminado el verano. No sé, me parece que lo he malgastado.

Antes de poder morderme la lengua, respondo:

—Obvio, has perdido muchísimo de tiempo con los perdedores de tus amigos. Pero lo salvaste al salir conmigo.

Y me odio porque parece que me importa.

Normalmente, Alex defiende a sus amigos cuando me burlo de ellos, pero esta vez no dice nada.

Durante el resto del trayecto, pienso en lo que ocurrirá cuando empiecen las clases, si Alex y yo seguiremos siendo amigos. A ver, sí, hemos pasado mucho tiempo juntos este verano, pero no sé si quiero que me relacionen con él en la escuela. En público.

Es que... funcionamos mejor así. Cuando solo estamos nosotros dos.

Alex entra en el estacionamiento del ferri. Antes de que pueda parar el coche, tomo una decisión de última hora y hablo.

—Puedo no ir al concierto si quieres que salgamos esta noche.

Tampoco es que sea una fanática de Puppy Ciao; además, seguramente volverán en otro momento. Pero tal vez esta sea nuestra última noche juntos. Y creo que, en cierta medida, ambos lo sabemos.

Me sonríe.

—¿En serio? ¿Te quedarás conmigo?

Abro la ventana y me enciendo un cigarro para ocultar que yo también estoy sonriendo.

—Sí, ¿por qué no? Me encantaría ver el yate del ricachón ese con mis propios ojos.

Y allí es donde nos lleva. Llegamos a la mansión de su tío Tim, donde está atracado ese cacharro. Mientras caminamos hacia él, enseguida empiezo a burlarme de lo vulgar que es, aunque en realidad pienso: «¡Qué locura! Este yate es más grande que mi casa». Desde luego, es el barco más increíble que he visto en mi vida. Mejor que cualquiera de los que hay en el puerto deportivo.

Alex sube a bordo y yo lo sigo de cerca. Me lo enseña todo rápidamente, y por dentro es todavía más impresionante. Mármol italiano y unos cien televisores de pantalla plana, además de una bodega llena de botellas de vino de Italia, Francia y Sudáfrica.

Pienso en Rennie. Se moriría de gusto aquí dentro.

Igual de rápido, me la saco de la cabeza. Ya casi no me pasa, pero odio que me pase siquiera.

Estoy intentando averiguar cómo funciona el equipo de música cuando Alex se para a mi lado. Muy, pero muy cerca. Me aparta el cabello.

—¿Kat?

Me quedo helada. Alex me pasa los labios por el cuello. Me agarra de las caderas y me acerca a él.

No es mi tipo. Ni de lejos.

Por eso esto es tan absurdo. Porque, en cuanto giro la cabeza, nos estamos besando. Y, de repente, siento como si hubiera estado todo el verano esperando a que esto ocurriera.

UNA SEMANA DESPUÉS

1
Lillia

Estoy sentada en la superficie del lavabo mientras intento recordar los consejos de la dependienta de maquillaje de Saks para delinear ojos asiáticos. Solo... que no puedo pensar.

Creo que me comentó que no lo hiciera muy exagerado. Me pinto el ojo derecho primero y me queda bien. Estoy acabando con el izquierdo cuando mi hermana pequeña, Nadia, golpea la puerta con tanta fuerza que me sobresalto.

—¡Lil! ¡Tengo que bañarme! —grita—. ¡Lilliaaaaaa!

Tomo el cepillo para el cabello y después alargo la mano para abrir la puerta. Nadia entra corriendo y abre la llave. Se sienta en el borde de la tina con su enorme camiseta de futbol y el cabello negro y brillante recogido mientras me observa peinarme.

—Te ves guapa —dice, tiene la voz un poco ronca por el sueño.

¿En serio? Por lo menos, el exterior está igual que siempre.

Sigo con lo mío. Veintitrés, veinticuatro, veinticinco y fin. Me cepillo el cabello veinticinco veces todas las mañanas. Llevo haciéndolo desde que era pequeña.

Hoy va a ser un día como cualquier otro.

—Pero pensaba que no se podía llevar blanco después del día del trabajo —añade.

Bajo la vista. Llevo un suéter nuevo, de cachemira blanca, suave y cómodo, combinado con unos *shorts* de mezclilla blancos muy cortos.

—Ya nadie sigue esa regla —contesto al bajarme de la superfice del lavabo—. Además, es color hueso. —Le doy una nalgada con el cepillo—. Date prisa y métete a la regadera.

—¿Me da tiempo a rizarme el cabello antes de que llegue Rennie?

—No —respondo mientras cierro la puerta a mis espaldas—. Tienes cinco minutos.

Ya en mi habitación, empiezo a llenar la bolsa café con las cosas de la escuela como si fuera en piloto automático. Mi pluma nueva, la agenda de cuero que me compró mi madre como regalo de regreso a clases. Paletas de caramelo. Bálsamo labial de cereza. Intento pensar en si me olvido de algo, pero no se me ocurre nada, así que agarro mis tenis blancos y bajo por las escaleras.

Mi madre está en la cocina, bebiéndose un expreso en bata. Mi padre le compró una cafetera lujosa en Navidad y se ha empeñado en utilizarla por lo menos una vez a la semana, a pesar de que prefiere el té y de que mi padre casi no está en casa para ver si la usa. Es médico y está trabajando en un nuevo tratamiento para curar el cáncer. Se pasa parte del mes en un laboratorio de Boston y viaja por todo el mundo para presentar sus descubrimientos. Salió en la portada de no sé qué revista científica este verano. Se me olvidó cómo se llama.

Mi madre señala un plato lleno de muffins.

—Siéntate y come algo antes de irte, Lilli. Te compré los de azúcar, esos que tanto te gustan.

—Rennie llegará en cualquier momento —contesto. Cuando

veo la cara de decepción de mi madre, elijo un muffin y lo envuelvo en una servilleta—. Me lo comeré en el coche.

Me toca el cabello y dice:

—No puedo creer que estés en el último curso del instituto. Un año más y te irás a la universidad. Mi preciosa hija ya es toda una mujer.

Aparto la mirada. Supongo que sí lo soy.

—Por lo menos aún me queda mi pequeña. ¿Nadi se está vistiendo?

Asiento.

—Tienes que cuidar de ella ahora que van al mismo instituto. Ya sabes que te admira, Lilli.

Mi madre me da un apretón en el brazo y yo trago saliva. Es cierto que tengo que cuidar mejor de Nadia. No como el sábado, cuando la dejé en la fiesta de Alex. Estaba con sus amigas, pero aun así...

Tendría que haberme quedado.

Fuera se oye un claxon y me levanto.

—¡Nadia! —grito—. ¡Ya llegó Rennie!

—¡Un minuto! —me contesta gritando.

Le doy un abrazo a mi madre y me dirijo a la puerta del garage.

—Llévale un muffin a Rennie —sugiere mientras cierro la puerta a mis espaldas.

De cualquier manera no se lo comería. Deja los carbohidratos al principio de la temporada de animadoras. Aunque ese propósito solo le dura un mes.

En el garage, me pongo los tenis y después me dirijo al *jeep* de Rennie.

—Nadia viene enseguida —anuncio mientras me subo al coche.

Rennie se inclina y me abraza para darme los buenos días. «Devuélvele el abrazo», me digo. Y eso hago.

—Te queda genial el blanco —comenta mientras me mira de arriba abajo—. Ojalá pudiera ponerme tan bronceada como tú.

Rennie lleva pantalones de mezclilla ajustados y un top de encaje escotado todavía más apretado, con una camiseta de tirantes de color *nude* debajo. Está tan delgada que le veo las costillas. No creo que lleve brasier. Tampoco le hace falta. Tiene cuerpo de gimnasta.

—Tú también estás bastante bronceada —respondo mientras me abrocho el cinturón.

—El bronceador, cariño. —Se pone los lentes de sol y empieza a hablar a mil por hora—. Bueno, esto es lo que se me ha ocurrido para la próxima fiesta. Se me apareció en un sueño anoche. El tema va a ser... ¿Estás preparada? ¡Los locos años veinte! Las chicas podrían disfrazarse de *flapper* con, no sé, un tocado con plumas y collares de cuentas largos; y los chicos podrían llevar los típicos trajes anchos y sombreros. Genial, ¿no?

—No sé yo —opino mientras miro por la ventana. Rennie está hablando tanto y tan rápido que hace que me palpite la cabeza—. Puede que a ellos no les haga mucha ilusión. ¿Dónde van a encontrar esos trajes en la isla?

—¿Hola? ¡Se llama internet! —Rennie da toquecitos con los dedos en el volante—. ¿Por qué tarda tanto Nadia? Quiero llegar antes que nadie para reclamar mi lugar de estacionamiento de este año.

Toca el claxon una vez y luego otra.

—Para —le pido—. Vas a despertar a los vecinos.

—Basta ya. Si la casa más cercana está a unos ochocientos metros, al otro extremo de la calle.

Nuestra puerta delantera se abre de par en par, y Nadia baja corriendo los escalones. Parece diminuta en comparación con nuestra enorme casa blanca. Es diferente de la mayoría de las casas de la isla: de corte moderno y con mucho cristal. Mi madre ayudó a diseñarla. Al principio, se trataba de nuestra casa de verano, pero después nos mudamos a Jar Island antes de mi primer año de instituto. Fui yo la que supliqué vivir aquí, para estar con Rennie y con mis amigos del verano.

Mi madre nos despide desde la puerta. Yo le devuelvo el saludo.

—Entonces ¿sí o no a lo de la fiesta de los años veinte? —me pregunta Rennie.

La verdad es que me da igual, pero sé que mi respuesta le importa... Por eso mismo, tengo ganas de decirle que no.

Pero antes de que pueda hacerlo, Nadia ya se subió al coche con el cabello empapado. Lleva los pantalones de mezclilla nuevos y el top que nos compramos las tres cuando fuimos de compras en julio. Parece que fue hace una eternidad.

Se sube en el asiento trasero. Me doy la vuelta.

—Deberías haberte secado el cabello, Nadi. Sabes que siempre te resfrías cuando vas por ahí con el cabello mojado —la regaño.

Ella me contesta sin aliento.

—Me daba miedo que se fueran sin mí.

—¡No te habríamos abandonado! —lloriquea Rennie, a la par que gira el volante—. Somos tus hermanas mayores. Siempre te cuidaremos, pastelito.

Tengo unas palabras horribles en la punta de la lengua, pero trago saliva para evitar decirlo. Si las pronuncio, ya nunca volveremos a estar igual. Estaremos incluso peor que ahora.

Rodeamos la entrada circular de mi casa y salimos a la calle.

—El entrenamiento de las animadoras es a las cuatro —me recuerda Rennie mientras baila en su asiento al ritmo de la música—. No llegues tarde. Tenemos que evaluar a la carne fresca. Hay que ver qué podemos rescatar. ¿Te acordaste de traer la cámara de vídeo pequeña para grabarlas?

Abro la bolsa y miro, aunque sé que no está ahí.

—Se me olvidó.

—¡Lil! Quería evaluarlas esta noche en HD. —Rennie suelta un suspiro quejumbroso, como si estuviera decepcionada conmigo.

Levanto los hombros.

—Nos las arreglaremos.

Eso es lo que estamos haciendo ahora, ¿no? Arreglárnoslas. Pero es evidente que a ella se le da mucho mejor que a mí.

—Nadi, ¿quién es la más guapa de todas tus amigas? —pregunta.

—Patrice —contesta mi hermana.

Rennie gira a la izquierda y pasamos por delante de las cabañitas en renta que conforman Canobie Bluffs, pero yo me centro en una en particular. Hay una persona cerrándola, porque acabó la temporada y está vacía. Creo que es el padre de Reeve. Está bajando las persianas del primer piso. Todavía no ha llegado a la habitación principal, esas siguen abiertas de par en par.

Giro la cabeza y miro a Rennie con el rabillo del ojo. Solo para ver si ella también se dio cuenta. Pero no encuentro nada: ni reconocimiento, ni preocupación. Nada.

—Nadi, tú eres mucho más guapa que Patrice. Y, para tu información, solo voy a aceptar a la *crème de la crème* —anuncia Rennie—. Avísame si quieres animar a alguien y yo lo preparo todo.

—Alex. ¿Puedo animar a Alex? —responde Nadia de inmediato.

Rennie suelta un gritito ahogado.

—¡Uy! Eso mejor pregúntaselo a tu hermana. Es su juguetito.

—Rennie, cállate —espeto, más rara de lo que pretendía, y ella le hace una cara a Nadia por el retrovisor. Suspiro—. Nadia, hay una fila larguísima de chicas de décimo y undécimo que quieren animar a Alex. No podemos mostrar favoritismos. ¿Cómo crees que quedaríamos nosotras si asignamos un jugador de último curso a una chica de noveno? Además, todavía tienes que hacer las pruebas. Aún no has entrado en el equipo.

Entonces, Rennie asiente.

—Lil tiene razón. Qué bueno, en teoría ya estás dentro, pero tenemos que tratarte igual que a las demás. Aunque sea evidente que eres especial. —Nadia se mueve en su asiento como un cachorrito—. Ah, y no te olvides de avisar a tus amigas de que, si llegan un solo minuto tarde, les daremos las gracias. Y punto. Como capitana tengo que marcar los límites.

—Entendido —responde Nadia.

—Buena chica. Vas a ser nuestra estrella de noveno.

Me siento flotar por encima de mí misma cuando digo:

—Tiene que practicar más los saltos hacia atrás. Le salen muy flojos.

Se hace el silencio total.

Bajo el parasol para mirar a mi hermana. Tiene las comisuras de los labios hacia abajo y en sus ojos oscuros se ve que se ofendió.

¿Por qué dije eso?

Sé las ganas que tiene de entrar en el equipo. Hemos practicado durante todo el verano, mortales hacia atrás, piruetas, trucos y todas las rutinas. Le dije que, cuando se gradúe Rennie, ella estará en la punta de la pirámide. Le dije que no tendrá ningún problema en Jar High. Igual que su hermana mayor.

Pero ahora no estoy segura de querer que se parezca en nada a mí o a Rennie. Ya no.

2
Kat

Trepo por la valla metálica que rodea el estacionamiento del instituto Jar Island. El todoterreno de Alex, brillante y recién lavado para el primer día de clases, está estacionado cerca del campo de futbol americano. Intento ignorar que me late el corazón al triple de velocidad de la habitual y me llena el pecho, la garganta y los oídos de calor.

El sábado cumplí dieciocho años. Me pasé la noche tomando shots de whisky con mi hermano, Pat, en la mesa de la cocina y comiéndonos el pastel helado de chocolate que papá había comprado en el supermercado.

—Ay, Judy —decía mi padre después de cada shot, como si ella estuviera sentada a la mesa poniéndose a tono con nosotros—. Mira a nuestra pequeñita.

—Ahora ya soy una mujer —lo corregí.

—Y tremendo mujerón —añadió mientras empujaba el vaso del shot hacia delante para que se lo rellenara.

—Puaj, papá. Qué asco —respondió Pat, y nos sirvió otra ronda.

Se suponía que Alex iba a volver a casa aquel día, pero no

tenía muy claro cuándo. Ni si me llamaría siquiera. No me iba a permitir pensar en ello. Ya había malgastado demasiadas fuerzas cerebrales en él.

Me pasé la mayor parte de la semana pensando una y otra vez en lo que había ocurrido la última noche que pasamos juntos. Al contrario que con los miembros de los grupos que conocía en el departamento de Kim, no tenía que preocuparme por lo lejos que llegarían las cosas con Alex, pero, aun así, me pareció muy sexi verlo tomar las riendas. Además, nuestro coqueteo era tabú. No tendríamos que habernos hecho amigos y, mucho menos, tener sexo por todas las esquinas del yate multimillonario de su tío.

Sabía de sobra que a Rennie le explotaría la cabeza si se enterara de que nos habíamos acostado. Y también que me harían la vida imposible, tanto ella como Reeve y todos los demás. Aunque eso no se nos pasó por la cabeza a ninguno de los dos cuando estábamos en plena movida. Pero seguro que él se habría dado cuenta después, igual que me pasó a mí.

Y, entonces, me mandó un mensaje.

Fiesta de bienvenida en mi casa. Ven si no tienes plan.

Aparté la silla de la mesa.

—¿A qué viene esa sonrisa? —me preguntó Pat.

Apenas lo escuché. Estaba pensando en el top de encaje negro combinado con los pantalones de mezclilla rotos, pero entonces se me ocurrió: ¿y si están sus padres? Seguramente debería llevar algo más elegante.

Me volví a sentar. ¿Por qué me estaba comiendo tanto la cabeza? Fue cosa de una noche. Tenía que poner el freno.

Apagué el celular y le pedí a mi hermano que me sirviera otro shot.

Sobre la una de la mañana, estaba oficialmente borracha. Mi padre se había ido a la cama y Pat se había quedado dormido en el suelo de la sala. Nuestro perro, *Shep*, rascaba la puerta con la pata, así que tomé la correa y lo saqué a dar un paseo.

Por supuesto, acabé en casa de Alex. Y eso que White Haven está a más de nueve kilómetros de T-Town.

No cabía duda de que había habido una fiesta, pero hacía mucho que había terminado. Había vasos de plástico y basura desperdigada por todo el camino que llevaba al jardín trasero. Tenían la música puesta, la típica mierda para bailar que siempre ponen en la radio, pero el volumen estaba muy bajo. Las luces que rodeaban la alberca estaban apagadas. Había comida a la intemperie, tazones llenos de papas fritas y un plato con hamburguesas intactas, guacamole que se estaba poniendo café, vasos llenos de bebidas rosas que se estaban derritiendo y sombrillitas de papel. También había otras decoraciones. Redes de pescar, antorchas de bambú, conchas... Y una gorra de capitán arrugada colgada de un poste. Oí que *Shep* mordisqueaba algo que había encontrado en el suelo y tuve que pelearme con él para quitárselo de la boca. Un parche de pirata de plástico.

Me dirigí hasta la casa de la alberca, donde vive Alex, y me asomé por una de las ventanas para ver si estaba despierto.

Lo vi dormido en la cama, de lado, sobre las sábanas. Algunos mechones de su cabello cobrizo se habían aclarado y ahora eran del color de la arena. Y estaba bronceado. Bronceado y con pecas.

Estaba tan guapo que tardé un momento en percatarme del cuerpecito que había acurrucado entre las sábanas, a su lado.

Paso por la fuente de camino a la entrada del instituto. Alex está ahí, de pie, con sus amigos. Rennie y Lillia van vestidas como en una película absurda. Lillia lleva una paleta de caramelo en la boca. Esa mosquita muerta está obsesionada con meterse cosas en la boca. Y Rennie. Solo por su pose con los tacones, con un lado de la cadera hacia fuera, la mano en la espalda y sacando su patético y diminuto pecho tanto como puede, sé que está preparada para gobernar la escuela ahora que es de último año. Lleva esperando este momento toda su puta vida.

Alex gira la cabeza y nuestras miradas se encuentran. Durante un segundo, me pregunto si fingirá que no me ha visto. Cosa que no me importaría. Pero no. Viene corriendo al instante con una gran sonrisa.

—Kat —me llama—. Oye, feliz cumpleaños.

Me toma por sorpresa que se haya acordado. Y que lo haya celebrado con otra chica metida en su cama. No tengo ni idea de quién era, aunque tampoco es que importe.

—Siento no haber podido ir a tu fiesta. ¿Te lo pasaste bien? —pregunto, aunque intento no sonar celosa de que se cogiera a una que no era yo.

—La verdad es que no. —Levanta los hombros—. Ni siquiera estaba al corriente de la celebración. Fue todo cosa de Rennie. Solo buscaba una razón para organizar una fiesta.

¿Rennie? ¿Así que Rennie fue la responsable de la fiesta? Tenía sentido. Por la decoración terriblemente fea y todas esas mierdas. Y tampoco es que ella pueda invitar a toda la escuela al departamento de dos habitaciones de su madre.

Alex sigue hablando.

—Parece ser que le pidió a Lillia que le preguntara a mi madre si podían hacer la fiesta en mi casa. Obligó a mi padre a cocinar filetes a la parrilla. Había un montón de gente y todos iban disfrazados. Carajo, si hasta mi padre iba con un traje de buceo. Ya sabes lo bien que se le dan los padres a Rennie. —Alex niega con la cabeza, divertido—. Se enojó conmigo porque no quería ponerme una gorra de marinero.

—Un momento —digo—. ¿Había disfraces?

—Sí. Rennie iba de sirena.

Rechino los dientes. Cómo no. Siempre quería jugar a *La Sirenita* en la alberca de Lillia cuando éramos pequeñas.

—Suena divertido —respondo, destilando sarcasmo, y entonces intento pasarlo de largo.

—Como te he dicho antes, no fue para tanto. —Se cruza en mi camino y baja la voz—. Espera. ¿Estás enojada conmigo? Recibiste mi mensaje, ¿no?

Le lanzo una mirada asesina.

—¿Por qué se te ocurrió invitarme a la fiesta de Rennie? —inquiero.

Él está al tanto de nuestra historia. Como todo el mundo. Y me encantaría hacerle una pregunta más, sobre la chica que había en su cama, pero me distrae lo que veo por encima de su hombro.

Rennie nos está observando.

—¡Aleeex! —lo llama con esa voz cantarina—. ¿Puedes venir un momentito?

—Alex está ocupado —respondo—. Y no deberías interrumpir a la gente que está hablaaando —la imito.

Rennie suspira. Agarra a Lillia de la mano y la levanta del borde de la fuente, donde está sentada.

—Vamos, Alex. Tenemos que hablar contigo.

Pero Lillia se libera de una sacudida.

Alex mira por encima del hombro.

—¿Te llamo luego? —sugiere irritado.

Hago un gesto con la mano para fingir que no me importa.

—Como quieras.

No tengo ganas de meterme en este jardín ahora que todo el mundo nos está mirando.

—Te llamo después del entrenamiento de futbol —promete mientras se va caminando de espaldas.

Escucho que Rennie le dice:

—¿De qué estabas hablando con esa, si puede saberse? ¿Vas a contratarla para que limpie el yate de tu tío?

Alex empieza a negarlo, pero ella lo interrumpe.

—Ve con cuidado, Lindy. No puedes dejar que se suba cualquiera a su barco. ¿Y si roba algo?

Siento que se me tensa todo el cuerpo. Rennie es la que tenía las manos largas. Sobre todo birlaba maquillaje de la perfumería, pero, a veces, también robaba alguna camiseta o alguna pulsera de las tiendas de Main Street. Yo solo vigilaba.

Ha esparcido cientos de rumores sobre mí a lo largo de los años: que mi padre es un traficante que vende metanfetaminas y que está preparando a mi hermano, Pat, para que siga con el negocio familiar; que una vez intenté besarla con lengua en una pijamada; que intentó ponerme una orden de restricción porque la acosaba cuando dejó de ser amiga mía...

Todo patrañas, solo para tener algo interesante que contar. Me importaba tan poco que ni me molesté en desmentirlas. Me hacía mucha gracia lo falsa que era. Se creía de verdad sus tonterías. En fin, de todas formas daría igual lo que yo dijera porque la gente creería lo que quisiera creer.

Solo que ahora, por lo que sea, no quiero que Alex piense que soy una pobretona de mala vida.

Por encima de su hombro, Rennie me dice adiós con la mano muy satisfecha.

Antes de ser capaz de pensar siquiera en lo que estoy haciendo, me echo a correr para alcanzarlos. En cuanto lo hago, bajo el hombro y me estampo contra Rennie con todas mis fuerzas.

3
Mary

Esta mañana, al despertarme, sentía mariposas en el estómago. Muchísimas. Llevo mucho tiempo esperando este día.

Recorro la costa por Middlebury y tomo la ciclovía que se extiende por la orilla, donde la playa se vuelve rocosa al principio de Canobie Bluffs. En el acantilado más empinado, el sendero gira para meterse en el bosque. Aquí, debajo de los pinos, hace fresco, y me gusta el sonido amortiguado que emiten mis ruedas al recorrer el camino de arena.

La tía Bette estaba dormida cuando me fui, pero, por suerte, mi vieja bicicleta amarilla estaba en el garage y casi en perfectas condiciones. Ni siquiera tenía polvo.

Me pregunto qué pasará cuando el resto de la gente se esfume y solo seamos nosotros dos, cara a cara.

Podría decir: «Hola, Reeve». De forma calmada y serena.

Podría decir: «Creías que no volverías a verme, ¿no?».

Las posibilidades me dan vueltas en la cabeza a mayor velocidad que mis pedales. Ni siquiera pienso en lo que me dirá él. No importa. Voy a tener mi momento y eso es lo que me interesa.

La ciclovía termina en la parte trasera del instituto. Freno con un derrape. El edificio se extiende justo detrás del campo de futbol. Me impresiona lo enorme que es.

De niña, vine aquí una vez, con mi madre y mi padre, para ver una versión musical de *El jardín secreto* en el auditorio. Supongo que, por aquellos tiempos, pensaba que eso era lo único que existía, pero ahora veo que el auditorio es un edificio independiente del instituto. También están el multideportivo y la alberca. Hay chicos por todas partes, cientos de caras, como si fueran hormigas. Tengo la sensación de que me encontraré con alguien conocido, pero no. Son todos extraños.

Sigo la marea de estudiantes por un camino de cemento que se abre y da a un patio central gigantesco. Un montón de chicos están jugando al *frisbee* en el pasto. Hay unos cuantos bancos, un par de árboles y, en el centro, una fuente que borbotea y lanza bruma hacia el cielo azul.

Reeve está por aquí, lo sé. Puedo sentirlo.

Me arreglo el cabello y doy una vuelta despacio.

Una chica de *shorts* de mezclilla deshilachados, camiseta de tirantes negra y sudadera corta del mismo color, con el cabello oscuro ondeando a su espalda, se dirige a toda prisa hacia otra, más bajita, de cabello castaño ondulado, y se estampa contra ella con todas sus fuerzas. Con tanto ímpetu que oigo el golpe desde lejos.

La chica más pequeña tropieza con sus tacones y casi se cae dentro de la fuente. Suelta un chillido que hiela la sangre. Ahora la reconozco. Creo que la he visto alguna vez, hace mucho tiempo. Quizá en la escuela dominical o en algún campamento o algo así.

La de los pantalones deshilachados vocifera.

—¡Tú eras la cleptómana, Rennie! ¡Yo no he robado nada en toda mi vida!

Rennie. Es verdad. Así se llama la morena. Íbamos juntas a natación en tercero. La castaña se encara con ella. Un chico de cabello cobrizo intenta detenerla, pero ella lo aparta de un empujón.

—Y si te vuelvo a oír esparciendo alguna mentira más sobre mí, te mato.

La forma como lo dice, totalmente seria, hace que se me ponga la piel de gallina.

Se detiene un montón de gente para mirar, como gaviotas acechando basura en la playa. Noto una sensación de impotencia que me revuelve el estómago. Pero los demás parecen entretenidos. Todos menos el chico de cabello cobrizo.

Rennie se yergue.

—Eeeh... ¿Que me vas a matar? ¿En serio? —Se ríe—. Está bien, pues se acabaron las mentiras, Kat. Voy a ser muy sincera contigo. ¿Te acuerdas de cuando viniste a mi casa en noveno para suplicarme que volviera a ser tu amiga? —La sonrisa de Kat desaparece—. ¿Que estabas llorando y no parabas de intentar abrazarme? Para que lo sepas, lo único que pensé es que el aliento te olía a mierda. Igual que siempre, incluso después de lavarte los dientes. Y, cuando te fuiste, me quedé muy aliviada por no tener que oler tu asqueroso aliento de mierda nunca más.

Kat frunce los labios. Quiere decir algo, pero no puede. Lo aprecio en su rostro, en sus ojos. Empieza a toser y, al principio, me parece que está aguantándose las lágrimas. Pero entonces, echa la cabeza un poquito hacia atrás y le suelta un escupitajo enorme en toda la cara a Rennie.

Todos los que están mirando gritan:

—¡Puaj!

—Demonios, Kat —dice el chico.

—¡MADRE MÍA! —chilla Rennie mientras se seca la cara con furia—. ¡Eres basura, Kat! —Se da la vuelta hacia los que la están mirando y las mejillas se le tiñen de rojo intenso—. Madre mía... —repite, pero esta vez lo susurra para sí misma.

Kat se aleja. Nuestras miradas se cruzan cuando pasa por delante de mí. Sus ojos refulgen, y yo apenas puedo respirar.

Me siento como si estuviera del revés, no sé ni qué es cada cosa ni dónde tengo que ir. ¿Así es la vida en el instituto de Jar Island? Porque, en ese caso, no tengo muy claro que vaya a sobrevivir ni un solo día.

Una chica asiática muy guapa se acerca a Rennie y le entrega un pañuelo, pero ella no lo acepta. En cambio, se deja caer y un chico alto de cabello castaño la levanta y le ofrece la manga de su camiseta para limpiarse la cara.

—Ven aquí, nena. —Oigo que le dice—. ¡Una pelea el primer día de clases! Ren, tú vales mucho más. No dejes que DeBrassio te arrastre a su nivel... Aunque he de decir que verlas discutir me puso un poco caliente.

Echa la cabeza hacia atrás y suelta una risa que seguro que se estaba aguantando.

No la oigo. No oigo nada. Solo el latido de mi corazón en los oídos. El resto está en silencio. Porque es él. Justo delante de mí, después de todos estos años. Es Reeve Tabatsky.

Lo habría reconocido en cualquier parte. Tiene el mismo cabello castaño, la misma nariz romana. Y esos ojos. Verdes como un cristal marino. Lleva una camiseta blanca, unos pantalones de algodón desgastados y unos lentes de aviador con efecto espejo sobre la cabeza.

De pequeño, era un niño muy lindo. Pero ahora... es precioso. Es increíblemente guapo.

Me empiezan a temblar las piernas. No puedo hacerlo. Quiero salir huyendo, esconderme, pero soy incapaz de moverme. Me quedo ahí parada, como si hubiera echado raíces.

Ellos se me acercan, Reeve le pasa el brazo por encima de los hombros a Rennie. Aguanto la respiración y espero que me reconozca, que pase algo, cualquier cosa. Pero nada. Pasa de largo, tan cerca que casi nos tocamos. No se percata de mi presencia.

Me doy la vuelta para mirarle la espalda. ¿Es que no me vio? Tal vez estaba demasiado distraído al tener a Rennie encima. O igual sí me vio, pero he cambiado mucho y no me reconoció. Seguramente soy la última persona a la que esperaría volver a ver.

Hipnotizada, los sigo al interior del edificio. Reeve y Rennie desaparecen por el pasillo, juntos, engullidos por una multitud de estudiantes. No sé adónde ir. Camino sin rumbo y acabo entrando sigilosamente en el baño cuando sale otra persona. Me cuelo por el estrecho espacio de la puerta mientras se cierra.

Se me revuelve el estómago. Corro hasta el último cubículo y lo suelto todo en el inodoro, las puntas de mi cabello se meten en el agua.

Respiro hondo un par de veces. Inspiro y espiro. Quizá no fuera ninguna de esas opciones.

Quizá es que no valía la pena recordarme.

4

Lillia

Estamos sentados en nuestra nueva mesa del comedor, los de siempre: Rennie y yo, Ashlin, Alex, Reeve, PJ, Derek y un par de chicos más del equipo de futbol. Heredamos esta mesa de los mayores del año pasado. Es una tradición. La mesa estrella, en el centro de la acción. El último día del penúltimo año, los más populares del último curso llaman a los más populares del penúltimo y los invitan a comer con ellos. Es como pasar la antorcha de la popularidad. Una pena que sea igual que cualquier otra mesa asquerosa de este comedor.

Ashlin está muy pesada, no para de hablar de la sauna que instalaron sus padres en casa.

Por fin, hablo.

—Ashlin, a nadie le importa. —Cierra la boca de golpe, veo en sus ojos cafés que está dolida. Me siento un poco mal, así que añado—: Es broma.

Rennie me roba una dona con azúcar glas de la bandeja y se la mete en la boca.

—Creía que no ibas a comer carbohidratos durante la temporada —le reprocho mientras me acerco la bandeja de la comida. Solo me quedan tres.

Ella esboza una mueca.

—Me merezco un poco de consuelo después de lo de esta mañana. Seguramente debería hacerme una prueba para ver si me infecté de sida o algo. A saber qué clase de gérmenes lleva encima esa asquerosa.

Le da una arcada y saca la lengua, blanca por el azúcar glas.

No puedo creer que Kat DeBrassio le haya escupido en la cara a Rennie. A ver, fue asqueroso, pero tampoco es que no se lo hubiera buscado. Lo que no puedo creer es que alguien la haya puesto en su sitio.

Reeve acerca la silla a nosotras. Me aparto un poco. Creo que se puso medio frasco de colonia. Me está dando dolor de cabeza.

—Rennie, guapa —dice, arrastrando las palabras.

—Dime, Reevie, cariño.

Rennie se aparta el cabello con un aspaviento.

—Ya sabes que eres mi mujercita, ¿no?

Puaj.

—Pues claro.

—Y una mujercita tiene que asegurarse de que su hombre esté bien cuidado —continúa.

Le hago un gesto a Ashlin tipo «voy a vomitar» y ella suelta una risita. Reeve me ve y mueve la mano para darme largas antes de volverse hacia Rennie.

—En fin... ¿Puedes asegurarte de que me toque una animadora que sepa lo que se hace este año? Te lo suplico, va en serio. La chica que represente el número sesenta y tres no puede ser solo una cara bonita. Va a pasar mucho tiempo bajo los reflectores, así que tiene que ser un *pack* completo.

—¿Qué es el *pack* completo? —ronronea Rennie.

Reeve va contando con los dedos.

—Ritmo, buena coordinación, flexibilidad adecuada para hacer los movimientos más complicados. Nada de volteretas ni tonterías. Quiero saltos mortales, piruetas. Mucha variedad. Ya sabes.

—Sé exactamente a lo que te refieres, Reevie —contesta Rennie con los ojos brillantes—. Dalo por hecho.

Reeve alarga la mano por la mesa y le da un pellizquito en la mejilla.

Ella le aparta la mano entre risas.

—¿Y tú, Alex? ¿A quién quieres?

—Me da igual —responde, y vuelve a ponerse a hablar con Derek.

Rennie me gesticula con la boca: «¿Qué problema tiene?». Yo levanto los hombros. «Síndrome premenstrual», me vuelve a gesticular.

Se inclina hacia delante y me quita otra dona de la bandeja.

—¿Te parece bien que le asigne Alex a Nadia? A ver, es cierto que si se hace con un jugador de último año será la reina entre las chiquitas de noveno.

Le quito la dona de la boca.

—Está bien, como quieras.

Me sigo sintiendo mal por lo que le dije a Nadia esta mañana, con esto puede que le levante un poco el ánimo.

—Entonces ¿te parece bien?

—¿Por qué no me lo iba a parecer?

Sé adónde quiere llegar, pero me niego a entrar en su juego. Como ya le he dicho un millón de veces, Alex no me gusta.

—De acueeerdo...

Me levanto de la mesa y me voy a la máquina expendedora antes de que pueda añadir nada más.

Estoy intentando decidir si quiero un refresco de uva o uno de cola cuando Alex aparece por detrás.

—Hola, Lindy —saludo mientras aprieto el botón del refresco de cola.

De repente, se me ocurre que seguramente Rennie lo esté mareando tanto como a mí. Apuesto lo que sea a que le cuenta las mismas mentiras. Que he estado soñando con él, que estamos hechos el uno para el otro...

—¿Eso es todo lo que tienes que decirme? ¿«Hola, Lindy»? ¿No te has dado cuenta de que llevo desde el sábado ignorándote? —dice con voz monótona.

Lo contemplo con la boca abierta. ¿Qué le pasa?

—No lo puedo creer, Lillia —añade molesto—. Rennie y tú traman una emboscada para celebrar una maldita fiesta en mi casa, lo destrozan todo y lo llenan de diamantina y después se largan a la media hora para ir a otra fiesta. ¿En serio?

Jamás he visto a Alex tan enojado. Pero tiene derecho a enojarse. No nos tendríamos que haber ido así.

—Lo siento —susurro. No tiene ni idea de lo arrepentida que estoy, de verdad.

Niega con la cabeza y se da la vuelta para irse, pero alargo la mano y lo agarro de la manga de la camiseta. Lo jalo de ella.

—No te enojes.

Me lanza una mirada asesina, pero no me aparta.

—¿Cuándo vas a venir a por tus decoraciones y tus triques?

—Iremos Rennie y yo esta tarde, después de las pruebas de animadoras —aseguro al instante—. Lo recogeremos todo.

No dice nada, se limita a alejarse. Y no vuelve a la mesa, sino que se va del comedor.

A Rennie se le había metido entre ceja y ceja que teníamos que celebrar una fiesta de bienvenida en honor a los chicos. Había decidido que el tema sería «Bajo el mar» y que ella iba a ser una sirena. Las otras chicas de último año tenían permitido llevar bikinis, faldas de hojas y coronas de flores. Los de décimo y undécimo podían ser pescadores sexis. Dejamos que Nadia invitara a tres de sus amigas de noveno, pero estaban obligadas a vestirse de peces y llevar aletas en los pies todo el tiempo o, si no, tendrían que largarse.

Había una condición más: le dije a Nadia que no tenía permitido beber. Ella accedió al instante. Cuando se presentó con sus amigas, todas vestidas con camisetas de tirantes verdes y *shorts* del mismo color, contoneándose con las aletas, le di una piña colada sin alcohol. Yo tomé lo mismo, a pesar de que Rennie intentaba echarle a la mía algo de ron de las botellas que había escondido por el jardín.

La fiesta fue un éxito. La música salía a todo volumen de las bocinas, encendimos antorchas de bambú por todo el jardín y la gente bailaba y nadaba en la alberca. Incluso los chicos se habían metido en el papel. Reeve tomó una sábana de la cama de Alex, se hizo una toga y se declaró Poseidón. Iba por ahí con un rastrillo que decía que era su tridente. Yo estaba bastante segura de que no era más que una excusa para quitarse la camiseta. Alex llevaba la gorra de pescador, y el resto por lo menos se habían puesto trajes de baño y protector solar.

Rennie llevaba una falda azul ajustada, la parte de arriba de un bikini de conchas y medias de red. Se gastó el sueldo de una semana de recepcionista de restaurante en la peluca y un pasador de pedrería y estrellas de mar que encontró en internet. Yo iba de socorrista, a lo *Guardianes de la bahía* con un traje de baño rojo, *shorts* muy cortos blancos y chanclas. Llevaba un silbato colgado del cuello y un flotador de esos alargados atado a la espalda. Ashlin iba de medusa. Llevaba un vestido playero de color blanco que se transparentaba y se había trenzado tiras largas de papel crepé en su melena rubia.

Rennie y yo seguíamos dando tragos a nuestras bebidas y analizando el ambiente cuando la señora Lind vino a verme y me dio un gran abrazo.

—Lillia, qué gran idea —comentó mientras me daba un beso en la mejilla. Llevaba un muumuu hawaiano y una flor en el cabello—. ¡Alex se llevó una gran sorpresa!

Fue por más brochetas de mariscos y Rennie me dio un codazo.

—¿Lo ves? Te dije que no pasaría nada. ¿Qué era lo que tanto te preocupaba?

—No estaba preocupada —corregí mientras me ajustaba el flotador de socorrista—. Solo es que me parece un poco raro preguntarle a la madre de alguien si puedes hacer una fiesta en su casa.

—Lil —dijo con frivolidad—, la madre de Alex te adora. Eres la hija que nunca ha tenido. ¡Te regaló una pulsera rosa de Dior en tu cumpleaños! La busqué en la página web y no le salió barata. Costaba unos seiscientos dólares.

Rennie había tomado prestada esa pulsera hacía meses y no me la había devuelto. En fin, era más su estilo que el mío.

Ya se había aburrido de la conversación, así que estaba escaneando el jardín mientras se pasaba la mano por la larga peluca rubia.

—¿Qué viene al caso aquí Teresa Cruz? Estoy completamente segura de no haberla invitado. Uf, lleva una corona de flores y una falda de hojas. ¡Esto no es un luau! —refunfuñó—. Mira que es tontita. Y no sé qué le pasa a Reeve. Apenas nos saludó y, ¿hola?, esta fiesta es para él.

Estaba buscando a Teresa y su disfraz absurdo cuando Alex llamó mi atención y me saludó. Estaba por ahí con Reeve, Derek y su tío. Todos tenían un puro en la boca, excepto él. Me dispuse a acercarme a ellos cuando Rennie me agarró del brazo.

—¡Qué fuerte! —exclamó. Tenía el celular en la mano y lo zarandeó delante de mi cara con los ojos brillantes—. Me mandó un mensaje.

—¿Quién? ¿Reeve?

—¡Ian!

Ian era uno de los chicos de la Universidad de Massachusetts a los que habíamos conocido en la playa. Rennie y él habían salido esa semana. La había invitado a cenar, pero no había vuelto a saber de él.

—¡Van a celebrar una fiesta! Esta noche termina su contrato de renta. Tenemos que ir.

—¿Ahora mismo?

—¡Claro!

Entre risas, le comento:

—Ren, no podemos irnos. Somos las organizadoras. Tenemos que sacar los cupcakes, los fuegos artificiales y todo el rollo.

Nadia y yo habíamos pasado toda la tarde decorando los cupcakes. Pusimos colorante azul en la crema y molimos galletas para que parecieran arena.

Rennie me hizo un puchero sacando el labio inferior.

—Por favor, Lil. Es genial. ¡Estudia Medicina! Y ya te dije que su amigo Mike no dejaba de preguntar por ti. ¿No podemos pasar un ratito con ellos? Volveremos enseguida. Nadie se va a enterar de que nos fuimos.

Eché un vistazo al jardín. Ashlin estaba al lado de la casa de la alberca jugando al póquer con algunos chicos. Derek intentaba ver sus cartas y ella no dejaba de reírse mientras lo empujaba. Sin duda, no se iba a dar cuenta si nos íbamos, con toda la atención que le estaba dedicando Derek.

—¿Y qué hay de Nadia? —pregunté.

—¡Tranqui! Mira, se lo está pasando genial.

Busqué a mi hermana con la mirada, estaba sentada en la

alberca con sus amigas, con las piernas en el agua, golpeándola con las aletas. Estaban riéndose y salpicándose. Rennie me jaló del brazo y lo zarandeó de lado a lado.

—Porfaaa, Lil. Esta es mi última oportunidad de verlo. Se van mañana. ¡Es ahora o nunca! —suplicó.

Suspiré.

—Una hora y volvemos. ¿Me lo prometes?

Rennie soltó un gritito y me dio un abrazo.

—¡Toma! —Después bajó la mirada al disfraz de sirena y frunció el ceño—. No podemos presentarnos con estas fachas. Vamos a parecer chicas de preparatoria.

—Podemos cambiarnos en el coche —respondí rápido.

Si íbamos a casa de Rennie a arreglarnos, tardaríamos una eternidad. Yo quería ir y volver para que la gente pudiera disfrutar de nuestros cupcakes, aunque no fueran del todo caseros. No los había sacado con el resto de la comida porque quería ofrecerlos como algo especial.

Rennie levantó los hombros.

—De acuerdo, bien. Voy a retocarme el maquillaje. Te veo en el coche dentro de dos segundos.

Salió corriendo hacia la casa y yo me dirigí a su *jeep*. Estaba rebuscando el top de tirantes que había guardado en la bolsa que había preparado para pasar la noche fuera cuando noté que alguien me jalaba el cabello. Me di la vuelta.

Reeve.

Me pasó el brazo por encima del hombro y empujó la puerta para cerrarla.

—¿Adónde te vas tan sigilosa? —exigió saber mientras se acercaba más a mí.

—No es asunto tuyo.

—Vamos. Cuéntamelo.

Intenté apartarlo del *jeep*, pero no se movió ni un poquito.

—¡Reeve, quítate!

—Así que le organizas una fiesta de bienvenida al pobre chico y te largas. —Reeve zarandeó el dedo delante de mí—. No eres una buena persona, Cho.

Después se fue a grandes zancadas.

—¡Nunca dije que lo fuera! —le grité.

Abro el refresco y le doy un sorbo mientras vuelvo a nuestra mesa del comedor. Me siento donde estaba antes Alex, al lado de PJ y de Reeve. Este me mira justo como aquella noche, con los ojos entrecerrados y llenos de sospecha.

—¿Y ahora por qué estás enojada, Cho? ¿Porque tuviste que pagarte tú el refresco? —me pregunta.

—Cállate.

—Las chicas como tú... —empieza, después me señala y me tira el refresco por accidente.

Me salpica el suéter. Suelto un grito y me levanto de un salto. PJ y Reeve apartan las sillas para evitar que les salpique. Noto cómo el refresco empapa la cachemira y me llega al brasier. La gran mancha café se me extiende por el pecho.

—Me lo destrozaste.

—*Relax*, Lillia. Fue un accidente.

Reeve se acerca con una servilleta e intenta frotar la mancha. Me aparto.

—¡No me toques!

Con una sonrisa burlona, Reeve dice:

—Ah, se me olvidaba, a la princesa Lillia no le gusta que la toquen. ¿Verdad?

Me guiña un ojo.

—Reeve, déjala en paz —interviene Rennie.

Se me humedecen los ojos. Inclino la cabeza y me froto el suéter para que el cabello me cubra la cara. Me digo que todo está bien. Que Reeve es así. No sabe nada. ¿Cómo iba a saberlo?

Rennie no se lo contaría a nadie. Nos lo prometimos. Intento respirar hondo, pero se me atasca el aliento en la garganta. Empieza a temblarme el labio inferior. Tengo que salir de aquí antes de perder el control delante de todos.

—Para tu información, este suéter cuesta trescientos dólares, más que esa chatarra que conduces.

Agarro la bolsa y me dirijo al baño. Entro corriendo, voy al lavabo y abro la llave. No pienso llorar. Ni de broma. No voy a llorar en la escuela. No hago esas cosas.

Solo que no tengo elección.

Empiezo a sollozar con tal intensidad que me tiemblan los hombros y me duele la garganta. No puedo parar.

Se abre la puerta, espero que sea Rennie. Pero no. Es Kat DeBrassio. Suelta su mochila en el lavabo de al lado y empieza a juguetear con su cabello mientras se mira al espejo y se recoloca el fleco.

A toda prisa, me mojo la cara con agua fría para intentar disimular que lloré, pero debe de darse cuenta, porque pregunta, con su brusquedad de siempre:

—¿Estás bien?

Miro fijamente hacia delante, a mi reflejo.

—Estoy bien.

Conocí a Rennie en la fila del puesto de comida que había delante del viejo cine de Main Street. Tenía diez años y me sentía muy mayor ahí sola con mi billete de diez dólares en el bolsillo trasero. Rennie me dijo que le gustaban mis sandalias. Eran de color lavanda con lunares rosas. Me presentó a Kat un par de semanas después. Desde ese momento, fuimos un trío. Antes de conocerlas a ellas, yo solo tenía a Nadia cuando veníamos a Jar Island a pasar el verano. Ahora tenía dos mejores amigas.

Todas las noches de los viernes hacíamos pijamadas y alternábamos casas. Espiábamos al hermano mayor de Kat y jugábamos con su perro, *Shep*. En el departamento de Rennie cocinábamos palanquetas de cacahuate en el microondas y su madre nos hacía cambios de *look*. En mi casa, Rennie y Kat organizaban carreras en la alberca y yo me quedaba en la parte que no cubre y hacía de jueza. Jugábamos con mi casa de muñecas victoriana y, después, cuando nos hicimos más grandes de edad, grabábamos películas con la cámara de vídeo de mi padre y las proyectábamos durante el desayuno para que las vieran Nadia y mi madre.

Me ponía celosa saber que, cuando me iba de Jar Island al final de agosto, Rennie y Kat todavía se tenían la una a la otra. Se parecían en muchos sentidos: las dos eran valientes. Yo era una cobarde. Eso me decía siempre Kat. Nunca quería saltar desde el trampolín más alto ni tomar el timón cuando su padre nos llevaba a navegar, ni me iba con chicos a los que hubiéramos conocido en la playa. Pero Rennie y ella siempre me cuidaban. Me hacían sentir segura.

Cuando mi familia decidió mudarse aquí permanentemente, fue como un sueño hecho realidad. Aquel verano fue el calentamiento para lo bien que nos lo íbamos a pasar en el instituto. Pero, entonces, a principios de agosto, Rennie por fin convenció a su madre para que la dejara operarse la nariz. Yo nunca había pensado que tuviera la nariz fea, pero en cuanto destacó el bulto que tenía en el puente, lo comprendí. Cuando le quitaron los vendajes y se le curaron las cicatrices, ella fue la que decidió que teníamos que ser populares en la escuela. Kat dijo que era una tontería, Rennie se enojó y tuvieron una bronca. Yo esperaba que se le pasara en unos cuantos días, como ocurría normalmente, pero una semana después, Rennie seguía enojada. Dijo que Kat era una inmadura, que no lo entendía. Que nos iba a cortar las alas.

No dejamos a Kat de lado de inmediato. Hicimos las compras de regreso a clases fuera de la isla las tres juntas, como habíamos planeado. Fuimos al cine por el cumpleaños de Kat, pero Rennie montó una escenita para poder sentarse a mi lado y compartir las golosinas, de modo que fue un poco raro. Después íbamos a pasar la noche en casa de Kat, pero, al salir del cine, Rennie anunció que no se sentía bien y que iba a dormir en su casa. Estaba claro que estaba fingiendo, es una actriz pésima. Llevé a Kat a un lado y le pregunté si seguía queriendo que fuera yo, pero ella me dijo que lo olvidara.

Me fui a casa y le di vueltas al asunto, primero yo sola y después con mi madre. Le conté que Rennie y Kat habían discutido, que Rennie ya no quería ser amiga suya y que yo sentía que estaba en medio de todo.

—A ver, si tuviera que escoger un bando, supongo que me quedaría con Rennie —dije.

Mi madre me contestó:

—¿Y por qué tienes que escoger? ¿Por qué no puedes ser la que las vuelva a unir?

—Dudo que Rennie me haga caso —razoné.

—Al menos podrías intentarlo —me sugirió—. Kat lo ha pasado muy mal. Necesita a sus amigas.

Sentí un pinchazo de culpa. La madre de Kat había fallecido el año pasado, después de una larga enfermedad. Ella no quería hablar del tema, por lo menos conmigo. A veces sí lo comentaba con mi madre, cuando Rennie y yo estábamos en mi habitación.

—Lo intentaré —le prometí a mi madre.

Entonces, tuve una idea increíble. El primer día de clases, les daría a Rennie y a Kat collares de la amistad. Eso nos volvería a unir y acabaría con el mal rollo.

Mi madre y yo los escogimos en una joyería buena de

White Haven, donde mi padre siempre le compra a mi madre algo por su aniversario. Collares de oro idénticos, con un dije especial para cada una. Me hacía mucha ilusión darles las cajitas de terciopelo negro, sabía que a Rennie en concreto le encantaría.

Aquel primer día de clases, la madre de Rennie vino a recogerme y yo esperaba ver a las dos en el asiento trasero. Ellas vivían en el mismo lado de la isla, yo era la que estaba más apartada.

Sin embargo, Kat no estaba, solo venía Rennie, con su nueva minifalda de mezclilla decorada con bordados en los bolsillos traseros. Me subí al coche.

—¿Kat está enferma? —pregunté.

Rennie negó con la cabeza.

Cuando vio que su madre nos miraba por el retrovisor, se acercó y me susurró al oído:

—No quería ir a recogerla. No me interesa.

—¿Le dijiste que no ibas a recogerla? —le contesté entre susurros. ¿Y si Kat estaba fuera esperándonos? ¿Y si llegaba tarde a su primer día de clases?

—Ya se dará cuenta —respondió Rennie. Se tocó la nariz y me preguntó con preocupación—: ¿La tengo hinchada?

Aunque había planeado darles sus collares al mismo tiempo, me adelanté y le di a Rennie el suyo en aquel momento. Parecía irritada y quería que el día empezara con el pie derecho. Soltó tal grito que su madre pisó los frenos. Su dije era un corazón. El mío, un cupcake chiquitín. Ambas nos los pusimos de inmediato.

Dejé el de Kat en su casillero. No se había comprado un candado ese año. Dijo que, de todas formas, se le olvidaría la contraseña. Además, en la isla nadie robaba, era muy segura.

Cuando vi a Kat caminando por el pasillo más tarde, tenía

los ojos rojos y no llevaba el collar. Su dije tenía forma de llave. Me gustaba lo bonita que era, pero también tenía un aire fuerte y práctico. Como Kat.

Me pasó de largo.

Intenté sacarle el tema más tarde a Rennie, para ver si había alguna forma de que las cosas volvieran a ser como antes, pero se negó, ni siquiera quería hablar de ello. Para Rennie, su amistad había terminado. Estaba olvidado. Tenía la manía de borrar lo que no le gustaba. Pero nunca la había visto hacerlo con una persona.

Me seco la cara con un trozo de papel. Me giro para lanzarlo a la basura de espaldas.

—Yo nunca he pensado que te oliera el aliento. Para que lo sepas.

Me doy cuenta de que puede que estas sean las primeras palabras que le digo en años.

Kat me mira fijamente y sé que está sorprendida.

Y, entonces, desde el último cubículo, nos llega un sonido. Respiración superficial, como cuando tienes que esforzarte por tomar aire a causa del llanto. Ambas giramos la cabeza hacia allí.

—¡¿Quién está ahí?! —grito, entrando en pánico, como si me hubieran descubierto en alguna falta.

—Eh. ¿Quién anda ahí? —pregunta Kat.

No hay respuesta. Entonces, Kat avanza a grandes zancadas hasta el baño y abre la puerta de una patada.

5
Mary

Estoy subida en el inodoro y me abrazo las rodillas para pegármelas al pecho.

La puerta del baño se abre de repente. La chica del escupitajo me mira fijamente. La asiática guapa está a su lado, y su suéter blanco tiene una mancha enorme en el pecho.

—¿Quién eres? —espeta Kat.

—Soy Mary. —Trago saliva—. Encantada de conocerlas.

—Igualmente —contesta ella de forma cortante.

—¿Cómo se llaman?

Esto parece tomarlas a ambas con la guardia baja.

—Yo soy Kat, y esta es la princesa Lillia.

La chica asiática le lanza una mirada asesina.

—Lillia a secas. —Después entrecierra los ojos—. ¿Por qué estás aquí escondida?

—Eeeh... Por nada.

Me cuesta mirarla a la cara porque llevo los últimos diez minutos oyéndola sollozar. No me cuadra, alguien tan guapa y popular no debería tener motivos para llorar. Seguro que le ha pasado algo muy malo.

Lillia se aparta el cabello del hombro.

—Está claro que algo te ha disgustado. ¿O es que te gusta espiar a la gente en el baño?

Kat se apoya en la puerta abierta.

—A ver, deja que lo adivine. Te cogiste a un tipo este verano. Dejaste que te manosee y ahora no se acuerda ni de tu nombre.

—No atinaste ni una —respondo, y me muerdo el labio. No estoy segura de poder contarles nada a estas chicas. Al fin y al cabo, Lillia es del grupito de Reeve. Es amiga suya. Y Kat..., bueno, me da miedo—. Es que vi a una persona conocida. Nada más.

—¿A quién? —inquiere Kat, y por la forma en la que se apoya en la puerta sé que no me va a dejar irme hasta que se lo cuente.

—Un chico. Él... me acosaba en séptimo. Básicamente consiguió que me odiaran todos los del curso. Por eso nos tuvimos que mudar. En fin, lo vi por primera vez en cuatro años y ni siquiera me reconoció. Después de todo lo que me hizo.

Se me cae el cabello delante de la cara y me lo coloco detrás de la oreja.

—¿Cuántos años tienes? —me pregunta Lillia, esta vez en voz más baja y dulce.

—Diecisiete.

—¿Y eres de aquí de la isla? ¿A qué colegio ibas? —sondea Kat.

—Soy de aquí, pero iba al Belle Harbor Montessori, en el continente.

Iba y volvía todos los días en ferri. Y él conmigo.

Kat niega con la cabeza.

—Reeve —dice.

Abro los ojos como platos. Me pone nerviosa que lo

haya adivinado tan deprisa, pero, por raro que parezca, también me consuela.

—¿Cómo lo supiste?

—¿Quién iba a ser si no? —responde mientras me abre la puerta del baño—. Nos conocemos desde hace mucho.

Bajo del inodoro, Lillia moja un trozo de papel en el lavamanos.

—No me sorprende. Es un neandertal —comenta mientras se da toquecitos en el pecho—. Me destrozó el suéter.

Con cautela, hablo.

—Pensaba que eran amigos. Los vi juntos esta mañana.

Lillia suspira.

—Ni lo somos ni dejamos de serlo.

Kat pone los ojos en blanco.

—Qué elocuente, Lillia.

—Por favor, no le cuentes que me viste —le pido de inmediato. Lo último que quiero es que Reeve se entere de que sigo llorando por culpa suya.

Suena el timbre y Lillia saca un tubo de bálsamo labial de cereza, que se aplica en el labio inferior. Junta los labios y emite un «pop».

—No te agobies. Ya se me olvidó tu nombre. —Mira a Kat y añade—: Me tengo que ir corriendo.

Y después, sale por la puerta.

Kat observa cómo se va y, cuando la puerta se cierra, me habla en voz baja.

—Oye. Lillia estaba llorando, ¿verdad?

Me miro las sandalias. Eso es privado. Yo ni siquiera tendría que haberlo presenciado.

—¿Oíste algo? ¿Por qué estaba triste?

—No. Nada.

Kat suspira decepcionada.

—¿Dónde tendrías que estar ahora mismo, Mary?

—No tengo ni idea.

—¿Y tu horario?

Busco en mi mochila, pero no lo encuentro.

—Eeeh, creo que ahora tengo Química.

Se aparta el fleco de los ojos y me observa.

—Espera, ¿no eres de último curso? ¿Por qué no cursaste ya Química?

Me humedezco los labios.

—Es que estuve muy enferma a final de séptimo y tuve que repetir.

—Qué mal. Bueno, el Departamento de Ciencia está en el lado este del edificio. Vas a tener que ir corriendo para llegar a tiempo. —Se calla—. Oye, no dejes que el idiota de Reeve te quite el sueño. El karma es un hijo de puta. Ya se las devolverá.

—No sé yo —contesto—. Ojalá pudiera creerte, pero Reeve parece estar bien. Soy yo la que lleva toda la mañana escondida en el baño.

—No vale la pena —me dice—. Ni él ni nadie. Confía en mí.

—Gracias, Kat —digo, muy agradecida. Es la primera persona que me ha hablado en todo el día.

La sigo al salir del baño. Ella se va hacia la izquierda y recorre el pasillo. La observo alejarse discretamente por si acaso se voltea para mirarme.

No lo hace.

6
Lillia

Todas las chicas que van a hacer las pruebas para el equipo están sentadas en las gradas del campo de futbol con sus *shorts* cortísimos y sus camisetas. Nadia está en primera fila, con un par de amigas. Le sonrío y ella me devuelve una sonrisita. Me alivia que no siga enojada por el comentario que le hice sobre la pirueta hacia atrás.

Rennie está de pie junto a la entrenadora Christy, delante de las chicas, y Ashlin y yo estamos sentadas a un lado. Llevamos los uniformes, como modelos. Rennie también. Camisetas sin mangas con una J bordada en el pecho, faldas de tablas con pantalones por debajo y calcetines tobilleros con bolitas de colores en los talones. He de admitir que me siento genial cuando lo llevo puesto.

Cuando la entrenadora Christy vuelve corriendo al despacho para fotocopiar las autorizaciones, Rennie se pone manos a la obra. Analiza las gradas y empieza a hablar con voz grave.

—A ver, ahora en serio. Si quieren ser animadoras, tienen que comportarse como tales y cuidar su aspecto a todas horas. No solo se representan a ustedes, me están representando a mí. Este es mi equipo y tengo la vara muy alta. —Se calla para darle dramatismo a sus palabras—. Esta temporada, con suerte, vamos a tener uniformes nuevos y van a ser *crop tops*. Eso quiere decir que no quiero ver ni una papa frita en sus platos a la hora de la comida. En serio. Y, Dori —esta levanta la mirada, asustada—, te tienes que retirar esa chamarra. Pareces una madre.

Ahogo un grito y Ashlin se tapa la boca para ocultar la risa.

Las chicas susurran entre ellas, nerviosas. Rennie mira por encima del hombro para asegurarse de que la entrenadora Christy sigue fuera y espeta:

—¿Dije que ya había acabado de hablar?

Todo el mundo se calla.

—No puede haber ningún eslabón débil. Si su amiga holgazanea, hay que llamarle la atención. A ver, por ejemplo, Melanie, tienes que aprenderte estas palabras de memoria: «Limpiar, tonificar, hidratar».

A Melanie se le llenan los ojos de lágrimas, pero asiente rápido.

No puedo creer lo que estoy oyendo. Es cierto que Melanie tiene la piel fatal, pero ¿es necesario dejarla en evidencia delante de todo el mundo? Miro a Ashlin con la esperanza de que me apoye, pero levanta los hombros.

—Que se deje de rodeos. Esa chica tiene que ir al dermatólogo —susurra.

Rennie señala a Nadia.

—Quiero que todo el mundo mire las piernas de Nadia. Ese es el nivel de bronceado que deben tener. Si no, vayan a ver a Becky, de Mystic Beach, en Sandtrap Street. Ella las ayudará.

Mi hermana se sonroja con orgullo y baja la cabeza con humildad.

—Y no solo hablo para las de noveno. —Advierto que Rennie estudia con la mirada a las de décimo y undécimo curso, que también vinieron. Sé exactamente a quién está buscando. A Teresa Cruz—. No se confíen porque son mayores. Aquí nadie tiene el puesto asegurado. No me temblará la mano a la hora de eliminar cualquier lastre por el bien del equipo.

Veo que la entrenadora Christy sale por las puertas de metal, así que carraspeo y le hago una señal a Rennie para que acabe el discurso.

Al final, sonríe.

—Última oportunidad, chicas. Si creen que no pueden soportarlo, la puerta está abierta.

No se mueve nadie.

En el vestidor solo estamos Rennie y yo cambiándonos los uniformes. Ashlin y la entrenadora Christy están vigilando a las chicas mientras corren por la pista.

Me estoy sacando la camiseta por la cabeza y digo:

—Ahora nos vamos directo a casa de Alex, ¿no? Hoy a la hora de comer estaba bastante enojado.

—¿Por qué?

—Porque nos fuimos de la fiesta. —En cuanto menciono ese tema, Rennie palidece—. Le dije que después del entrenamiento pasaríamos por allí para quitar las decoraciones y arreglar la casa de la alberca.

—¿Estará Reeve?

—Espero que no —contesto con amargura. Me agacho y me quito los tenis.

—¿Te acuerdas que durante la comida no dejaba de hablar sobre quién debería ser su animadora? —Como no respondo, continúa—: Creo que era una forma disimulada de pedírmelo a mí. A ver, tiene todo el sentido del mundo, ¿no? El capitán con la capitana.

Me recojo el cabello en una cola de caballo.

—Pero ¿no se ha pasado el verano haciéndolo con Teresa Cruz como conejos?

Rennie se ríe con sequedad.

—Se han acostado un par de veces a lo sumo. Además, ¿le has visto los muslos? Si casi no puede ni cruzar las piernas, ¿cómo va a hacer un *spagat*? ¿En serio crees que Reeve querría que representara a su número?

—Yo qué sé. —Me aprieto la cola de caballo.

—¿Cómo que tú qué sabes?

—Pues que Teresa me parece guapa. —Rennie me lanza una mirada como si estuviera loca, pero la ignoro—. Bueno, vas a venir conmigo, ¿no?

Ella pone los ojos en blanco.

—Lindy tiene criada. No nos necesita.

—Llamarla «criada» es de mala educación.

—Ay, por favor, no me hace falta recibir otro sermón sobre la terminología de los ricos —espeta, y se vuelve a poner el top.

Me martillea el corazón en el pecho mientras me quito los calcetines y me pongo los tenis. Rennie se pone a recoger sus cosas sin siquiera mirarme.

—Ren, sé que sigues dolida por lo que te pasó con Kat esta mañana...

Ni siquiera me deja acabar. Me lanza una mirada asesina.

—No me podría importar menos esa desquiciada —dice, y después sale del vestidor sin despedirse.

Cuando llego al estacionamiento, su *jeep* ya no está. Acabo teniendo que buscar a Ashlin para que me lleve en coche a casa de Alex.

Ash me deja delante de casa de Alex. Suelto un suspiro de alivio porque el coche de la señora Lind no está. Venía rezando para que no estuviera en casa, porque ¿y si ella también está enojada conmigo?

Me desabrocho el cinturón.

—Gracias por traerme, Ash —digo.

—No fue nada, Lils. Siento no poder ayudarte a limpiar. —Hace un puchero y añade—: Le prometí a mi madre que la acompañaría a cortarse el cabello. La última vez la dejaron con aspecto de vieja.

—No pasa nada —aseguro.

No le he hablado de mi pelea con Rennie. Eso queda entre nosotras dos.

Me bajo del coche y me despido mientras Ashlin arranca. En vez de ir a la puerta principal, me dirijo al jardín trasero. Alex está limpiando la alberca con una red e intenta pescar un solitario vaso rojo que flota en el agua.

—Hola —saludo.

Levanta la mirada, sorprendido.

—¿Dónde está Rennie?

Normalmente, pondría una excusa en su nombre, pero hoy me limito a levantar los hombros.

Empiezo a recoger las antorchas de bambú y los farolillos con forma de pelota de playa que colgamos por todo el jardín. Ni de broma voy a poder cargar con todo hasta mi casa. Si Alex quiere que le quite de encima estos triques, va a tener que llevarme en coche. Aunque sigue bastante enojado conmigo.

—¿Pudiste probar mis cupcakes? —pregunto.

—Sí.

Está sentado en una hamaca, jugando con el celular.

—¿Estaban buenos?

—No estaban mal —responde.

—¿Te tocó uno de los que llevaban una gomita en forma de pez dentro? Se las puse a unos pocos.

Por fin me mira a los ojos.

—Me comí tres, creo que uno tenía un pez.

Menos mal, se está volviendo a ablandar. Le dedico una sonrisita.

—Genial. Oye, tengo un poco de sed. ¿Me das un refresco?

Hace un gesto con la cabeza en dirección a la casa de la alberca.

—Ya sabes dónde están.

Diablos. Está bien. Quizá sí que me toque volver a casa cargada con todos los triques.

La casa de la alberca es, a fin de cuentas, el departamento de Alex; tiene de todo: comedor, cocina y una habitación enorme. Lo decoró como un depa de soltero, al estilo James Bond. Tiene un sofá esquinero de cuero, una televisión enorme empotrada en la pared y una máquina de refrescos junto a la barra. Además, tiene una despensa que su madre siempre tiene bien abastecida de galletas, papitas y cualquier cosa que se te pueda antojar.

La puerta de su cuarto está abierta y veo una de nuestras palmeras de plástico desinfladas colgando del respaldo de su silla de escritorio. La habitación suele estar limpia, pero hoy está desordenada. La cama está sin hacer y hay ropa por el suelo.

Voy a tomar la palmera y me detengo. Hay una montañita de ropa junto a la cama. Encima de todo, hay una camiseta de tirantes verde. Me agacho y la recojo.

Es de mi hermana. La que llevaba la noche de la fiesta, parte de su disfraz de pescado. Lo sé porque yo tengo la misma, de la misma marca, solo que una talla más grande. Tiene una costra rosa en el pecho: daiquiri de fresa. Lo huelo. Ron.

Salgo con la camiseta en la mano. Alex abre los ojos como platos cuando la ve.

—¿Por qué tienes la camiseta de Nadia? —pregunto.

—Eh... Alguien le tiró una copa encima. Le presté una mía para que volviera a casa —explica.

De repente, me cuesta respirar.

—¿Estaba bebiendo? —Le dije que no lo hiciera. Se lo prohibí—. No hizo ninguna tontería, ¿verdad?

—¿Como qué? ¿Irse con un tipo cualquiera? —Niega con la cabeza—. No, no hizo nada por el estilo.

Noto que se me palidece la cara. ¿Está hablando de Nadia... o de mí?

Alex se aleja y empieza a meter las decoraciones en la cajuela de su todoterreno. Tomo tantas antorchas como puedo y lo sigo. No pronuncia palabra, y yo tampoco.

7
Mary

Estoy sentada en la cama, contemplando un álbum de fotos que encontré en el sótano. A medida que paso las páginas voy haciéndome más grande de edad. Salgo posando delante de un fuerte hecho con sábanas, con una linterna colocada debajo de la barbilla. Encima de un columpio que construimos con una rueda en el árbol del jardín, con el cabello casi blanco por el sol. Mi padre y yo con montones de algas encima de la cabeza. Practicando con el clarinete en el comedor delante de mis padres y de la tía Bette.

En la última foto salgo al lado del arbusto de lilas en mi primer día de séptimo. Estoy de puntitas y huelo las flores.

No me extraña que Reeve no me reconociera esta mañana. Solo hay una forma de decirlo: estaba gorda.

Todo el mundo hablaba sobre el nuevo alumno becado. El Belle Harbor Montessori era diminuto. Solo había veinte niños en nuestra clase de séptimo, y yo era la única de Jar Island. Durante la hora de la comida, varios chicos debatían lo listo que hay que ser para conseguir una beca y, entonces, entró Reeve.

Todos se le quedaron mirando mientras avanzaba por la fila de la comida. Mi amiga Anne se inclinó hacia mí.

—Es bastante guapo, ¿no crees? —me preguntó.

—No está mal —le contesté entre susurros.

Reeve era bastante más alto que cualquier otro chico de nuestra clase. Pero no era delgaducho, tenía un poco de masa muscular... Se apreciaba que practicaba algún deporte. En Montessori no había equipos. Ni siquiera teníamos recreos, a no ser que contaras los paseos por el bosque para contemplar el follaje.

Nuestra profesora le hizo un gesto con la mano para que se acercara y le mostró dónde se sentaba nuestra clase.

—Hola —saludó con tono aburrido. Se sentó en una silla vacía—. Me llamo Reeve.

Un par de chicos farfullaron un saludo, pero la mayoría no dijo nada. Creo que todos nos percatamos de su actitud apática. No le tenía ganas de estar aquí. Seguramente tenía un montón de amigos en su anterior instituto.

Me dio pena. Reeve se dedicó a juguetear con su sándwich sin pronunciar palabra. Debía de ser complicado llegar a un nuevo centro. Yo llevaba asistiendo al Belle Harbor Montessori desde preescolar, no conocía nada más.

Cuando se acabó la hora de la comida, nos levantamos y vi a Reeve mirando alrededor: no sabía dónde dejar la bandeja. Me incliné para tomársela. No sé por qué, supongo que para ser simpática. Pero él la apartó de golpe antes de que pudiera ponerle las manos encima y gritó:

—¡¿No crees que ya comiste suficiente?!

Los chicos que lo habían oído estallaron en carcajadas. Creo que yo también me reí, pero solo porque me tomó desprevenida. Anne esbozó una mueca, y no de compasión. Era un ceño fruncido con todas las de la ley. Y no para Reeve, sino para mí.

Él fue el que más se rio de todos. Fue el primero en irse de la mesa, y el resto lo siguieron sin más, aunque no tenía forma de saber dónde estaba nuestro salón. Dejó la bandeja en la mesa.

Al final, tiré su comida junto con la mía.

Antes de Reeve, yo era una de las más listas, sobre todo en Matemáticas. Era tímida, pero simpática. En realidad, no se me daba muy bien socializar. Era la chica rubia de la isla. Pero después de Reeve, ya solo fui la gorda.

Cerré el álbum. Ya no soy esa chica. Hace mucho tiempo que dejé de serlo. Pero volver a estar en Jar Island, con Reeve, con mis fotos viejas, mis peluches y mis cosas... hace que parezca todo muy reciente.

Escucho a la tía Bette lavar los platos en el piso de abajo.

La cena de hoy fue incómoda cuando menos. Esta mañana me imaginé contándole a la tía Bette mi increíble primer día con pelos y señas: la cara de Reeve cuando me volviera a ver, cómo habría intentado descubrir dónde había estado estos últimos cuatro años... Ella me dejaría tomarme un vaso de vino y brindaríamos por el comienzo de un curso impresionante.

Como no ocurrió nada de eso, no tenía nada que contarle. Huelga decir que tampoco tenía hambre. Pero como habría sido una grosería de mi parte levantarme de la mesa, me quedé sentada en silencio mientras ella enrollaba espaguetis en el tenedor y leía una revista de arte.

Me sentía vacía por dentro. Hueca. Necesitaba con todas mis fuerzas hablar con mis padres, oír sus voces. Seguramente intentarían convencerme de que volviera a casa y tal vez se lo permitiría.

Los siguientes cinco minutos me los pasé dando vueltas

por mi habitación, sosteniendo el teléfono por encima de la cabeza, en un intento de conseguir suficientes rayitas de cobertura para llamarlos. Pero no había. Antes, la cobertura era prácticamente inexistente en la isla. Había algunos lugares aleatorios en los que podías conseguirla, como por ejemplo cerca de los faros o, a veces, en el estacionamiento de la iglesia luterana. Pero, en general, la mayor parte de Jar Island era una zona muerta para los celulares. Supongo que eso no ha cambiado.

Hay un teléfono fijo en la cocina, en el piso de abajo, pero preferiría no hablar delante de Bette, porque podría ponerme a llorar.

Escucho a mi tía subir las escaleras. Echo un vistazo por la puerta y la veo entrar en su habitación.

Supongo que podría intentar hablar con ella. Antes solía confiarle todo tipo de secretos. Siempre que nos visitaba en verano, bajábamos la colina y nos pedíamos un chocolate caliente en Main Street. Aunque fuera agosto. Ella me contaba cosas que sé que les provocarían un ataque al corazón a mis padres. El mes que se pasó viviendo en París con un hombre casado, la cantidad de veces que la retrató desnuda. Había vivido como un millón de vidas distintas. Podría darme buenos consejos.

Ya está acostada y tiene los ojos cerrados, pero supongo que me oye, porque los abre de repente.

—¿Mary?

Entro en su habitación y me agacho junto a su cama.

—¿Estás dormida?

Niega con la cabeza y parpadea.

—Supongo que no. ¿Lo estoy?

Aunque me hallo al borde de las lágrimas, me río.

—¿Te molesto?

—No, para nada. —Se incorpora—. ¿Está todo bien?

Respiro hondo e intento calmarme y volver a mis cabales.

—Es muy raro volver a estar aquí.

—Ya. Por... Por supuesto.

—No sé si encajo, después de todo lo que ha pasado.

—Esta es tu casa. ¿Dónde ibas a encajar si no? —contesta en voz baja.

—En ninguna parte, supongo.

—Te extrañé, Mary. —Esboza una pequeña sonrisa—. Me alegro de que estés aquí.

—Yo también —miento.

Después, vuelvo a mi habitación y me meto en la cama.

Tardo una eternidad en conciliar el sueño.

Mi madre está en su habitación, hablando por teléfono con mi padre, mientras Nadia y yo vemos la televisión en el piso inferior y compartimos un bote de helado casero de dulce de leche de Scoops. Al principio, cuando le pregunté si quería un poco, me dijo que no, aunque es su favorito. Sabía que estaba pensando en lo que dijo Rennie en el entrenamiento de animadoras. Me llevé el bote al sofá mientras ella me observaba chupar la tapa.

—Solo una cucharadita —dice, tal y como sabía que iba a suceder. Todas las chicas de nuestra familia somos unas golosas.

La secadora suena y pauso la serie que estamos viendo. Voy al cuarto de lavado, pongo la ropa limpia en una cesta y me la llevo a la sala. Utilicé varias toallitas suavizantes, así que la ropa tiene un aroma muy agradable. Hundo la cara en una de las camisetas e inhalo la calidez. Empiezo a doblar hasta que veo el top de tirantes de Nadia. Le eché quitamanchas y el resto del daiquiri se esfumó. Ni siquiera me molesté en intentar limpiar mi suéter de cachemira. Lo metí en la bolsa para la tintorería y solo me queda no perder la esperanza.

—Toma, te devuelvo tu camiseta —digo mientras se la entrego.

Nadia palidece.

—Eeeh, gracias.

—Le quité la mancha. —La analizo—. Alex me dijo que alguien chocó contigo y te tiró su bebida encima.

—Sí.

Se mete una cucharada grande de helado en la boca y evita mirarme a los ojos.

—¿Dónde está la camiseta de Alex? Intenté buscarla por tu habitación para lavarla y devolvérsela.

Duda un momento y luego responde.

—Está en casa de Janelle. ¿No te acuerdas que dormí allí después de la fiesta? Le dije que me la trajera hoy a la escuela, pero se le olvidó.

Mi celular vibra. Es Ashlin. Se pusieron de acuerdo todos para verse en el Bow Tie después de que Rennie salga de trabajar.

—¿Quién es? —pregunta mi hermana—. ¿Vas a salir?

Aparto el celular, porque este tema es muy serio.

—Nadia, no me mientas. ¿Bebiste en casa de Alex, aunque te dije que no lo hicieras?

—¡No! —Sus mejillas son dos manchas rojas.

—Entonces, prométemelo. Júramelo por nuestro vínculo de hermanas.

Nadia no me mira.

—Lillia, para. Ya te lo dije.

Se me parte el corazón en dos. No me lo quiere prometer porque no es verdad. Me está mintiendo a la cara como si nada. Yo nunca le he mentido a ella, jamás, ni una sola vez. Nunca le haría algo así.

—Te doy una oportunidad más. O me dices la verdad ahora mismo, Nadia, o se lo cuento todo a mamá.

Nadia abre los ojos, asustada.

—¡Está bien! ¡Espera! Me tomé como medio vaso de daiquiri de fresa. Y no me lo pedí yo. Me lo dio una amiga, pensaba que era sin alcohol. Le di un par de sorbitos para no desperdiciarlo. No es para tanto. ¡Tú bebías en noveno!

De acuerdo. Sí, bebía, pero a final de curso. Cuando Rennie y yo empezamos a ir a fiestas ella bebía lo que encontrara. Los chicos la llamaban «medio litro», porque era diminuta pero aguantaba como nadie. No como yo, que tenía tanto miedo de meterme en un problema que me dedicaba a darle sorbitos a la misma cerveza durante toda la noche.

—¡Deja de intentar justificarte! Me mentiste a la cara sin remordimientos, Nadia. —Me dejo caer sobre el respaldo del sofá. No puedo creer que me haya mentido—. Estás castigada. Nada de fiestas, y nada de salir con mis amigos, porque está claro que no sabes comportarte. Y, si me entero de que bebiste más de lo que me contaste, prepárate.

—Lo siento muchísimo.

Ni siquiera es por lo de la bebida.

—Nunca pensé que me mentirías.

Le cae un lagrimón por la mejilla.

—¡No volveré a beber, Lilli! Tienes que creerme.

—¿Cómo voy a creerte después de lo que acaba de pasar? Me levanto. Yo también tengo ganas de llorar. Salgo de la sala y subo a mi cuarto.

No debería haberme ido de la fiesta. Es tan culpa mía como de Nadia. Puede que incluso más mía, porque yo soy la hermana mayor. Es mi deber cuidarla y mantenerla a salvo.

Cuando llegamos a la otra fiesta, había un montón de gente. Todos desconocidos, la mayoría de fuera. Universitarios. No había un tema ni nada por el estilo, solo un grupo de gente pasando el rato y escuchando música.

Los chicos vinieron a buscarnos al instante. Fue muy halagador que nos hubieran estado esperando y la atención que nos brindaron. Al principio, no dejaba de mirar el celular para ver la hora. No quería pasar más tiempo allí de lo que me había prometido Rennie.

Nos preguntaron qué queríamos beber y ella les pidió que nos prepararan un vodka con jugo de arándanos y una cucharada de azúcar, porque sabía que yo solo aceptaría algo muy dulce. Cada vez que nos acabábamos los vasos, ellos nos los rellenaban al instante. Los cuatro nos lo estábamos pasando bien, así que dejé de mirar el reloj, dejé de pensar en la fiesta que habíamos abandonado para venir a esta. Recuerdo que me reía de cualquier cosa que mi pareja, el alto, decía, aunque nada fuera demasiado gracioso. Así de borracha estaba.

Mike. Así se llamaba.

Alrededor las once, toco la puerta de Nadia. No contesta, pero oigo su televisión de fondo.

—Solo intento cuidarte, Nadia. Es mi deber —aseguro a través de la puerta cerrada.

Espero unos segundos a que me conteste. Siempre que se enoja, se pone muy rencorosa y me cuesta mucho volver a ganármela. Odio que se enoje conmigo. Lo detesto más que nada en el mundo. Pero yo también tengo motivos para estar enojada.

Apoyo la cabeza en la puerta.

—Vamos juntas a la escuela mañana, ¿de acuerdo? Yo conduzco. Si nos vamos pronto, podemos pasar por Milky Morning de camino y comprarnos muffins de frambuesa recién salidos del horno. Te encantan.

Nadia sigue sin contestar. Suspiro y vuelvo a mi habitación.

9

Kat

Mi padre, Pat y yo estamos sentados en la sala con sendos tazones de chili mientras vemos un programa de *motocross*. Es el tercer día que comemos lo mismo. Cuando mi padre cocina chili picante, nos pasamos una semana como mínimo comiendo lo mismo. Estoy harta.

Me levanto.

—Te toca lavar los platos. A mí me tocó ayer —informa Pat.

—Anoche no había platos que lavar, usamos tazones de plástico.

Se da la vuelta hacia la televisión y acaricia el lomo de *Shep* con los pies descalzos.

—Sí, y tuve que tirarlos a la basura yo. Así que, oficialmente, es tu turno.

Le hago una seña con el dedo y después pongo los platos en el fregadero y los dejo ahí. Pat es un maldito flojo. Lleva viviendo en casa desde que se graduó de la preparatoria hace dos años. Asiste a un par de clases en el centro de estudios superiores, pero se pasa la mayor parte del tiempo holgazaneando.

Vuelvo a mi habitación y miro el celular. No hay llamadas perdidas ni mensajes de Alex. Nada. En realidad quería hablar con él sobre la desalmada de su amiguita Rennie y lo mucho que se merecía ese escupitajo en toda la cara. Pero no voy a ser yo la que llame, cuando él me dijo que lo haría.

En cambio, llamo a Kim a la tienda de discos. Cuando contesta, apenas la oigo por encima del barullo.

—¿Qué está pasando? —pregunto.

—Una fiesta de un sello *indie* para un grupo de pacotilla.

—¿Puedo ir? Tuve un día horrible. Odio mi escuela con todas mis fuerzas, odio a Rennie Holtz y...

—Está bien, está bien —contesta.

Agarro mi bolsa de viaje y empiezo a meter cosas dentro. ¿Qué más da que sea entre semana? Puedo tomar el primer ferri. O saltarme las clases. Estoy a punto de darle las gracias, pero entonces Kim pone la mano encima del teléfono y vuelve a hablar:

—Hay otra botella de whisky en el sótano. Ve por ella.

Me doy cuenta de que está hablando con otra persona.

—¿Kim? Por favor... —lloriqueo, pero me da igual. Tengo que salir de esta isla como sea.

Suspira.

—Cielo, no voy a acabar hasta por lo menos las dos de la madrugada. Llámame mañana cuando salgas de la escuela, ¿está bien?

—De acuerdo —acepto.

A ver, sí, Kim está ocupada, lo entiendo. Comprendo que tiene veintitrés años y que seguramente ya no tenga tiempo para estupideces de la escuela. Pero la necesito de verdad. Necesito a alguien.

Cuando me paro a pensar en lo que pasó hoy, apenas puedo soportarlo. Carajo, que le escupí a Rennie en la cara. Es lo más corriente que podría haber hecho. Madre mía, ¿qué pensaría mi madre? A mi padre le preocupa que por culpa de su crianza yo no sea lo bastante femenina y que mi madre esté decepcionada en el cielo. Era muy femenina, muy amable. Debe de pensar que su hija es una mierda. He confirmado todas las mentiras que Rennie ha contado sobre mí desde noveno.

Me juego lo que sea a que es justo lo que quería esa bruja. Cavarme una tumba y después engañarme para que me meta en ella. Sabe cómo hacerme perder la cabeza. Pero bueno, yo también sé cómo llevarla al límite. Es recíproco. Da igual lo idiota que haya sido Rennie conmigo, que lo ha sido con creces, yo nunca me he rebajado a su nivel. ¿Por qué no? Quién sabe. Ahora me he dado cuenta de que hace mucho tiempo que debería haberla puesto en su sitio.

Decido salir a dar un paseo y fumarme un cigarro para despejarme. Me pongo las botas y me escabullo por la puerta de atrás. No necesito que Pat me insista con lo de los malditos platos. Ya los lavaré cuando vuelva. Si tengo ganas.

Ya es de noche y el camino de entrada está plagado de las herramientas de carpintería de mi padre, de astillas y de clavos torcidos, así que llevo a *Shep* en brazos hasta que llegamos a la banqueta. Una pareja rica le encargó a papá una canoa tallada a mano antes de irse de Jar Island al final del verano. Estará terminada para cuando vuelvan el año que viene.

Voy directo al bosque que hay detrás de mi casa. Traje aquí un montón de veces a Alex durante el verano. Hay un claro al otro lado donde puedes estacionar el coche y mirar directamente al mar. Está escondido y casi nadie lo conoce. Es un secreto de T-Town. Nos estacionábamos allí y escuchábamos música o mirábamos la luna. Simplemente, nos gustaba pasar tiempo juntos. Me agradaba poder ser yo misma cuando estaba con él. Y creo que el sentimiento era mutuo.

Camino, dejo que *Shep* olisquee todo lo que quiera mientras yo fumo. Cuando el cigarro se consumió hasta el filtro, lo aplasto con el talón de la bota hasta que la colilla se mezcla con las piñas y la arena.

Cuando levanto la mirada veo el todoterreno de Alex, estacionado en el claro. Con otra chica dentro.

Retrocedo a tropezones hasta un árbol y me escondo detrás de él. ¿Quién es esa chica? ¿Es la de la fiesta, con la que estaba en la cama?

Entrecierro los ojos y fuerzo la vista. Es menuda y tiene el cabello oscuro.

Madre mía. Es Nadia Cho. Yo le enseñé a amarrarse las agujetas. Eso es lo primero que se me viene a la cabeza.

Lo segundo es: «¿Alex Lind me está engañando? ¿Con una de noveno?». Pues está claro que no tiene ni idea de con quién está jugando.

Retrocedo con el corazón latiéndome a mil por hora. Busco mi celular. Tengo una raya de cobertura. ¿Cómo era su número? Debo de haberlo marcado un millón de veces. Tres cinco no sé qué más. Miro fijamente el teclado, deseando que me venga a la mente. Tres, cinco..., cuatro, siete.

Contesta después de cuatro tonos.

—¿Hola?

Hablo en voz baja sin apartar la mirada del coche.

—Para que lo sepas, tu hermana está en el coche de Alex Lind ahora mismo. ¡En el bosque!

Ya veremos lo rápido que es Alex cuando Lillia lo persiga con la intención de cortarle los huevos con una lima de uñas.

Se queda callada durante un segundo y, después, contesta.

—¿Quién eres?

—Soy Kat. ¿Me escuchaste? Te dije que estoy a un metro de tu hermana y Alex, están juntos.

—Kat, mi hermana está en casa.

Escudriño la oscuridad para tratar de ver mejor. Cuesta verlo bien, pero juro por mi vida que la que está en su coche es Nadia.

—Lo digo en serio, Lillia. Los tengo justo delante. Normalmente me importaría una mierda, pero es que Alex y yo estamos saliendo. Más o menos.

—Mi hermana está sentada a mi lado en el sofá. No sé qué intentas, pero ni te molestes. Y, por favor, no me llames nunca más.

Abro la boca para contarle que encontré a su hermana pequeña en la cama con Alex hace dos noches, pero corta la llamada. Vuelvo a mirar. Supongo que no puedo estar completamente segura de que se trate de Nadia. A ver, me lo pareció claramente, pero Lillia nunca miente. Podrá ser muchas cosas, pero no una mentirosa. Así que supongo que no es Nadia. Tal vez se trate de una morena cualquiera. Otra chica que no soy yo.

Voy en el viejo Volkswagen Rabbit convertible de mi padre con las ventanillas bajadas y la música tan alta que no escucho mis pensamientos, lo que es mi objetivo, la verdad.

Doy una vuelta por la isla, paso por el faro de la cima, por el cementerio grande con los espeluznantes terrenos familiares; después por la única pista de aterrizaje del aeropuerto y por último por la marina, hasta que vuelvo a acabar en el faro. No tengo ningún otro lugar al que ir. El último ferri salió hace horas. Si no, me habría aparecido en el departamento de Kim, con invitación o sin ella. Pero estoy atrapada en esta puta isla, así que sigo recorriendo el mismo trayecto una y otra vez.

¿Por qué me sorprende? Sea quien sea esa chica, está claro que no le va a escupir a nadie en la cara, no va a tener que tener un trabajo de mala muerte que le hace apestar a pescado para ahorrar para la universidad y nadie va a llamarla basura, ni a ella ni a su familia. Pensaba que había cambiado la opinión que Alex tenía de mí este verano. Culpa mía por creer que era diferente. No lo es. Es igual de malo que todos los demás. Ha creído las mentiras de Rennie como el resto de esta estúpida isla.

Cuando vuelvo a mirar el reloj, ya pasa de la medianoche y solo me queda un cuarto de tanque de gasolina. Si regreso el coche con lo mínimo, mi padre me mata. No hay muchas gasolineras en la isla, así que voy a la más barata, la que está cerca del Bow Tie, ese restaurante italiano feo y sobrevalorado de Canobie Bluffs que tanto les gusta a los turistas.

Estoy echando gasolina cuando los veo al otro lado del estacionamiento: Reeve, Rennie, PJ y la cabeza hueca de Ashlin. Lillia no está. Supongo que no mentía, sí está en casa con Nadia. En fin, están al lado de los contenedores, Rennie sentada en el cofre de la camioneta de Reeve, y se están pasando una botella de vino.

Alex ya me había comentado que Rennie trabaja de recepcionista en el Bow Tie y liga con los meseros del bar para que le den alcohol gratis. Lo saca con la basura y, después de que el restaurante haya cerrado y todos se hayan ido a casa, se junta con los imbéciles de sus amigos y beben toda la noche.

Debería llamar a la policía. Debería, pero no lo haré. No soy una soplona.

Pero espero que lo haga otra persona, porque están armando un escándalo. Los oigo desde aquí, entiendo todas y cada una de las palabras.

Dos faros iluminan la calle. Reeve baja a Rennie y se agachan detrás del coche para esconderse, pero entonces PJ grita.

—¡Alex!

Todo el grupo sale corriendo a la carretera para detener su todoterreno.

—¡Nadi! —chilla Rennie, y corre hacia la ventanilla del copiloto—. ¿No deberías estar en la cama?

Lo sabía. ¡Sí era Nadia!

Se ponen a charlar hasta que Alex empieza a tocar el claxon para que sus amigos se quiten de en medio. Supongo que tiene prisa por llevar a Nadia a casa. Es más de medianoche entre semana y la señora Cho mataría a su hija si se enterara de que se había escapado. La señora Cho era genial, pero también muy estricta. Una vez, mandó a Lillia a su habitación durante una hora entera mientras Rennie y yo estábamos en la alberca de su casa porque consideraba que su hija se estaba portando como una malcriada.

Cuando Alex se va, Rennie me descubre mirándolos y me señala.

—Ay, lo siento, Kat. ¡Creo que esa gasolinera no acepta cupones! —grita.

Finjo que no la escuché. No puedo soportar volver a enfrentarme con ella.

Reeve suelta un grito y añade:

—¡Vamos ya, Kat! No vas a dejar que Rennie se salga con la suya, ¿no? ¡Vamos! ¡Si eres una tipa ruda! —Se echa a reír—. Yo no me metería contigo.

La gasolina empieza a salirse de la boquilla, así que vuelvo a meter la manguera en el sitio de un golpe con la mano temblando. Rennie se cree que está a su nivel solo porque se va con la familia de Lillia de vacaciones a San Bartolomé o como carajo se llame. Pero no lo está. Vive en un departamento de dos habitaciones con su madre soltera y trabajadora. Trabaja en el Bow Tie porque lo necesita. El *jeep* que conduce es de segunda mano y se lo dio el novio casado de su madre. Rennie podrá fingir que no es cierto, pero ambas sabemos la verdad: si yo soy basura, ella también.

Ya estoy en mi habitación cuando vibra mi celular. Es Alex.

¿Estás despierta? Estoy por aquí si quieres hablar.

Lanzo el celular al otro lado de la habitación. Imbécil. Como si fuera a volver a hablarle. No se merece pasar el rato conmigo, y mucho menos que me acueste con él. Se junta con estúpidos como Rennie y Reeve. Cree que son buena gente y, según yo, eso lo convierte en tan mala persona como ellos. Me provocan ganas de vomitar, todos y cada uno de ellos. Hacen lo que les viene en gana en esta isla. Siempre joden todo y a todos en el proceso.

Hoy le dije a la chica esa del baño que a Reeve le llegaría su castigo, que el karma es un hijo de perra. Y lo decía en serio, pero ahora ya no estoy tan segura. ¿Cuándo ha tenido que pagar Rennie por alguna de las cosas que me ha hecho? Nunca. Estoy harta de esperar. El karma puede irse al diablo.

10
Mary

Estoy sentada en clase de Química, mareada de intentar resolver el acertijo que son los apuntes del señor Harris en el pizarrón. Ha escrito un montón de números y de letras para intentar explicar la notación científica. Creo que, en teoría, se trata de una forma más rápida de lidiar con los números infinitos. Solo que yo estoy infinitamente perdida. Pensaba que estaba estudiando ciencias, no matemáticas.

No obstante, el resto de los alumnos de mi clase no parecen tener problemas para seguir lo que está diciendo el señor Harris. Asienten y toman nota en sus libretas. Llevo así todos los días, en todas y cada una de las clases, excepto en Educación Física. Parece que los de undécimo de Jar Island son más listos que yo, y eso que debería estar en un curso más. Yo antes era lista. Siempre sacaba buenas notas. Entonces, se me jodió la vida y desde lo que ocurrió con Reeve he ido rezagada. ¿Y si deciden que debería estar en un curso más bajo? ¿Cumpliré los dieciocho en décimo? No. Eso no puede ser.

Quiero apoyar la cabeza en el pupitre y no despertarme nunca. Miro al chico que se sienta a mi lado. Cada vez que el señor Harris se da la vuelta para escribir en el pizarrón, talla algo en su mesa con la punta afilada de una llave. Me inclino hacia él para poder leerlo. Dice: «CÓMEME».

Después del primer día de Reeve en mi escuela, intenté no acercarme a él. Cosa que no fue fácil, porque teníamos que ir y volver en el ferri juntos todos los días. Reeve se sentaba en la parte cerrada, con el resto de los pasajeros, y yo salía a cubierta. Incluso cuando empezó a hacer frío, iba fuera. No me importaba. En realidad, me gusta sentarme en cubierta desde siempre. Pero, entonces, un día que estaba lloviendo, me vio salir y me llamó.

—Eh, Big Easy. Ven aquí un momento.

Big Easy era el apodo que me había puesto tras estudiar Nueva Orleans en Ciencias Sociales. A mis compañeros se les pegó enseguida. La única persona que utilizaba mi verdadero nombre era mi profesora. Para el resto del mundo, era Big Easy.

¿Quién iba a querer comer con Big Easy? ¿O ser su compañero de ciencias o invitarla a una pijamada? Nadie. Yo tampoco habría querido ser amiga mía. Así que ¿cómo iba a culpar a Anne por abandonarme? No podía, pero, aun así, me dolía.

Recuerdo a la perfección el tono de su voz aquella mañana. Algo aburrido. Me preguntaba si se había percatado de mi presencia, si había pensado en mí a la intemperie solo para alejarme de él. Si era por eso por lo que me había llamado, porque se sentía mal.

Ojalá pudiera viajar al pasado y obligarme a salir por esa puerta y quedarme bajo la lluvia. Pero no. Fui a su encuentro, como si Big Easy fuera mi nombre. Incluso lo saludé como si fuéramos amigos. Y hasta sonreí. Estaba agradecida, porque me sentía sola.

Reeve me miró desde su asiento. Tras un segundo o dos, habló en voz baja.

—Da un paso a la derecha.

Hice lo que me pedía.

Reeve se deslizó por el borde del asiento y este se levantó, de la misma forma que las butacas de los cines. Después, se agachó delante del asiento, dándome la espalda, y se sacó algo del bolsillo.

—¿Qué estás haciendo? —susurré.

Reeve no me contestó, pero advertí que empezaba a sacudir los hombros de arriba abajo. Oía ruidos, como si estuviera rascando algo.

Miré por encima del hombro. Detrás de mí, la anciana del puesto de comida estaba leyendo un periódico mientras esperaba a los clientes. Supongo que notó que la estaba mirando fijamente, porque levantó la vista y me sonrió. Yo fingí devolverle la sonrisa y me di la vuelta para hacer como que estaba contemplando la tormenta por la ventana.

Fue entonces cuando me di cuenta: Reeve me estaba usando para que lo cubriera.

No quería meterme en un problema, pero también me sentí... útil.

Cuando acabó, se volvió a sentar. Abrió y cerró la navaja con una mano.

—Se la robé a mi hermano Luke —anunció.

Yo no tenía muy claro qué hacer, si debía volver fuera o no, pero entonces Reeve añadió como si nada:

—Si quieres, te enseño para qué sirve cada una de las hojas.

Y eso hizo durante el resto del trayecto.

Cuando el ferri se acercó a tierra firme, Reeve recogió sus cosas y se fue al baño. Esperé a que volviera. Como no lo hizo, me acerqué a la ventana. Ya se había bajado del barco y estaba subiendo la calle que llevaba al instituto.

Me tomé mi tiempo y caminé con parsimonia, con cuidado de no alcanzarlo.

Suena el timbre y el salón se llena de ruido al instante, como si todos los alumnos hubieran estado aguantando el aliento durante cuarenta y cinco minutos y ahora ya pudieran hablar. Todos se juntan en grupos de amigos y salen al pasillo, dejándome atrás.

No es que esperara convertirme en popular al momento. No deliro ni nada de eso. En Montessori no tenía millones de amigos, pero mucha gente me hablaba. Tenía un sitio en el que sentarme durante la hora de la comida. Mi vida era plena, hasta que apareció Reeve.

¿Por qué volví? ¿Qué esperaba conseguir, si puede saberse?

He tardado mucho tiempo en recuperarme, pero lo he hecho. He mejorado. Pero, de repente, es como si los últimos cuatro años no hubieran sucedido y siento las mismas emociones horribles sobre mí misma que en aquel entonces. Ahora podría estar en casa con mis padres en vez de aquí, rodeada de malos recuerdos, sin amigos y con el chico que me amargó la existencia.

Se acabó.

Me voy.

En cuanto tomo la decisión, siento que se me quita un gran peso de los hombros. Recojo mis cosas. Recorro el pasillo y veo a Reeve al final, tan guapo y confiado como siempre, tomándose su tiempo para llegar a dondequiera que vaya.

Perfecto.

Sé exactamente lo que voy a hacer. Ayer me tomó desprevenida, pero hoy estoy preparada. Me pienso parar delante de él y decirle mi nombre, mi verdadero nombre. Dejaré que vea con sus propios ojos que no pudo conmigo. Que estoy aquí. Y, después, le lanzaré un beso enorme para despedirme y pondré fin a este capítulo de mi vida de una vez por todas. Sin más remordimientos. Esta no es forma de vivir.

Noto cómo la adrenalina me recorre la sangre mientras acelero el ritmo y me abro paso a duras penas por el tráfico del pasillo para llegar a él.

—¡Reeve! —grito por las escaleras.

Pero él no se gira y no puedo acercarme. Hay demasiada gente cruzándose en mi camino. Un muro de personas.

—¡Oye, Reeve! —chillo de nuevo mientras me abro paso. Sigue sin oírme—. ¡Reeve! —Respiro hondo—. ¡REEVE!

Una bola de energía sale disparada hacia delante, un vendaval cuya fuerza hace que todas las puertas de los casilleros se cierren de golpe al unísono. El sonido llena el pasillo, un estruendo metálico muy fuerte.

Reeve se para y mira a su alrededor. Igual que el resto.

—¿Qué diablos fue eso? —pregunta alguien.

—Y yo qué sé.

—¿Una tormenta?

—Hombre, acabo de venir de Educación Física. Fuera hace sol.

El silencio impera un segundo más y, entonces, suena el segundo timbre. Eso hace que el pasillo vuelva a cobrar vida y todo el mundo se centre en sus asuntos.

Yo me doy la vuelta y salgo corriendo en dirección opuesta. «Tengo que salir de aquí». Eso es en lo único que pienso.

11

Lillia

Ya estoy vestida para ir al instituto, acostada en la cama con los ojos abiertos de par en par.

Anoche no pegué ojo. ¿Cómo iba a dormir si no sabía dónde estaba mi propia hermana? Incluso después de que Alex la dejara en casa, después de oírla subir de puntitas por las escaleras y el crujido de su puerta al abrirse y cerrarse, no conseguí conciliar el sueño.

Dudo que Rennie venga a recogerme después de cómo dejamos las cosas ayer. Espero hasta las ocho menos diez para decirle a Nadia que se suba a mi coche, que hoy conduzco yo.

Luego, ninguna de las dos dice ni una palabra.

Me paso todo el trayecto intentando encontrar la forma de que la situación cobre algo de sentido. ¿Qué podrían estar haciendo juntos en plena noche? Quizá él quería que le devolviera su camiseta, así que la llevó a casa de Janelle para buscarla. Quizá la hice sentir tan culpable que quiso disculparse con él por haber tirado el daiquiri de fresa por todas partes, porque quizá cayera algo en la alfombra, no sé. O puede que estuvieran organizándome una fiesta sorpresa por mi cumpleaños. En plena noche. En el bosque.

Alex Lind y mi hermana pequeña. No quiero ni pensarlo.

Porque, cuando lo hago, me enojo tanto que apenas puedo respirar.

El timbre que anuncia el comienzo de clases está a punto de sonar cuando Rennie aparece por detrás de mi casillero. Lleva una camiseta ancha de escote redondo con un hombro al aire, *leggings*, sandalias de gladiador y dos paletas de caramelo en la mano, como si fueran un ramo de flores.

—Es una ofrenda de paz —dice—. Una para ti y una para mí.

—No, gracias.

¿En serio piensa que una paleta lo va a arreglar todo? Si no me hubiera arrastrado a esa fiesta, nada de esto habría ocurrido.

—Intenté llamarte al celular ayer —declara—. Supongo que no tenías cobertura.

No hay cobertura en casi toda la isla.

—Pues yo no tenía llamadas perdidas. ¿Por qué no me llamaste al fijo?

Sé que está intentando inventarse otra mentira, pero supongo que no le viene nada a la cabeza. Se muerde el labio.

—Está bien. Ahora me disculpo de verdad. Siento haberme ido así ayer, no estuvo bien. Pero, vamos, esto es muy raro. Tú y yo nunca discutimos. —Se apoya en el casillero que hay junto al mío y me mira preocupada—. Sé que estos últimos días han sido una locura, pero te prometo que nuestro último año va a ser alucinante.

Acepto la paleta y la desenvuelvo poco a poco. Ya ni siquiera me importa nuestro último año.

—Entonces ¿estamos en paz?

Cuando levanto la vista, veo a Kat en las escaleras, mirándome.

—Sí —le digo a toda prisa a Rennie—. Estamos en paz.

—Genial. ¿Vienes conmigo al despacho de la señora Gismond? Tengo que entregarle el informe de laboratorio.

Miro por encima de su hombro. Kat gesticula con la boca: «Tenemos que hablar». Me da un vuelco el estómago.

—Tengo que llevar algo a la sala de profesores. Nos vemos en clase, ¿está bien? —miento.

Rennie asiente y me da un beso en la mejilla.

—Hasta luego.

Miro cómo se aleja. Cuando pasa por delante del casillero de Kat, la abre y tira dentro su paleta a medio comer, como si fuera un bote de basura.

En cuanto dobla la esquina, me acerco a Kat.

—¿Qué quieres? —pregunto.

—Aquí no. —Mira a su alrededor—. Vamos a un sitio más privado —declara, como si fuera un capo de la mafia que me invita a su guarida.

Suelto un suspiro.

—Kat, en serio, deja las drogas. Te están destruyendo el cerebro. No somos amigas, ¿recuerdas? Desde hace mucho tiempo. No quiero que me llames, ni que intentes hablar conmigo en el instituto. Siento que Alex jugara contigo a cambio de sexo, pero...

—¡Yo no me he cogido a Alex!

Me encojo de hombros.

—Está bien, aunque está claro que no le interesas, porque está con otra. Que no es mi hermana.

Kat suelta un quejido.

—Mira, no sé por qué te estás haciendo la tonta. Anoche Alex llevó a Nadia al estacionamiento del Bow Tie para pasar el rato con todos tus amigos después de su aventurilla.

«¿Qué?».

Kat continúa, pero habla más despacio y me observa con

interés. Cosa que no es buena, porque estoy a punto de perder los estribos.

—Nadia y Alex llegaron en su todoterreno y Rennie corrió hasta la ventanilla del copiloto y le dio un beso para saludarla.

Quiero decirle a Kat que se equivoca, pero no me salen las palabras.

La cara se le ilumina con petulancia.

—Vamos, ¿Rennie no te lo había contado? —Se da toquecitos en el labio con el dedo índice—. Vaya. Qué raro.

—Esta conversación ha terminado.

Empiezo a alejarme, pero Kat alarga la mano, me agarra y me detiene.

—Ambas lo sabemos, Lillia —espeta. Hay algo en su forma de pronunciar mi nombre; triste, molesta y con cierto tono de súplica—. Ambas sabemos cómo es Rennie.

Es la súplica que percibo en su voz lo que hace que me muerda el labio y asienta levemente. Entonces, me suelta.

Ni siquiera son las cinco y el sol ya se está poniendo. Entrecierro los ojos y levanto la barbilla para poder sentir los rayos en las mejillas.

—¿Quieres mis lentes de sol? —me pregunta Rennie desde el agua—. Están encima de mi ropa.

Ashlin está acostada sobre dos tubos flotantes en la alberca, y Rennie, tirada encima de una colchoneta mientras se agarra al borde para no irse flotando.

—No, gracias —contesto.

—Lil, te van a salir patas de gallo.

Niego con la cabeza. Nunca llevo lentes de sol. No quiero que oscurezca más de lo que ya está oscureciendo, quiero que sea de día todo el tiempo posible.

Estamos en mi casa, pasando el rato en la alberca. Le pedí a Rennie que venga para poder hablar, pero invitó a Ashlin.

Yo estoy acostada en una hamaca intentando decidir qué voy a decirle a Rennie. Le pediré que se quede un rato cuando Ash se vaya y le concederé la oportunidad de explicarse, de contarme lo que está pasando entre Alex y Nadia, pero hasta ahí llegamos. Terminamos.

Estoy repasándolo una y otra vez en mi cabeza cuando percibo una música que cada vez se oye más fuerte. Bajos. Me pongo el suéter por encima del bikini y salgo a la puerta. A través de la reja, veo el todoterreno de Alex estacionado en la entrada, con Reeve, Derek y PJ dentro.

Me doy la vuelta. Rennie ya está remando con los brazos para llegar a la escalera.

—¿Por qué los invitaste?

Niega con la cabeza como si estuviera diciendo alguna ridiculez.

—Reeve me mandó un mensaje antes del entrenamiento para preguntar qué estaba haciendo. Así que... se lo conté. ¿Por?

Si Nadia estuviera en casa, cerraría la puerta con llave. Pero no está. Fue a practicar las coreografías a casa de una amiga.

Los chicos entran, sudados y manchados de pasto.

Ashlin corre a abrazar a Derek, pero se aparta igual de rápido.

—Puaj. Apestan.

Reeve le sonríe a PJ y, en un segundo, ambos se quedan en ropa interior y se lanzan a la alberca. Derek se lanza de bomba justo después y, entonces, Ashlin y Rennie se dan la mano y saltan también.

En cuanto caen, Alex se sienta en una de las hamacas. No

es que esté muy cerca de mí, pero, desde luego, más de lo que me gustaría. Al final, me pongo los lentes de sol de Rennie para ocultar lo enojada que estoy.

Mi madre debe de haber oído los chapoteos, porque sale por la puerta del patio. Al instante, Reeve y PJ gritan desde la alberca:

—¡Hola, señora Cho!

—¡Hola, chicos! —Entonces, se percata de que Alex está sentado a mi lado—. ¡Alex! ¿Cómo estás?

Lo adora.

Él se levanta como el caballero que es.

—Hola, señora Cho. ¿Se cortó el cabello? Le queda bien.

Mi madre me mira con la cara radiante, como queriendo decir: «Ay, ¿no es increíble?». En efecto, yo aún no me lo creo.

—Pues sí. Gracias por darte cuenta, Alex.

Espero todo el tiempo a que él intente mirarme a los ojos, pero no lo hace. Mira a todas partes menos a mí. Quizá siga enojado conmigo. O igual es que le pesa la conciencia.

Cuando mi madre vuelve dentro, los chicos salen de la alberca.

—Que alguien me dé una toalla —pide Reeve, como si fuera un rey.

—Lil, tienes toallas de sobra, ¿verdad? —pregunta Rennie.

—Pues no —respondo—. La señora de la limpieza está lavando la ropa. Cuando mucho podría darles un trapo. O servilletas de papel. Lo siento.

Ashlin y Rennie intercambian miradas. PJ me hace un puchero y empieza a temblar. Pongo los ojos en blanco y le lanzo la mía. PJ me dedica una amplia sonrisa.

—¡Gracias, Lil!

—Sí, qué generosa —dice Reeve.

Ashlin le presta su toalla a Derek. Rennie abre la suya para Reeve, pero él rechaza la oferta. En cambio, se pasa las manos por los abdominales para quitarse el agua de encima y toma su ropa.

—Aquí la hospitalidad brilla por su ausencia. ¿Vamos, Alex?

—Sí.

Voy hacia la puerta y se la abro.

—Adiós —me despido.

Reeve hace el gesto de la paz y se va negando con la cabeza. ¿Desde cuándo Reeve Tabatsky se cree con autoridad para dar lecciones de buenos modales? Lo he visto sacar comida de la basura. Era en casa de Alex, pero aun así...

Los chicos salen detrás de Reeve, y Rennie y Ashlin entran en la casa para cambiarse. Yo me levanto y me pego a la valla. Entonces escucho la conversación que están teniendo al otro lado. Porque Alex todavía no se ha ido. Su todoterreno sigue en mi entrada.

Oigo a Reeve decir:

—Carajo, Cho está que echa chispas. ¿Crees que sabe que pasaste la noche con su hermana?

Ahogo un grito.

—Ni de broma. Nadia le juró que durmió en casa de esa tal Janelle. No se lo va a contar, por nada del mundo.

—Más te vale —añade Derek.

—Hombre, ¿qué sacas tú de todo esto? Deberías conformarte con DeBrassio. Yo la respeto. Sabe la clase de chica que es —interviene Reeve.

Alex arranca el coche.

—Sé lo que hago.

Rennie se acerca a mí por detrás y me pone una mano en el hombro. Me sobresalto.

—Eh. ¿Dónde está Ash? —pregunto.

—Haciendo pis. Lil, no sé cómo decirte esto, pero... Tienes que centrarte.

—¿A qué te refieres?

La mente todavía me va a mil por hora. Nadia ha pasado la noche en casa de un chico. Y no de uno cualquiera. De Lindy. Alguien que creía que era mi amigo. Que nunca haría nada parecido. No sé por qué fui tan inocente. No se puede confiar en los hombres. En ninguno.

—¿Por qué les negaste una toalla a tus amigos? Estamos a miércoles. Carlota ni siquiera está en tu casa. No quise dejarte en evidencia delante de todos, pero, vamos... —Mira a su alrededor antes de bajar la voz—. Lil, tienes que relajarte o la gente va a darse cuenta de que algo no va bien.

No puedo pensar con claridad. Me apoyo en la reja y la utilizo para estabilizarme.

—Tienes razón —consigo responder. Le diré lo que sea solo para que se calle.

Pero no lo hace. Le brillan los ojos.

—¡Madre mía! Ni siquiera te he contado lo que pasó anoche en el Bow Tie.

El momento ha llegado. Por fin.

—¿Qué?

—¡Reeve y yo nos besamos! Bueno, fue solo un segundo. Se apartó y me dijo que era demasiado importante para él para ser un simple ligue. ¿No es lo más adorable que has oído en tu vida? Estamos a puntito de ser una pareja oficial, te lo digo yo.

Da una vueltecita, como si ya llevara puesto el vestido de novia.

Finjo una sonrisa.

—Son perfectos el uno para el otro, de verdad.

Después de cenar, oigo que Nadia está en la sala viendo la tele, pero no voy con ella. Apenas pude mirarla desde el otro lado de la mesa. Subo directo a mi habitación, me acuesto en la cama y me pregunto qué voy a hacer ahora que no puedo confiar en nadie.

Mi celular vibra y alargo la mano hacia el buró para tomarlo. Es un mensaje de un número que no reconozco.

> Soy el karma, y soy un hijo de perra. ¿Se te ocurre alguien que se merezca que le partan la cara?

Uy, pues claro que sí. Unos cuantos.

Mi celular vuelve a vibrar.

> De ser así, nos vemos en el *Judy Blue Eyes* a las dos de la mañana. Si no, siéntate y disfruta del espectáculo.

Así es como Kat dijo siempre que bautizaría a su barco si lo tuviera. Por su madre. Era la canción favorita de Judy.

12
Mary

No fui yo. No puedo haber sido yo.

Pasara lo que pasara en el instituto, fuera lo que fuera eso... No quiero ni pensarlo. Solo quiero salir de aquí. Salir de esta isla y alejarme de Reeve y de todo lo que me recuerde a él, a mi yo del pasado.

Cuando llego a casa, veo el Volvo de la tía Bette en la entrada. Dejo la bicicleta en el pasto del jardín delantero sin hacer ruido y camino de espaldas, hacia la calle. Mis vestidos y mi ropa me dan igual. La tía Bette me los puede mandar más adelante. De lo único que estoy segura es de que necesito subirme al siguiente ferri.

En la curva, me doy la vuelta y miro la casa por última vez. Intento memorizar el tono exacto de gris que tienen los tablones de cedro, como el cielo justo antes de una tormenta de verano. Cuento las persianas blancas clavadas a cada lado de las ventanas. Doce. Dibujo con el dedo en el aire la curva del camino de adoquines. Lo admiro porque es la última vez que voy a ver esta casa. No pienso volver. Jamás.

Después, respiro hondo y echo a andar colina abajo mientras intento no ponerme a llorar. Qué locura fue pensar que Reeve se disculparía por las barbaridades que me hizo. Dentro de mí, en lo más profundo, siempre he tenido la esperanza de importarle. De que, a pesar de todo, había algo real entre nosotros. Que se preocupaba por mí. Que se arrepentía de lo que me había hecho.

Ahora sé con certeza que me equivocaba. Que nunca me va a pedir perdón ni a hacerse responsable de sus actos. Así que no tengo razón alguna para quedarme.

Al alcanzar el muelle siento el corazón retumbarme dentro del pecho. Tengo la respiración demasiado acelerada como para hablar, así que cuando llego a la ventanilla en la que venden los boletos, me quedo a un lado para recuperar el aliento. Veo un barco arribar al puerto y a los pasajeros subirse a él. La mujer que tengo detrás se pone en la fila. Intenta comprar un boleto, pero el viaje de las cuatro de la tarde está lleno. El siguiente disponible es a las seis.

Oscurece. Más gente se pone en la fila, pero yo no me muevo. Me quedo ahí de pie, los contemplo y espero. Quiero comprar un boleto. Desesperadamente. Mi interior me grita: «¡Muévete, muévete, muévete, muévete!». Pero no puedo. Hay algo que me lo impide. Algo que me mantiene aquí.

¿Qué me está pasando?

13
Kat

El cielo está negro. Bajo la cubierta del convertible de mi padre y el reloj del tablero indica que son las dos menos cuarto de la madrugada.

Compruebo el celular una última vez antes de tirarlo al asiento trasero. No hay llamadas ni mensajes. Nada. No va a venir.

¿Por qué soy tan tonta?

Tendría que haberme callado. La venganza debería ser un asunto solitario. Creo que lo escuché en alguna parte. Y no sé en qué pensaba que podría ayudarme Lillia. Su mente no puede tener ideas oscuras como la mía. Es demasiado pura. E incluso con lo que quiera que esté pasando entre ella y Rennie, es imposible que la traicione. En realidad, conociéndola, seguramente haya leído mi mensaje en voz alta y Rennie se haya muerto de risa. Me he emocionado demasiado, y ahora mira. Todo va a terminar incluso antes de haber empezado.

Al diablo. Me voy a ir a casa y a centrarme en la idea que tuve al principio: inscribirme en Oberlin. Es lo único que me ayudaría a soportar este año: la idea de salir de esta isla de una vez por todas.

Me meto en el estacionamiento del ferri para dar la vuelta. Las luces están apagadas y no hay nadie, excepto una chica sentada en el borde de la banqueta. Tiene los codos apoyados en las rodillas y la cabeza sobre las manos, y el cabello rubio colocado sobre un hombro.

Pienso en pasar de largo, pero algo me hace ir más despacio. A medida que me acerco, veo que es la chica del baño.

—Chica del baño —la llamo a la par que freno.

—Me llamo Mary —contesta. Se está mordisqueando un mechón.

—Lo sé —miento—. Era una broma. —Niego con la cabeza y empiezo de cero—. ¿Qué diablos estás haciendo aquí tan tarde?

Tiene los ojos muy abiertos y la mirada frenética.

—Tengo que salir de la isla.

—Sabes que son casi las dos de la madrugada, ¿verdad? No hay ferris hasta mañana por la mañana, te perdiste el último.

Mary no contesta. Se limita a mantener la mirada perdida más allá del muelle. Apenas se distingue el agua del cielo. Todo está negro.

—Creo que me estoy volviendo loca.

Lo dijo ella, pero lo creo. Esta chica es rarísima, y yo debería ir al club náutico. Si existe una mínima posibilidad de que Lillia se presente, no puedo dejarla plantada.

—¿Necesitas que te lleve a alguna parte? —le pregunto a Mary, con la esperanza de que su respuesta sea que no.

—Voy a esperar. Quizá reúna las agallas para irme por la mañana.

—¿Vas a quedarte aquí sentada toda la noche?

—Solo son unas cuantas horas más. Y después no tendré que volver a ver este sitio.

—¿Dónde están todas tus cosas? ¿Te mudaste sin nada?

—Ya las recogeré en otro momento.

Vaya locura. La chica esta está teniendo un ataque o algo.

—¿Tiene que ver con Reeve?

Mary baja la mirada.

—Siempre ha sido por Reeve.

Me dispongo a decirle que Reeve se vaya al diablo, pero, antes de poder pronunciar palabra, atisbo el Audi plateado de Lillia pasar a toda velocidad por la carretera y tomar la primera salida a la derecha para entrar en el estacionamiento del club náutico. No lo puedo creer. Vino. ¡Vino de verdad!

—Súbete —le ordeno a Mary, porque puede que yo sea una zorra, pero no pienso dejarla aquí sola de noche.

—Es que...

—¡Date prisa!

Durante un instante, parece dispuesta a discutirlo. En tal caso, me largo. No tengo tiempo para tratarla como si fuera un maldito bebé. Puede que Lillia ni salga del coche si no me ve allí. Mary duda y después intenta abrir la puerta, pero está atorada.

—Está cerrada.

—Suelta la manija —digo, y aprieto el botón. Sin embargo, cuando Mary vuelve a intentarlo, sigue sin funcionar. Carajo—. ¡Métete de un salto, vamos!

—¿A quién estás persiguiendo? —inquiere cuando acelero a tope para reducir la distancia que nos separa de los faros traseros de Lillia.

No le contesto, me limito a seguir conduciendo.

Cuando llegamos al estacionamiento, Lillia está de pie al lado de su coche. Lleva una sudadera con capucha ajustada, pantalones de pijama con un estampado de corazones rojos y rosas, enrollados para que sean más cortos, y chanclas. Tiene el cabello recogido en una cola de caballo larga. Por la forma en la que refleja la luz de la luna, creo que lo trae mojado. Seguramente acaba de salir de la regadera. Es una costumbre rara que tiene. Siempre se baña por la noches, como una niña pequeña. Supongo que hay ciertas cosas que nunca cambian.

—Llegas tarde, Kat —espeta. Después, se percata de la presencia de Mary y aprieta las llaves del coche.

Salgo a toda prisa y me acerco a ella. Estoy emocionada y aliviada de que haya venido, pero intento disimularlo.

—La encontré sola en el muelle —susurro—. Tranquila, no pasa nada.

—Kat... —Lillia me lanza una mirada asesina—. ¡No pienso decir nada con ella presente!

Supongo que Mary nos oye, porque anuncia:

—No pasa nada, puedo irme.

Y sale del coche por la ventanilla.

Levanto la mano para que Lillia me conceda unos segundos y vuelvo a mirar a Mary.

—¿E irte de Jar Island mañana como una niñita asustada?

—Es que lo estoy. Tanto que me estoy volviendo loca.

—¿Por culpa de Reeve Tabatsky? —Ahora sí que me he enojado. Esta chica tiene que reaccionar, por Dios—. No es nadie. No pienso dejar que te toque ni un pelo.

—Eso no es lo que me preocupa. —Mary se cubre la cara con las manos—. El problema soy yo. Es que... no puedo superarlo. No consigo pasar la página.

—Pues claro que no, porque el mal no se ha revertido. Reeve no ha recibido el castigo que se merece.

Lillia niega con la cabeza.

—Paso esto, no cuenten conmigo.

Aprieta el control de las llaves del coche, las luces parpadean como las de un faro y abre los seguros.

Yo me pego a la puerta de su coche y cubro la manija con la espalda para que no pueda abrirla.

—No te vayas. No habrías venido hasta aquí si no quisieras devolvérsela a Alex tanto como yo a Rennie.

Mary se acerca lentamente a nosotras.

—¿Qué te hizo Alex?

Lillia duda, pero después habla.

—A mí nada. A mi hermana.

Sí, a Nadia y a mí. Tampoco es que esté dolida ni nada de eso. Fue un enredo y punto. Podría haber llegado a más, pero él lo jodió todo. Yo ya pasé la página. Casi.

—Lo siento. De verdad, no quería entrometerme. Me voy a ir. Les prometo que no se lo diré a nadie. Pueden confiar en mí. Sé de buena fuente que en esta isla esta clase de cosas pueden acabar contigo. Y... me parece genial que vayan a hacer algo al respecto —declara Mary. Después se da la vuelta y empieza a alejarse en dirección al ferri—. Buena suerte.

Lillia y yo nos miramos.

—¡Espera! —grito. Mary se gira—. ¿Quieres participar? Si nos ayudas... nosotras te echaremos una mano para vengarte de Reeve.

Me da miedo mirar a Lillia porque sé que lo más probable es que esté enojadísima conmigo. Pero no dice nada y tampoco se va.

—¿Por qué? Si ni siquiera me conocen.

Mary me mira fijamente sin parpadear, de una forma tan intensa que me hace sentir incómoda. Tardo un segundo en recuperarme.

—No tengo que conocerte para saber que estás jodidísima por lo que sea que te pasó hace unos años. Y, obviamente, no te va a salir gratis. Tú también tendrás que meter las manos en la masa, pero estaríamos juntas. Las tres —explico.

Mary nos mira a Lillia y a mí durante un buen rato.

—Si me ayudan a devolvérsela a Reeve, haré lo que quieran —responde al fin.

Lillia no se mueve. Tiene los labios apretados y niega con la cabeza.

—No sé...

—Piénsalo —intervengo. Estoy tan emocionada que prácticamente doy saltitos—. Mary es nueva. Nadie va a sospechar de ella, básicamente porque no la conoce ni Dios. Además, contar con la ayuda de otra persona nos lo pondrá más fácil a nosotras. —No parece convencida. Alzo las manos y digo—: Confiaste lo bastante en mí como para venir hasta aquí, ¿verdad? Lo único que tienes que hacer es confiar un poquito más. Tengo un buen presentimiento.

Se muerde el labio.

—Entonces ¿vamos a vengarnos de Rennie, de Alex y también de Reeve? Básicamente, me estás pidiendo que le joda la vida a todo mi grupo de amigos —comenta.

Tengo en la punta de la lengua un «Quizá no deberías ser amiga de gente tan estúpida», pero me lo trago y escojo la vía diplomática.

—Te entiendo —aseguro mientras asiento—. Tú eres la que más tiene que perder. Por eso nos encargaremos primero de Alex. —Señalo y digo—: Vamos a algún sitio en el que no estemos tan expuestas. Tengo el barco amarrado ahí mismo.

—Ni de broma, Kat —responde Lillia de inmediato.

—¿Todavía no has aprendido a nadar, Lil? —la molesto.

Se pone roja.

—Es que no veo la necesidad.

—Será más seguro que hablemos mar adentro —explico—. Allí hay menos probabilidades de que alguien nos escuche.

Lillia pone los ojos en blanco y extiende los brazos para señalar a su alrededor.

—¿Quién nos va a oír?

Lillia Cho. Siempre cree que sabe más que nadie.

—Muchos viejos con dinero traen aquí a sus amantes —revelo—. Y, además, hay agentes de seguridad. Y policías. Bueno, si quieres arriesgarte a que te arresten, a mí...

—Pues igual deberías haber elegido otro sitio —me reprocha.

—Vayamos al barco y punto —interviene Mary—. A fin de cuentas, ya estamos aquí al lado.

—Está bien —refunfuña Lillia.

Yo las guío por el muelle con la luna a mis espaldas. Mary va a mi lado, y Lillia, unos cuantos pasos por detrás.

A medida que caminamos, mi mente no deja de repasar todas las posibilidades. Cómo podemos hacerlo, cuál será la mejor forma de empezar. Ya le he dado algunas vueltas, por si acaso Lillia no se presentaba. Pero ahora que Mary también está metida en el asunto, tengo que hacer unos arreglillos de última hora. Lo único que tengo claro es que, para que Lillia se quede tranquila, tiene que parecer que lo preparé todo. Es igual de asustadiza que un gato en plena tormenta eléctrica. Un solo error y saldrá corriendo.

Cuando Mary me pregunta si uno de estos yates increíbles es el mío, apenas la oigo. Tiene que repetir la pregunta.

—No exactamente —contesto mientras niego con la cabeza.

Como trabajo en el club, me dejan el amarre gratis. Pero no puedo tenerlo aquí con los yates, claro. El mío está detrás de los dispensadores de combustible, en una zona más vieja del muelle en el que mi jefe guarda la chatarra, es decir, los barcos viejos que ha comprado baratos para piezas.

—Tengan cuidado —advierto—. Las tablas de este muelle están medio podridas y hay un montón de cabezas de clavos oxidados que se salen por las grietas. Creo que todavía tengo una astilla clavada en el talón. Un imbécil sacó su yate demasiado rápido y creó una ola tan grande que me tiró del mío.

—Vaya idiota —dice Mary.

Asiento.

—Y casi no me pidió ni perdón. Los ricos nunca se disculpan.

Lillia pone los ojos en blanco, pero no dice ni pío.

Levanto la lona que cubre mi velero Catalina, la doblo y la meto en la escotilla. Hace bastante que no lo saco a navegar. Quizá desde junio, cosa que me parece una locura. Alex y yo siempre quedábamos de vernos aquí, porque tiene un refrigerador en el que podíamos enfriar las bebidas, asientos de cuero reclinables y un equipo de sonido increíble. Ahora me siento culpable por haberme olvidado de quién era antes de conocerlo. Las cosas que consideraba importantes. Cuidar mi barco y pasar el rato con mis amigos. Jamás pensé que llegaría a ser de esas chicas que arriesgan su identidad por un simple chico. Sobre todo un idiota infiel de poca monta como Alex Lind.

—Pasen —les indico mientras conecto a la batería el foco, que emite un rayo de luz intenso que ilumina las crestas de las olas. Perfecto.

Lillia mete un pie y se queda helada cuando el barco se balancea. Después, se baja de un salto como un conejito asustado. Casi choca con Mary, que también parece estar nerviosa.

—Hablemos aquí fuera y punto —ordena Lillia con los brazos cruzados.

—Vamos, si llevo navegando desde que pude mover el timón yo sola. Me siento más segura en el mar que en la carretera —explico entre risas.

—Dije que no me voy a subir a ese cacharro —espeta Lillia—. O hablamos aquí o me voy.

—Diva —farfullo entre dientes. Desenchufo el foco y bajo al muelle.

Las tres nos sentamos en semicírculo.

Justo entonces me percato de que ya gané. Porque la amiga de Rennie aceptó ayudarme a acabar con ella. Y Alex también las va a pagar. Me importa una mierda Reeve, pero me parece genial que se lleve su merecido. Es como una ofertaza del tres por uno.

Estiro las piernas.

—Tenemos que establecer unas normas fundamentales. Antes que nada, creo que cada una tiene que participar en los tres actos de venganza. De esa forma, nadie puede escabullirse ni echarle la culpa a las demás.

—Eso está claro —interviene Lillia.

Le lanzo una mirada, pero sigo hablando.

—Segundo, nadie puede vernos hablando en público. Nunca.

Mary asiente.

—Sí, supongo que tiene sentido.

—De hecho, creo que incluso mandarnos mensajes es arriesgarnos demasiado —continúo—. Lillia, ¿y si Rennie tomara tu celular y viera mi número?

Esta baja la mirada hacia el regazo.

—No es que Rennie hurgue en mi celular, pero sí, supongo que tienes razón. Vamos a tener que andarnos con cuidado.

—Y mucho —puntualizo—. Nadie puede saber qué nos traemos entre manos. Lo que hagamos juntas vive y muere con nosotras. —Después, carraspeo, porque esta es la parte más importante—. Por último, nadie puede rajarse a mitad de venganza. Si deciden participar, es hasta el final. Hasta que todas consigamos lo que queremos. Si no, pues... quedará abierta la veda. Tendremos muchísima munición que usar contra la que se raje. Si no pueden jurármelo, podemos hacer como que no ha pasado nada.

Mary asiente primero, después Lillia. Sonrío porque, carajo, vamos a hacerlo.

—De acuerdo, bien —anuncio—. Creo que eso es todo. Ahora solo tenemos que decidir qué vamos a hacerle a Rennie, a Alex y a Reeve.

—Alex primero —corrige Lillia.

Nos miramos. Nadie dice nada.

—¿Y bien? ¿Cuál es el plan? —pregunta.

—No esperes que me encargue de la parte difícil —digo a la defensiva—. ¡Solo ideé las normas!

Lillia frunce los labios.

—¿En serio? Pensaba que estabas a tope con esto. Creía que ya tendrías una libreta con todas las personas a las que odias y listas de cosas que hacerles para vengarte de ellas.

Suena decepcionada, lo que, por extraño que parezca, me enorgullece.

Empiezo a dar ideas que se me van ocurriendo en el momento.

—A ver, sabemos que Alex está obsesionado con su todoterreno. Podríamos pintarlo con spray o meterle mano al motor...

—No es lo bastante impactante —me interrumpe Lillia.

—¿Tiene alguna mascota o algo? —pregunta Mary—. Podríamos secuestrarla... ¡Y matarla! —Lillia y yo intercambiamos una mirada de horror mientras ella suelta una risita—. La última parte era broma. ¡Adoro a los animales!

Seguimos lanzando las ideas.

—Podríamos hackear la computadora de la escuela y bajarle las notas para que la única universidad que lo acepte sea el centro de estudios superiores de Jar Island. Si no entra en una de la Ivy League, su padre lo mata.

Lillia suspira.

—Yo no sé hackear nada y sospecho que tú tampoco, Kat. ¿Y tú, Mary? —tantea.

Esta niega con la cabeza.

—Creo que se me ha ocurrido una idea mejor —anuncia

Lillia. Yo empiezo a irritarme, pero sigue hablando—. Quiero que ninguna chica de Jar Island vuelva a ligar con Alex Lind. ¿Cómo lo conseguimos?

No es tanto lo que dice, sino cómo lo dice. Inclinada en la oscuridad con los ojos bien abiertos y muy calmada. Lo dice totalmente en serio.

—¡Claro que sí! —Aplaudo. No puedo evitarlo.

14
Lillia

Después del entrenamiento del viernes, Rennie me agarra del brazo mientras recorremos juntas el estacionamiento.

—¿Qué quieres hacer esta noche?

—Uy, ¿no trabajas?

Pensaba que sí. Esperaba que sí.

Niega con la cabeza.

—Terri me cambió el turno. ¡Quiero hacer algo divertido! —Esta última parte la dice con voz de niña pequeña.

—Mmm —murmuro mientras finjo pensar.

Solo quiero irme a casa, acostarme en la cama y pensar en más planes para destrozar a Alex. No he podido concentrarme en clase porque estaba imaginando lo bien que me sentiré cuando por fin empecemos a hacerle la vida imposible. Es terapéutico. No he estado tan feliz desde... Bueno, desde hace mucho.

Ayer, a la hora de la comida Rennie me descubrió sonriendo y me preguntó por qué estaba tan contenta. Casi me atraganto con el sándwich de pollo. Nunca había tenido que guardar un secreto tan gordo. Me preocupaba tanto que se me fuera la lengua acerca de la fiesta sorpresa que mi madre le organizó a mi padre cuando este cumplió los cincuenta que me pasé dos semanas con dolor de estómago. Cuando mi padre me metía en la cama por las noches pensaba: «No digas nada, no digas nada». Tenía pánico de que se me escapara porque me estaba concentrando demasiado en callármelo.

Pero lo conseguí. Le dije a Rennie que estaba pensando adónde iríamos de viaje de graduación en mayo. Habíamos planeado irnos a algún sitio las dos juntas, solas.

—Fiyi sería increíble. O las Maldivas —le comenté.

Mi relación con Rennie no volverá a ser la que era, pero en cierto modo me alegra no tener que hacer nada de momento. Con quien tengo un verdadero problema es con Alex, y a eso estoy dedicando toda mi atención.

Una parte de mí, supongo que la nostálgica, desearía poder contarle a Rennie lo que estoy planeando. Ella lo disfrutaría muchísimo. Seguro que se le ocurrirían un montón de ideas retorcidas y deleznables, cosas que a mí no se me pasarían por la cabeza ni en un millón de años. Pero, obviamente, no puedo decirle nada. Porque cuando acabemos con Alex, será su turno.

De momento, solo tengo que seguir disimulando. Cuanto más normal le parezca a la gente, menos sospecharán que lo que ocurra será cosa mía. Eso es esencial. Nadie puede enterarse. Jamás.

—¿Quieres venir a cenar a mi casa y lo pensamos? —pregunta Rennie.

—Pues claro —afirmo mientras sonrío.

Dejo el coche en el estacionamiento del instituto y voy con Rennie hasta su departamento. El cartel en el que aparece el nombre del fraccionamiento, «Las gaviotas», está iluminado por unos focos. La entrada delantera está cuidada con todo detalle, tiene flores y arbustos grandes. Sin embargo, una vez que llegas a la puerta, la elegancia disminuye. El acceso es con código, pero la puerta lleva rota todo el verano. La ataron con una cuerda para que se quede abierta. Desde los allanamientos que tuvieron lugar la primavera pasada, a mi padre no le gusta que venga por aquí.

—Tendrían que arreglar la puerta —comento mientras pasamos de largo con el coche. Busco en la bolsa una paleta de uva y la desenvuelvo. Después, se la ofrezco a Rennie para que la pruebe. Niega con la cabeza y yo añado—: No es seguro. Podría entrar cualquiera.

Rennie levanta los hombros.

—El administrador es un inútil. ¿Te acuerdas cuánto tiempo tardaron en arreglarnos la regadera? Mi madre se está volviendo a plantear que nos mudemos al continente en cuanto acabe el curso.

Dejo de chupar la paleta.

—¿En serio?

—¿Hola? Si ya quería largarse la primavera pasada, cuando nos subieron la renta.

Me acuerdo. Lloramos y le suplicamos a la señora Holtz que cambiara de idea. Incluso se nos ocurrió que Rennie se viniera a vivir a mi casa durante el último año de preparatoria. Al final, su madre dio el brazo a torcer cuando vio lo empeñada que estaba su hija en quedarse.

—En fin, ahora está saliendo con un tipo del continente. Rick, el restaurador. —Esboza una mueca—. Tiene un restaurante de comida rápida o algún cuchitril por el estilo. Mi madre pasa allí todos los fines de semana y se está gastando una fortuna en boletos de ferri. Además, se ha planteado apuntarse a un cursillo de agente inmobiliario. Seguro que rescinde la renta de la galería antes de que llegue junio.

—Tu madre adora la galería.

—Es cierto, pero últimamente estamos con el agua al cuello —explica Rennie—. No te olvides de que acabo de cumplir dieciocho. Adiós a los cheques de manutención de mi PMS.

Me quedo callada. La verdad es que nunca sé que decir cuando Rennie saca el tema de su padre. Las abandonó cuando ella tenía tres años y solo lo ha visto dos veces desde entonces. Antes la llamaba el día de su cumpleaños, pero desde que se volvió a casar y tuvo hijos, ni eso. Ahora vive en Arizona. Rennie casi nunca habla de él, pero, cuando lo hace, lo llama PMS: padre mierda seca.

Suspira.

—Me parece una locura que el año que viene, cuando las dos estemos en la universidad, ya no viviremos a diez minutos la una de la otra. Nos separará un océano.

—Tampoco es que te vayas a mudar al extranjero —señalo, aliviada de que haya dejado de hablar de dinero y de su padre—. El viaje en ferri no es para tanto.

—Sí lo es y lo sabes —interviene—. Todo va a cambiar.

Yo ya le había dado vueltas a este asunto incluso antes de que las cosas se complicaran tanto entre nosotras. Cuando nos vayamos a la universidad, perderemos la relación porque ya no nos necesitaremos tanto. Quizá sea positivo. Sin Rennie, todo será más sencillo.

En el fraccionamiento hay tres bloques de departamentos idénticos que rodean una alberca pequeña, en el centro del jardín. La bordeamos de camino a la entrada del edificio de Rennie. No me he nadado en ella jamás. Es raro darse un chapuzón delante de las ventanas de la cocina de cientos de personas. Además, mi alberca es tres veces más grande que esta, así que siempre nos vemos en mi casa.

Rennie está rebuscando las llaves cuando la puerta del departamento se abre de repente. La señora Holtz se alació el cabello y lleva un vestido cruzado de color gris, con un collar de cuentas grandes y unos aretes plateados en las orejas.

—¿Cómo me veo?

Da una vuelta.

—¡Guapísima! —Rennie entrecierra los ojos—. Pero tienes que cambiarte el labial. Necesitas algo más llamativo.

—Y traes la etiqueta todavía —aviso. Voy al cajón de los cubiertos, saco las tijeras y se la corto.

—Tengo que decirle a tu madre de esta tienda, Lillia —dice—. Está llena de gangas. Mira la etiqueta. Este vestido de Diane von Fürstenberg cuesta quinientos dólares, y yo lo conseguí por sesenta dólares.

Rennie refunfuña.

—Mamá, ya te lo dije. Ese estampado es de hace dos años por lo menos. ¿Verdad, Lil?

—No estoy segura —contesto, aunque sé que tiene razón. Mi madre lo tiene en versión blusa, aunque ya no se la pone—. Te queda genial.

—Gracias, cielo. —La señora Holtz me atrae hasta ella y me da dos besos, uno en cada mejilla—. Deberían ir a la galería. Tengo una exposición de un artista que trabaja con el vitral. —Supongo que ni Rennie ni yo parecemos demasiado entusiasmadas con la idea, porque luego añade—: Las dejaré beber un poco de vino si me prometen que se esconderán en la bodega.

—Lo pensaré —dice Rennie, pero me lanza una mirada disimulada que quiere decir «Ni de broma».

No puede convencernos ni con alcohol. Primero, porque el vino sabe fatal. Segundo, porque Rennie tiene por lo menos tres botellas de vodka de vainilla escondidas debajo de la cama. Se las regalan los *bartenders* del Bow Tie.

Su madre nos pide una pizza: mitad de champiñones y cebolla para Rennie y mitad de queso para mí. Nosotras nos metemos en su habitación para pintarnos las uñas mientras esperamos. Yo elijo el color Ballet Slipper, un rosa palo tan claro que casi parece blanco. Rennie escoge Cha Cha, un naranja intenso. Cuando se le secan las uñas, se va a la regadera. Yo me dejo caer en su cama.

Toda una pared de la habitación de Rennie está dedicada a nuestra pandilla. Hay fotos de Ashlin, de Reeve y de todos los demás, pero en la mayoría salimos ella y yo. Estamos en el centro de todo. La tira de fotos que nos hicimos en la cabina de fotos de la feria, una tarjeta de metro de cuando mi madre nos llevó a Nueva York a los catorce años. El póster de Broadway de ese mismo viaje. Me pongo triste al verlo. Parece que los recuerdos son de hace mucho tiempo.

La señora Holtz asoma la cabeza por la puerta.

—Ya llegó la pizza, Lil.

—De acuerdo —contesto, y le dedico una sonrisa enorme y llena de alegría—. Gracias, Paige.

Me siento un poco rara al llamar a la madre de Rennie por su nombre de pila, pero ella siempre insiste.

En vez de irse, se apoya en el marco de la puerta.

—Me alegro mucho de que hayas venido. Qué curioso, justo esta mañana le dije a Rennie: «¡Hace un montón que no veo a mi Lillia!».

Solo hace una semana, cosa que no sería muy extraña de no ser porque Rennie y yo siempre estamos juntas. Hay una pausa, no estoy segura de si la señora Holtz espera que me explique. Pero, entonces, se ríe de forma extraña.

—¡No pongas esa cara de susto, cielo! ¡No estoy enojada contigo! Ya sé lo ocupadas que están con las clases y lo de las animadoras.

Asiento, como si esa fuera la razón.

—Sabes que te quiero. Eres mi favorita de todos los amigos de Rennie. Me encantaría que fueran buenas amigas para siempre.

Vuelvo a asentir. La señora Holtz siempre me dice lo mismo

y, aunque es un cumplido muy agradable, hoy hay algo en él que me incomoda. Quizá es porque me siento culpable.

Rennie sale con dos toallas, una enrollada en el cuerpo y la otra en la cabeza.

—Ya llegó la pizza, Ren —repite su madre.

—Genial. Gracias, mamá. ¡Que lo pases bien!

Rennie prácticamente le cierra la puerta en la cara.

Se quita la toalla de la cabeza y la lanza a la cama. Tiene que desconectar el aire acondicionado para que quede un enchufe libre para la secadora. Abro la ventana para que no se recaliente demasiado la habitación. Ella se sienta en el suelo, delante del espejo que cuelga detrás de la puerta y empieza a secarse el cabello con un cepillo redondo.

—Bueno, ¿qué hacemos hoy? —pregunta.

Bajo de la cama y voy de rodillas hasta ella.

—Vamos al cine. Hace una eternidad que no vemos una peli.

Eso es lo que hacemos siempre que llueve. Este verano ha habido un millón de días de sol. Se me ocurre que es un buen plan para no tener que mirarla ni hablar con ella.

—¡Ay! Está bien. ¿Quieres que sea noche de chicas? ¿Ash, tú y yo?

—No. Llama a los chicos.

Tengo que decirlo, porque necesito aparentar ser la antigua Lillia.

—¿Solo a Reeve y a PJ? ¿O también a Alex? ¿Ya se le pasó el berrinche por habernos largado de su fiesta?

—Seguro que ya ni se acuerda. —Empiezo a trenzarme el cabello—. Además, ¿quién me va a comprar golosinas si no?

Rennie se cae de espaldas de la risa y me empuja a mí también. Empieza a apretarme la rodilla y no puedo evitar echarme a reír porque tengo muchas cosquillas. Después, rueda hasta ponerse de lado y me sonríe.

—Lil —dice antes de soltar un suspiro—. Qué alivio... —No sé si espera que acabe yo su frase o qué, pero, como no lo hago, se acuesta boca arriba y continúa sin mirarme—. Estás tomando la decisión correcta. Es mejor olvidarlo.

Me clavo las uñas en la palma de la mano y noto que el esmalte a medio secar se me pega a la piel.

—Sí —respondo, cerrando los ojos con fuerza.

Me desperté cuando Rennie me sacudió el hombro.

—Levántate, Lillia. ¡Despierta!

Era de noche. Estaba acostada en un sillón de cuero con las piernas colgando a un lado. Mi camiseta y los *shorts* habían desaparecido, solo llevaba el traje de baño.

—¿Qué está pasando? —grazné.

Tenía la boca seca y como almidonada, y la cabeza me daba vueltas.

Rennie, con los ojos más abiertos de lo que se los he visto nunca, se acercó mucho a mi cara y susurró:

—¡Chist! —Le apestaba el aliento a tequila y llevaba los zapatos en la mano—. Nos largamos de aquí.

Me incorporé para sentarme en el sillón y la estancia empezó a darme vueltas. Seguía borracha. Alguien estaba acostado en la cama, durmiendo. Mi chico, Mike, no estaba por ninguna parte. No sabía dónde se había metido.

Rennie estaba a cuatro patas y palpaba la oscuridad para buscar mi camiseta. La encontró en el escritorio. Me la metí por la cabeza deprisa y corriendo y encontré mis *shorts* detrás de uno de los cojines del sillón. Rennie abrió la puerta de la habitación sin apartar los ojos del chico que estaba en la cama. Me dejó salir a mí primero.

La casa estaba hecha un desastre. Había unas cuantas personas dormidas en las habitaciones por las que pasamos y en un sofá cama que había en la sala. Ni siquiera respiré. Iba corriendo hacia la puerta y Rennie me seguía de cerca.

No dejamos de correr hasta que salimos del camino de entrada. Yo me desplomé sobre el buzón para intentar recuperar el aliento. Rennie se agachó y se puso los tacones. Yo estaba a su lado, trataba de recordar lo que había sucedido. Cómo se había desarrollado la noche. En mi cabeza todo estaba borroso.

Pero, entonces, me acordé. Nos tomamos los shots de tequila. Seguimos a los chicos a la habitación de arriba. Nos dijeron que íbamos a ver una película. Mike me besó el cuello. Me levantó y me colocó sobre el escritorio. Yo le devolví el beso. Me gustó. Hasta que dejó de gustarme. Dije que no. O eso creo. ¿No me habría oído?

Sentí cómo me subía la bilis por la garganta.

—Creo que voy a vomitar.

Empecé a tener arcadas y Rennie me apartó de la banqueta. Vomité todo.

—Tenemos que caminar —me ordenó Rennie—. No puedo sacar el *jeep*, me lo bloquearon.

—¡No! —chillé. Ya estaba llorando—. No podemos caminar hasta T-Town. Está demasiado lejos.

—No nos queda otra. —No había compasión en su voz. Comenzó a caminar—. Vamos.

No dije nada durante el primer kilómetro y medio, más o menos. Me limité a llorar. Rennie avanzaba varios pasos por delante de mí con la espalda totalmente recta. Las sandalias me estaban destrozando los pies, pero no podía quitármelas. Había cristales rotos en la carretera. Pasaron un par de coches y me pregunté si pararían, pero no. Ni siquiera frenaron un poco.

Volví a vomitar otra vez en el pasto. Rennie vino y me dio golpes en la espalda.

—No puedo andar más —dije mientras me abrazaba a mí misma.

—Sí, sí puedes. No está tan lejos.

Rennie retomó la marcha, pero, en esa ocasión, yo no me moví.

—Tenemos que llamar a alguien. Creo... Creo que tengo que ir al hospital. Me parece que Mike me echó algo en la bebida.

—No te echó nada en la bebida. —El cabello le daba latigazos en la cara—. Bebiste demasiado, y punto.

—¡No es solo eso! Él... Yo no... —Estaba llorando muchísimo, tanto que se me metían las lágrimas en la boca—. ¡Podría tener una ETS! ¡Podría haberme quedado embarazada!

Rennie negó con la cabeza.

—Usó condón, no te preocupes. —Apartó la mirada—. Fue a pedirle uno a Ian.

—Ay, Dios. Ay, Dios —repetía una y otra vez, como si estuviera rezando para que aquello fuera una pesadilla, para despertarme y no estar allí, sino en cualquier otra parte.

—Lil, tienes que...

—¿Te acostaste con Ian?

—Sí —respondió en voz baja.

—¿Por qué no me ayudaste? —sollocé.

Ahora me acordaba de que había gritado su nombre. La vi con Ian en la cama. Mike me estaba dando besos por el cuello mientras me bajaba la parte de delante del traje de baño tanto como podía. Llamé a Rennie y luego ya no me acuerdo de nada más.

—¡Estabas bien! Lo estabas disfrutando.

Empezó a alejarse de mí, yo corrí hasta ella y la agarré del brazo.

—¡No, para nada! ¡Sabías que no quería que pasara así! Con un chico al que apenas conocía, en la misma habitación que mi mejor amiga, tan borracha que apenas podía levantar la cabeza. Mi primera vez tenía que ser especial. Con alguien a quien quisiera. Apenas había hecho nada con nadie. Solo había besado a tres chicos en mi vida.

Rennie se apartó de golpe. Sus ojos eran fríos como el hielo.

—Las cosas se descontrolaron, pero ambas sabíamos lo que iba a pasar cuando nos subimos con ellos.

—¡Yo no! —grité, tan fuerte que me ardía la garganta.

—¡Vamos, Lillia! Tú tuviste tanta culpa como yo. Nadie te obligó a tomarte esos shots.

—Es que... No tenía que pasar así. A mí no.

Rennie enseñó los dientes.

—Pero ¿a mí sí? Puede que yo no sea virgen, pero no soy una cualquiera. —Estaba llorando demasiado como para contestarle, así que suspiró y dijo—: Mira, pasó, pero ya terminó. Olvidémoslo y listo.

—No puedo —respondí, me temblaban los hombros—. ¿Y si se entera la gente? ¿Y si los volvemos a ver?

La mera idea de encontrarme con Mike me daba ganas de morirme.

Rennie negó con la cabeza y me puso las manos en los hombros.

—Solo vinieron a pasar una semana. Esta tarde ya se habrán ido. —Me miró a los ojos—. Yo no voy a decir nada. Tú tampoco. Nadie se va a enterar.

Para cuando llegamos al departamento de Rennie ya había salido el sol. Yo quería irme a casa. Quería contárselo todo a mi madre, ella sabría qué hacer, cómo arreglarlo. Pero no podía. Ella creía que estaba durmiendo en casa de Rennie. ¿Y qué pensaría de mí si lo supiera? ¿Y mi padre? ¿Y Nadia? Ya nunca sería la misma a sus ojos. Jamás de los jamases.

Cuando salí de la regadera, Rennie ya estaba metida en la cama con los ojos cerrados. Me acosté a su lado.

—Lo de esta noche no pasó. No vamos a volver a hablar del tema —anunció, y me dio la espalda.

Recogemos a Ashlin y después vamos en coche hasta el cine. Ni siquiera sé qué pelis hay en cartelera hasta que llegamos. Los chicos nos están esperando fuera. Rennie salta a la espalda de Reeve y él la lleva dentro. Ashlin y yo nos ponemos en la fila de la tienda mientras comentamos lo que nos vamos a comprar.

—¿Qué te parecen palomitas, chocolate y ositos de gomita? —pregunta.

Noto a Alex a mi espalda, así que me meto en el papel.

—¿Y barritas de chocolate con bolitas de azúcar? ¡Son las mejores!

Son las favoritas de Alex.

Ashlin esboza una mueca.

—Esas son un asco, Lil. Saben a polvo.

Y, tal como había planeado, Alex se acerca y le dice a Ashlin:

—¿Qué dices? Están buenísimas.

—¿Lo ves? No soy la única a la que le gustan.

—Una caja de barritas de chocolate con chispitas, por favor —pide Alex a la dependienta.

Le pongo la barbilla en el hombro.

—Compartirás, ¿verdad?

—Cómprate tú las tuyas —espeta. Pero tiene la parte de atrás de las orejas sonrosada y sube las comisuras de la boca para esbozar una sonrisita.

Y, así sin más, sé que lo tengo a mi merced, que piensa que todo va bien entre nosotros y que yo no sospecho nada.

15

Mary

Estoy sentada a la mesa de la cocina terminando la tarea. La tía Bette está hablando por teléfono con una amiga mientras lava los platos de la cena.

—Todo va genial. Mary me hace compañía —le cuenta.

Aunque las cosas fueron un poco incómodas durante los primeros días, ahora a la tía Bette la hace muy feliz que esté aquí. Hemos establecido una buena rutina. Yo intento no molestarla ni interrumpirla mientras pinta. Y, si la puerta de mi habitación está cerrada, ella me deja tranquila.

Aquella noche que pasamos en el muelle, llegué súper tarde a casa, y la tía Bette seguía despierta. Le supliqué que por favor no le dijera nada a mis padres. Si se enteraban, seguramente tomarían el coche y vendrían por mí. Ni lo confirmó ni lo desmintió, pero como nadie se ha presentado aquí, estoy bastante segura de que no les ha contado nada.

Ella es así, una tía genial.

En cuanto se mete en la cama, salgo a escondidas para esperar a Kat. Me siento en la banqueta con las piernas estiradas. Las otras casas están a oscuras y, mucho más allá de la colina, casi distingo la luna reflejada en el agua. Si me concentro lo suficiente, seguro que puedo oír el océano.

Al final, el convertible de Kat sube por la colina con los faros apagados y yo me levanto de un salto. Para el coche justo delante de mí.

—Hola —saluda—. ¿Preparada?

—Por supuesto —contesto mientras me subo por la ventanilla al asiento trasero—. Qué ganas tengo de sacar mi licencia.

Me encanta la bici, pero si tuviera licencia podría ir a todas partes. Siempre y cuando la tía Bette me prestara el Volvo.

Kat se da la vuelta.

—¿Por qué te sientas detrás? No soy tu chofer.

Me sonrojo.

—No sé. Pensé en dejarle el asiento de adelante a Lillia.

Me siento torpe y estúpida hasta que empieza a conducir y entonces dice:

—Seguro que es justo lo que espera. Solo lo mejor para la princesa Lillia.

—De verdad que no me importa —comento mientras me inclino hacia delante.

Kat resopla.

—Pues claro que no.

Pero lo dice de buena manera, como un cumplido.

En pocos minutos, nos paramos delante de la casa de Lillia. Es enorme y moderna. Ni siquiera la consideraría una casa, sino una mansión en toda regla. Ella vive en la parte más rica de la isla: White Haven. La mayoría de las casas tienen arbustos enormes, así que apenas se ven. Y hay un montón de espacio. Las casas están muy separadas y tienen garages enormes en los que caben un montón de coches, jardines elegantes y el pasto bien arreglado.

Kat apaga el motor y las luces. Se aparta el fleco de los ojos.

—Llega tarde. Muy típico de ella no tener ninguna consideración con los demás —se queja.

Sonrío disimuladamente. No digo lo que estoy pensando: ella también llegó tarde.

Mientras estamos sentadas en la oscuridad, el viento se levanta. Kat se abrocha la sudadera y se gira para mirarme.

—¿No te estás helando? Puede que en la cajuela haya alguna camisa de trabajo de Pat.

—No —niego mientras jalo mis *shorts* rosa palo—. No tengo nada de frío. Creo que estoy demasiado emocionada.

Entonces aparece Lillia. Hay tan poca luz que, hasta que se acerca un poco, solo le veo la cara. Sale a escondidas por el camino de entrada, toda vestida de negro. Suéter de cuello alto, *leggings* y *flats* del mismo color.

Kat se echa a reír.

—Vaya aspecto.

Lillia corre hasta el coche sin aliento.

—Hola —saluda mientras trepa al asiento del copiloto.

—Lillia, no vamos a robar un banco, carajo —dice Kat—. No es un atraco.

—¡Hay que ir con cuidado! —explica esta, a la defensiva. Me mira y frunce el ceño—. Ah, vaya. Supongo que no importa.

Siento que volví a meter la pata. Tenemos la misma edad, pero me da la sensación de que ellas son mucho mayores.

La casa de Alex no está muy lejos de la de Lillia, solo a un par de kilómetros. Es igual de grande, pero tiene un estilo más tradicional, con muchos ladrillos. Incluso tienen su propio muelle, en el que hay una lancha amarrada. Kat pisa el freno y baja la intensidad de las luces en cuanto nos vamos acercando. Estaciona el coche a unas cuantas casas de distancia.

No puedo creer que de verdad vayamos a hacerlo.

—¿Tenemos claro lo que tiene que hacer cada una? —nos pregunta Lillia, pero me está mirando a mí por el espejo del parasol del asiento del copiloto.

Decidimos que yo me quedaré vigilando. Me alivia no tener que meterme en su todoterreno. Puede que la tía Bette sea genial, pero si tuviera que recogerme de comisaría, no creo que se lo ocultara a mis padres. Con lo que se preocupan por mí, me castigarían sin salir de casa el resto de mi vida.

Kat pone los ojos en blanco.

—Ni que no lo hubiéramos repasado unas cincuenta veces. Tampoco es tan complicado.

El cometido de Kat es buscar una libreta especial de Alex. Lillia dice que siempre está garabateando en ella, pero que nunca deja que nadie la lea. La llama «su diario secreto». Está segura de que habrá buen material en el cuaderno y que, como mínimo, le desquiciará haberlo perdido.

—Está bien, está bien —se queja Lillia—. Era nada más para asegurarme.

—Tú preocúpate por lo tuyo —espeta Kat mientras alarga la mano para abrir la guantera. Saca una linterna—. ¿Tienes la tretinoína?

Lillia levanta un bote de crema pequeño.

—¿Con eso será suficiente? —pregunta Kat.

—Es para tres meses. Así que, sí, hay suficiente.

Kat la mira de reojo.

—No sabía que tuvieras acné, Lil.

—Mi madre la usa para prevenir las arrugas —explica Lillia indignada.

El plan es que ella vacíe el bote de protector solar de Alex y lo llene de tretinoína. Resulta que este producto provoca que la piel sea hipersensible al sol. Según Lillia, Alex se embadurna de protector solar aunque solo vaya a salir un rato de casa. Básicamente, vamos a hacer que se lleve la peor quemadura de su vida. Le saldrán ampollas, se pelará, lo típico. Va a ser horrible.

Kat enciende y apaga la linterna un par de veces. Salimos en silencio del coche.

Mientras recorremos el camino de entrada, Lillia susurra:

—No podemos perder de vista la casa de la alberca. Es donde vive Alex.

—Eso ya lo sé —gruñe Kat.

—Se lo estaba diciendo a Mary —contesta Lillia con la misma mordacidad.

—Vamos, chicas —murmullo—. Dejen de discutir.

Me agacho junto al todoterreno, pero mantengo la vista fija en la casa de la alberca. Kat creía que ya estaría durmiendo, pero parece que se equivocaba.

Mientras tanto, Kat y Lillia ya entraron en el coche. Parece ser que Alex nunca cierra las puertas. Kat está rebuscando en su mochila, en el asiento delantero, mientras que Lillia se subió en el trasero para revisar la bolsa de deporte.

—No veo la bolsa, Kat —anuncia Lillia, nerviosa.

—Igual la dejó en el casillero.

—Entonces ¿cómo voy a cambiar la crema?

—¡No te pongas histérica! Ya se nos ocurrirá algo mañana —razona Kat. Unos segundos más tarde añade—: Mierda. Aquí tampoco está la libreta.

—No lo estarás diciendo en serio. ¿No nos aseguraste que la guardaba en el coche?

Lillia se une a Kat. Rebusca por la guantera, después por la consola central y abre ambos parasoles. Pero no hay ni rastro de la libreta de Alex.

—Podríamos tomar los libros de la escuela y tirarlos al agua —sugiere Kat mientras levanta uno.

—¡No! ¿A quién le importa eso? Se comprará unos nuevos

y ya. —Parece que Lillia va a ponerse a llorar de lo enojada que está—. No pienso irme sin esa libreta.

Se me cae el alma a los pies. Cuando estábamos organizándolo, todo parecía muy sencillo. Miro por última vez la casa antes de salir corriendo para ayudarlas a buscar.

Lillia levanta la cabeza de golpe.

—¡Demonios, Mary! ¿Qué estás haciendo? ¡Vuelve a tu puesto! —sisea.

Me tenso.

—Solo intentaba ayudar...

Pero entonces Kat grita.

—¡La tengo!

Levanta la libreta con aire triunfante. Estaba debajo del asiento del conductor. Kat y Lillia chocan las manos y después me sonríen. Pongo los pulgares hacia arriba en un gesto de alivio.

Las dos salen del coche. Kat cierra la puerta con demasiada fuerza. Ambas salimos corriendo hacia su coche. Kat se mete en el asiento del conductor y yo me lanzo al asiento trasero.

Sin embargo, Lillia sigue junto al todoterreno. Está de pie en el camino de entrada y mira hacia la casa de la alberca.

—¿Qué está haciendo? —le pregunto a Kat.

Antes de que pueda contestarme, Lillia se agacha y toma una roca enorme de una de las macetas que bordean el jardín. Después, la lanza a la luna trasera del todoterreno. Esta centellea, pues las esquirlas de cristal reflejan la luz de la luna. El sonido retumba.

Kat y yo ahogamos un grito. Huelga decir que esto no formaba parte del plan.

Las luces de la casa empiezan a encenderse. Primero en una habitación del piso de arriba y, después, las que hay a ambos lados de la puerta principal.

—¡Maldita sea! ¡Vámonos! —grita Kat.

Lillia viene corriendo con la melena oscura ondeando a la espalda como una bandera. Sube al coche de un salto y grita.

—¡Arranca!

Salimos del callejón quemando llanta. Cuando estamos a unas manzanas de distancia, Kat chilla:

—¡¿Qué demonios has hecho?!

Lillia no le responde, se da la vuelta y sigue mirando hacia la casa de Alex. Respira con dificultad y tiene una cortadita en la mejilla, donde le debe de haber dado una esquirla de cristal.

—¡Lillia! ¡Estás sangrando! —le informo.

Se lleva una mano a la mejilla y baja la mirada.

—Solo un poco —anuncia. Nos miramos y parpadea, parece anonadada—. Supongo que me he dejado llevar por el ímpetu del momento, ¿no?

—Vaya que sí. ¡Estuvo increíble! Parece que alguien va a tener que tomar el camión para ir a la escuela mañana —bromea Kat, que sube el volumen de la radio y empieza a bailar en su asiento de forma salvaje y desinhibida.

Me río y levanto las manos, como si estuviéramos en una montaña rusa.

—¡Toma el volante! —vocifera Kat. La música retumba, al igual que mi adrenalina. Estamos volando—. Quiero ver lo que dice esa libreta.

Lillia se encarga de conducir mientras Kat abre la libreta.

—¡Está llena de poemas! —grita para que la oigamos por encima de la música y el viento—. «Todas tus puertas están cerradas. Ninguna de mis llaves encaja. El pasillo más largo me lleva a ti, pero nunca llego al final».

Suelto un gritito.

—¡Qué cursilería!

Kat sigue leyendo mientras intenta tomar aire.

—«El pasillo más largo. El largo, largo pasillo. El pasillo más largo».

—Vaya —interviene Lillia—. Sí que es largo ese pasillo.

Nos reímos como hienas.

—Bueno, ¿qué vamos a hacer con la libreta? —pregunto.

—Voy a hacer copias de uno de esos poemas cursis que te cagas —anuncia Kat mientras toma la calle que va hacia casa de Lillia—. Y después, las pegaremos por toda la escuela.

Lillia se muere de la risa.

—Kat, sabía que se te ocurriría algo increíble.

Me inclino hacia delante.

—Un momento, ¿qué vamos a hacer con la tretinoína? —inquiero.

Lillia sale del coche.

—Bueno, esta semana entrenan dos veces al día. Solo tengo que encontrar la forma de meterme en el vestidor de los chicos.

—¡Va a parecer un leproso! —grazna Kat.

Lillia suelta un gritito y corre hacia su casa.

—Descansen, chicas.

—¡Buenas noches! —grito.

Porque lo es. No, aún diría más, es una noche increíble.

16

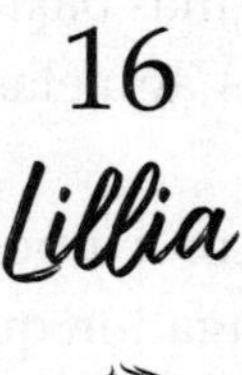

Cuando suena el timbre, le digo a Ashlin que tengo que hablar con el señor Franklin sobre el examen y que se vaya a comer sin mí. Espero hasta que ya ha recorrido todo el pasillo antes de salir corriendo hacia el multideportivo.

El vestidor de los chicos está vacío, pero con lo que no contaba es con que no hay una zona específica para los del equipo de futbol. Pensaba que sus casilleros estarían todos juntos, que quizá incluso tendrían el nombre, como las animadoras. Pero aquí no hay forma de saber de quién es cada casillero.

Empiezo a abrir de forma aleatoria los que no tienen candado, pero están vacíos. Había dado por sentado que los chicos no usarían candado, porque ¿qué necesitan guardar bajo llave? ¿Gel para el cabello? El corazón me late tan rápido que me da miedo que se me salga del pecho. ¿Y si entra alguien y me ve? No tengo ninguna excusa para estar en el vestidor de los chicos.

Hacer esto por mi cuenta me deja una sensación diferente. Me parece mucho más aterrador.

Reviso como loca unos cuentos casilleros más antes de darme por vencida.

Estoy sentada en la grada más baja durante el entrenamiento mientras jugueteo con las agujetas de mis tenis. Me siento mal por haber fallado.

Rennie está al frente con su portapapeles, preparándose para dictar la lista del jugador que le corresponde a cada quien para el primer partido, que es el viernes.

—La mayoría ya saben cómo funciona esto. A cada una se le asignará un jugador. Decorarán su casillero los días de partido, le prepararán sus galletas favoritas... Básicamente, se ocuparán de que siempre esté bien de ánimos y centrado en el juego. Yo me ocupé del primer *quarterback*, Joe Blackman, desde mi primer año hasta que se graduó, porque él me pidió. ¿Quieren saber por qué?

Un par de chicas de undécimo, Teresa Cruz y Lynn McMannis, susurran entre ellas y sueltan una risita. Sé lo que están pensando, pero no es verdad.

Rennie les lanza una mirada fría como un témpano, así que se callan.

—Les contesto yo: porque soy la mejor. Doy el ciento por ciento todos los días de partido. Anticipaba las necesidades de Joe Blackman sin que tuviera que pedirme nada. Galletas de crema de cacahuate sin azúcar recién horneadas, coreografías especiales para animarlo cuando necesitaba un empujón. Y, la verdad, me enorgullece que esté jugando en tercera división en la universidad, porque sé que yo lo he ayudado a llegar hasta ahí. —Rennie empieza a caminar de un lado a otro—. El papel de una animadora no consiste solo en mover el trasero y ser guapa. Consiste en alcanzar la excelencia. Y, por cierto, Paige, en el entrenamiento de ayer te salieron para llorar los saltos con toques a las puntas de los pies.

A estas alturas, yo ya dejé de escuchar. Cuando Rennie empieza a dar estos discursos «inspiradores» no se calla nunca.

Cuando por fin termina de regañar a Paige, Rennie empieza a leer la lista. Salgo del trance de golpe cuando llega al nombre de Nadia.

—Nadia, te toca Diego Antunes —anuncia.

Me doy la vuelta para mirar a mi hermana, que se muerde el labio inferior y parece decepcionada.

Me levanto.

—Para que lo sepan, que a alguien de noveno le toque uno de los mayores es un gran honor —informo, para que Nadia se sienta mejor, pero creo que no ayuda.

En cuanto al tema de su relación con Alex, no ha habido muchas novedades. Sigo teniéndola castigada en casa. Solo le permito ir a casa de Janelle. Dejo la puerta de mi habitación abierta para oírla si intenta volver a salir a escondidas. Además, ayer por la mañana, mientras se bañaba, le revisé el celular y no tenía ningún mensaje ni ninguna llamada de Alex. Con suerte, su pequeño ligue solo es un caso aislado. Si no, después de esta semana lo será.

Rennie sigue con la lista. Estoy atenta al nombre de Teresa, no me cabe duda de que Rennie la habrá emparejado con la peor opción posible.

—Teresa, te toca con Lee Freddington.

Tal y como esperaba. Lee es de décimo, y el *quarterback* de reserva. No va a jugar ni un solo minuto, mientras Reeve sea el titular. Teresa le lanza una mirada asesina a Rennie y, por un instante, me pregunto si por fin le va a decir algo. Pero no. Nadie abre la boca.

Rennie me entrega el portapapeles.

—Chicas, Lillia les dará toda la información sobre su jugador. Solo la diremos una vez, así que asegúrense de no perderla. —Después, se dirige a mí—: Voy por una botella de agua. Ahora vuelvo.

Bajo la vista. Veo cumpleaños, galletas favoritas, la dirección de sus casas, números de teléfono y las contraseñas de sus casilleros, tanto las del multideportivo como las del instituto.

Quiero darle un beso al trozo de papel. Alex Lind, eres hombre muerto.

El martes, la piel de Alex estaba de color rosa y en carne viva. Hoy es miércoles y se le está cuarteando. Se parece al lagarto que encontró Nadia en Hawái hace unas cuantas Navidades. Casi me da pena. Incluso cuesta mirarlo a los ojos. El blanco de los globos oculares resalta muchísimo contra su piel. Al igual que los labios, que están cortados y llenos de ampollas.

Estamos en el comedor. Rennie se acerca a mí para susurrarme al oído.

—La piel de Alex me está haciendo perder el apetito.

Le doy un mordisco a mi sándwich.

—No es para tanto —miento.

—Pues siéntate tú delante de él —me reprocha.

Lo está pasando fatal, parece que comer le duele. No se me ocurrió que fuera a ser tan agónico, pensé que sería puramente cosmético. Alex me descubre mirándolo y aparto la vista con rapidez.

En cuanto se levanta a tomar un refresco, me dirijo a Rennie y a Ashlin.

—¿Creen que será contagioso?

Ashlin parece horrorizada, y Rennie casi se atraganta con el palito de apio.

—Madre mía, me voy a cambiar de sitio —declara. Mueve sus cosas al lado de PJ, a dos asientos de distancia. Ashlin se traslada con ella.

Cuando vuelve Alex, en su lado de la mesa solo quedamos Reeve y yo, y es evidente que se da cuenta. Y parece ser que Reeve también, porque interviene.

—Hombre, ¿qué demonios te pasa en la piel?

Alex apenas levanta la vista.

—Es por el sol —explica—. Los entrenamientos dobles me están matando.

—Yo he pasado el mismo tiempo que tú en el campo —rebate Reeve mientras se bebe la leche de un trago—. Igual tienes que ir al médico o algo. Que te revisen eso.

—Mi madre ya me sacó cita para mañana —comenta—. Seguramente es una reacción alérgica. Creo que nuestra empleada doméstica ha empezado a utilizar un detergente nuevo para la ropa. Igual es por eso.

—Deberías ponerte aloe —sugiere Reeve.

—Mi padre tiene una planta, podría cortarte un poco —ofrezco con dulzura.

—Gracias, Lillia —suspira—. Primero me revientan la luna del coche y ahora esto. Vaya mierda de semana.

—Hombre, eso fue un regalo caído del cielo. Ahora puedes ponerte los cristales entintados esos que querías. —Reeve le pasa el brazo por el hombro a Alex y dice—: Oye, ¿sabes qué? Igual, en lugar de al dermatólogo, deberías ir al ginecólogo. ¡Puede que te hayas contagiado de un asqueroso herpes de DeBrassio! —Se echa a reír.

Alex levanta la cabeza de golpe y me lanza una mirada antes de amenazarlo.

—Cállate, Reeve.

—Oye, si yo la admiro. Es un alma libre, igualita que yo.

—Ah, ¿estás diciendo que tienes herpes? —pregunto mientras me giro para mirarlo.

Él se ríe con más ganas.

—Kat no es de esas —asegura Alex con ojos llenos de ferocidad. Después, se levanta y tira la comida a la basura.

—¡Solo era una broma! —le grita Reeve.

Veo cómo este se levanta y sale del comedor detrás de

Alex. Me ha sorprendido cómo defendió a Kat. Incluso me dio ternura. Pero entonces me acuerdo que este es el que se hace pasar por un caballero y le puso los cuernos con mi hermana pequeña. ¿Qué derecho tiene a defender a nadie? A mí no me engaña. Ya no.

17
Kat

El miércoles después de clase tomo el ferri para ir a ver a Kim a la tienda de discos. Cuando llamé para preguntar si podía utilizar su fotocopiadora, me dejó en espera y se aseguró de que Paul, el dueño, no fuera a estar. Cuando volvió a contestar el teléfono me comentó que andaban cortos de papel, así que tenía que traerlo de casa. Robé un paquete entero de la biblioteca. Quinientas hojas para humillar a Alex.

A pesar de lo emocionada que estoy por empezar con el plan, también me parece una lata. A ver, es que básicamente me voy a pasar la noche entera haciendo esta mierda. Me daría igual si no fuera porque Mary no ha hecho casi nada de momento. No le echo la culpa por no haber tenido ninguna idea todavía, al fin y al cabo no conoce a Alex, pero va a tener que ponerse las pilas y ganarse nuestro respeto. Lillia lo ha estado haciendo bien, supongo. Aunque sus ideas han sido un poco flojas. Lo de la tretinoína no estuvo mal, pero, de haberlo hecho yo, le habría cambiado el shampoo por crema depilatoria o algo por el estilo. Aquí o se hace a lo grande, o no se hace nada.

Pero, bueno, acabamos de empezar. Espero que, para

cuando llegue mi turno y tengamos a Rennie en el punto de mira, ya seamos una máquina de venganza bien engrasada.

Kim se reaviva cuando entro por la puerta. Aunque hay un cliente esperando en la fila para que le cobren, ella me lleva detrás del mostrador y me da un abrazo de oso. El tipo es un punketo con una cresta enorme, así que supongo que Kim considera que la atención al cliente le tiene sin cuidado.

—¡Kat! —grita—. ¡Te extrañé, loca!

—Yo también —le digo.

Aunque, en realidad, creo que no. He estado demasiado centrada en todo este rollo de la venganza.

El verano previo a undécimo curso me pasé horas y horas rebuscando por los estantes de Paul's Boutique para descubrir grupos a los que nunca había oído. Había un reproductor cuyos auriculares tenían un cable extralargo, así que podía sentarme en el suelo. Y no oía una canción o dos, escuchaba discos enteros. Cinco, seis, siete.

Kim me echó a la calle varias veces. Cuando llegaba el momento de irse a casa, yo seguía sentada en el suelo con los ojos cerrados, el volumen lo más alto posible y sin tener ni idea de la hora que era. No es que no tuviera más cosas que hacer. Pat y sus amigos siempre me invitaban a ir con ellos, pero es que solo podía aguantar su obsesión con el *motocross* durante un rato antes de querer cerrar las puertas del garage, encender el motor a toda prisa y morirme envenenada por monóxido de carbono.

Así que, por aquel entonces, Kim estaba harta de mí, y con razón, porque era una clienta pésima. La mayoría de los días me pasaba allí las horas sin comprar nada. Si yo hubiera estado en su lugar, me habría vetado la entrada, como a los ladrones.

No estoy segura de qué fue lo que hizo que al final se apiadara de mí, la verdad, pero esto fue lo que ocurrió: fui a la caja registradora e intenté comprar un boleto para ver a un grupo llamado Moonsoon en el garage, aunque el concierto era para mayores de veintiuno.

Kim me atrapó enseguida. Se apoyó en el mostrador y me miró de arriba abajo.

—¿Cuántos años tienes? ¿Trece?

—Dieciséis —contesté mientras cambiaba el peso de un pie a otro.

Se rio en mi cara y levantó el boleto.

—Creo que no te escuché bien. ¿Cuántos años dijiste que tienes?

Me llevó un instante darme cuenta de lo que estaba pasando. Carraspeé.

—Veintiuno —rectifiqué.

Enarcó una de sus pobladísimas cejas.

—¿Y dónde está tu identificación?

Me mordí el labio. No tenía respuesta. Por suerte, Kim me dio una.

—Se te olvidó en el coche, ¿verdad?

Asentí.

—Eso es.

Me dio el boleto. Intenté pagarle diez dólares, pero no los aceptó.

—Me dan una invitación de sobra.

—Vaya —dije—. Gracias.

—No me des las gracias. Ninguno de mis compañeros quiere verlos, así que me toca ocuparme del concierto. Moonsoon son basura, por si no lo sabías ya. Y vas a ayudarme a recoger el material cuando terminen.

Por supuesto, tenía razón. Lo hicieron realmente mal, pero aun así fue una de las mejores noches de mi vida.

Kim se aparta de mí para poder mirarme a los ojos.

—Oye, siento mucho haberte colgado tan rápido la semana pasada. El concierto fue una locura. El último grupo llegó tarde y estaban tan borrachos que apenas pudieron tocar. Además, Paul es muy idiota últimamente. Me agarraste en el peor momento posible. Fue...

—No pasa nada, en serio —la interrumpo. El día de Kim no suena ni la mitad de horrible que el mío y, de todas formas, tengo que acabar con esto antes de que salga el último ferri a Jar Island—. ¿Puedo ir al despacho?

Ahí es donde están la fotocopiadora y la computadora. Tienen varios programas para hacer carteles para los conciertos. He ayudado a Kim un par de veces. Voy a crear un diseño impresionante, pero no tanto como para que me delate. Había pensado en escanear la letra de Alex y pegarle alguna foto cursi de dos unicornios tocándose el cuerno o algo parecido.

—Sí, claro. —Kim cobra al tipo de la cresta y este se va—. ¿De qué va el proyecto de clase?

—Es más bien algo artístico.

—Ah, genial. ¿Cómo está tu chico Alex? ¿Han conducido un carrito de golf hacia el amanecer los dos juntitos?

Noto un pinchazo al oír su nombre, pero lo disimulo.

—¡Puaj! —exclamo.

Cuando Alex estaba pescando, yo venía a la tienda casi todos los días. Y sé que hablé muchísimo de él. Madre mía, es impresionante lo mucho que pueden cambiar las cosas en cuestión de semanas.

Empiezo a caminar de espaldas para alejarme de Kim, porque la verdad es que no tengo tiempo para charlas.

—Pero si era súper simpático, Kat. Necesitas a un buen chico. Además, se le notaba que le gustabas. Creo que harían buena pareja.

Pongo los ojos en blanco.

—Me muero de ganas de largarme a Oberlin. Estoy preparada para empezar a vivir mi vida, ¿sabes? Si tuviera que pasar aquí un año más, te juro que me suicidaba.

Aprieta los labios.

—Sí, te entiendo.

Sé que está enojada, pero no me refería a ella. Por supuesto que no. Kim es la persona más increíble que conozco.

—Kim, no me refería a...

—No sé si te habrás dado cuenta, pero Paul y yo nos acostamos. Bueno, al menos hasta que su mujer se enteró. Ahora se está portando como un imbécil conmigo, no deja de quejarse de que la caja no cuadra porque falta un dólar o de que nunca hay papel en el baño. Está intentando despedirme y sacarme del departamento. Lo sé.

—Demonios —digo—. Vaya idiota.

Y la verdad es que lo es. He visto a Paul una vez. Es bastante viejo. Y da asco.

—Sip —responde, y pronuncia mucho la p—. Ya sabes dónde está la fotocopiadora. Intenta no descomponerla.

Me siento mala persona, pero es que tengo mucha prisa. Además, cuando Kim se pone de malas es mejor dejarla en paz.

Mientras se va conectando la computadora, saco la libreta de Alex y empiezo a leerla por encima, porque igual hay algún poema más ridículo que el del pasillo. Aunque lo dudo. Ese era penoso.

Casi al principio de todo, veo uno titulado «Listón Rojo». Demonios, es más rarito...

Caen estrellas invernales, así que pido un deseo.
Me encanta cómo te quedan los suéteres.
¿Podemos darnos besos de esquimal toda la noche?
Porque tu listón rojo me tiene completamente atado.

¿Qué diablos es eso? ¿Una metáfora para la menstruación?

Uy, sí. Este es el bueno.

18

Lillia

Es sábado por la noche. Reeve tiene las llaves de una de las casas de verano que gestiona la empresa de su padre, así que nos hemos metido todos en los coches y ahora estamos en Middlebury, en el chalet de una persona a la que no conocemos. Reeve nos pidió que nos quitemos los zapatos para no dejar marcas en la alfombra, pero luego tomó una botella de ginebra sin abrir del mueble bar y la mezcló con una de Sprite que trajeron. Qué considerado, ¿no? Sirve copas para todos menos para él, porque el lunes tiene entrenamiento. Es muy estricto con lo de no beber durante la temporada.

Estoy sentada en el suelo de la sala con las piernas estiradas. Tengo un montón de dolores musculares. Rennie puso la coreografía de un baile para el descanso y nos hizo repetirlo un millón de veces. Algunos de los chicos del equipo de futbol también están sentados en el suelo mientras comentan una nueva estrategia defensiva.

Estoy medio dormida cuando Rennie entra con Reeve a sus espaldas.

—Tuvimos una idea increíble —anuncia. Levanta una botella de litro de cerveza vacía y hace un bailecito—. ¡¿Quién quiere jugar a la botella?! —chilla.

Los chicos recobran el interés y yo me reanimo de golpe. No pienso participar. Recojo mis cosas a toda prisa y le digo a Ashlin:

—Mañana te llamo.

—Vamos, siéntense todos en círculo: chico, chica, chico, chica —ordena Rennie—. Ash, ve por los que están en el *jacuzzi*.

Ashlin se tapa la boca y suelta una risita.

—¿En serio, Ren? ¿Estamos en séptimo o qué?

Rennie le lanza una mirada asesina.

—¿Hola? Es retro. Y, además, es nuestro último año. Se llama crear recuerdos. —En voz más grave, pero no más baja, añade—: Es la oportunidad perfecta para ligarte a Derek.

Ashlin se pone roja como un tomate y se levanta de un salto. Desde el otro lado de la puerta corrediza, oigo cómo le pide a todo el mundo que entre.

Me despido de Rennie con un gesto de la mano con la esperanza de que no se dé cuenta, pero antes de que pueda salir a escondidas de la estancia, me agarra del brazo.

—Lil, tienes que quedarte —sisea mientras me mira como queriéndome decir algo. Echa un vistazo a Reeve y luego vuelve a mirarme—. Por favor, te necesito.

—Tengo toque de queda.

—¡Es sábado! Tu madre siempre te deja salir hasta más tarde los sábados. —Rennie me da la mano y sé que no va a permitir que me vaya—. Solo hasta medianoche, ¿está bien?

—Vale —respondo con un suspiro—, pero yo no juego.

Me da un beso en la mejilla como agradecimiento y me jala hacia el grupo que ya se formó en el suelo. Alex está sentado al lado de Ashlin, con el cabello mojado del jacuzzi. Jenn Barnes y Wendy Kamnikar, dos chicas de undécimo que se llevan bien con Derek, se colocan delante de ellos. Yo me siento al lado de Tyler Klask y PJ, formo parte del círculo, pero no del todo. Estoy comprobando si tengo las puntas abiertas cuando Rennie me entrega la botella y grita:

—¡Lillia empieza!

Me quedo boquiabierta.

—¡Rennie!

—No seas aguafiestas, Lil —me pide mientras me sonríe—. Tiene que participar todo el mundo. —Entrecierro los ojos, pero ella sigue dedicándome una sonrisa angelical—. Date prisa y hazla girar.

—Vamos, Lil. Si no aceptas, no te dejará en paz —me insta PJ en voz baja mientras me da toquecitos con el codo.

Reeve, que me contempla con cara de diversión, empieza a dar golpes con el puño en la alfombra.

—¡Lilliaaa! ¡Lilliaaa!

Todo el mundo se une.

Les lanzo una mirada asesina.

—¡Ya está bien, chicos! Qué inmaduros.

Ashlin hace girar la botella.

—¡Esta va por Lil! —chilla.

Y para en... Reeve.

Noto cómo se me encienden las mejillas cuando nuestras miradas se encuentran. Estoy a punto de negarme cuando Reeve alarga la mano y mueve la botella para que apunte a Alex.

—Yo creo que señalaba hacia aquí —anuncia con una sonrisa leve.

—¡Oye! —objeto—. ¡Eso es trampa!

Alex carraspea y dice de broma:

—Mira, no sé qué te habrán contado, pero, al contrario de lo que opina todo el mundo, lo que tengo en la piel no es contagioso.

—¡No pensaba eso! Es que... Las normas no son así.

No quiero besar a Reeve y, desde luego, tampoco a Alex. De hecho, quizá no quiera volver a besar a nadie en mi vida. O, por lo menos, durante una larga temporada.

Reeve enarca una ceja.

—No sabía que me tuvieras tantas ganas. Me halagas, Cho.

—Eso no es lo que estoy diciendo y lo sabes —intervengo. Noto que me estoy poniendo roja. Reeve siempre retuerce mis palabras.

—Hombre, bésala de una vez —pide Derek.

—Chicos, no la presionen —dice Rennie al instante.

Ah, conque ahora se preocupa por mí. No lo puedo creer. Solo por eso, voy a hacerlo.

Mientras gateo hacia el centro del círculo, me cuesta respirar. Me siento sobre los talones y dejo las palmas de las manos pegadas al suelo para equilibrarme. Reeve se inclina hacia mí muy despacio, alargando el momento todo lo posible. Me está sonriendo, con esa sonrisa arrogante y mezquina que tanto odio. Noto que estoy empezando a entrar en pánico, pero intento con todas mis fuerzas no apartarme de él. Si me pongo histérica, todo el mundo lo verá y se preguntará por qué, y no puedo permitirlo. Tengo que ser normal. Tengo que fingir ser la chica de siempre.

Reeve me levanta la cara por la barbilla y, justo en ese instante, algo cambia en su rostro. La sonrisa se esfuma y me mira a los ojos con intensidad, como si intentara resolver un rompecabezas. En el último momento, en vez de besarme en los labios, me planta un beso en la frente, como los que me daba mi padre cuando venía a mi habitación a darme las buenas noches. No sé si debería sentirme agradecida o insultada.

—No es justo —se queja Ashlin señalando con el dedo a Reeve—. ¡Tiene que ser en la boca! Esas son las reglas.

PJ asiente, dándoselas de sabio.

—Ash está en lo cierto. Las normas son las normas.

—Déjalo —interviene Alex—. La besó.

Reeve da una palmada.

—¿A quién le toca ahora?

Vuelvo a mi sitio a gatas. Yo solo quiero irme a casa.

—A Reeve —anuncia Rennie en voz alta.

—Bien por mí.

Él se frota las palmas de las manos y gira la botella. Una parte de mí desea que se detenga en Rennie para poder salir de aquí cuanto antes, pero otra espera que no para que no consiga lo que quiere. Al final se para delante de Josh Fletcher y todo el mundo se echa a reír.

—Vamos, Fletch. No tengas miedo —bromea Reeve—. Te besaré igual que a Lillia.

—Más te vale volver a girar, hombre —advierte Josh—. No sé dónde has puesto esos labios.

Reeve acaba dándole otra vuelta y esta vez sí cae en Rennie. Con una sonrisa, se inclina hacia delante para que le dé un beso rápido. Pero Rennie tiene otra idea. Se pone de rodillas, recorre el círculo hasta colocársele delante, lo agarra de la camiseta y lo jala. Entonces, lo besa como si quisiera comerle la cara. Empieza con la boca cerrada, pero, un segundo después, se están atascando. Ella incluso le rodea el cuello con los brazos.

Todo el mundo empieza a animarlos, a gritar y a perder la cabeza. Es triste y vomitivo. Rennie se está poniendo en evidencia delante de todo el mundo. Sobre todo de Reeve. Él ya la ha rechazado muchas veces. Está claro que no quiere nada con ella, pero eso solo provoca que Rennie le tenga más ganas. Es patético.

19
Mary

El señor Tremont coloca un montón de verduras de plástico en su mesa y pide voluntarios para recrear una escena en un mercado en francés. Yo solo puedo sonreír mientras miro el asiento vacío de Alex.

Creo que nunca me lo había pasado mejor que aquella noche. Salir a escondidas con Lillia y Kat, partirnos de risa, ir a toda velocidad en el coche. Cuando llegué a casa, me metí en la cama e intenté dormir, pero me resultó casi imposible. Me quedé acostada en la penumbra mientras repasaba el dibujo de las flores del papel pintado con un dedo y pensaba en que aquello era mucho mejor de lo que esperaba conseguir el primer día de clase. Ya no solo tiene que ver con Reeve, esto es por mí, y parece cosa del destino o de la magia que esas dos chicas entraran a formar parte de mi vida justo cuando más las necesitaba.

A través de la ventana, atisbo a Alex saliendo de un coche. Una mujer, su madre, supongo, le dice adiós y arranca. Veo cómo corre hasta la puerta principal. Sus pies retumban por el suelo de linóleo y ahogan la voz del señor Tremont mientras discute con la chica que está sentada detrás de mí sobre cuántos pimientos puede comprar por tres euros.

—Siento llegar tarde, señor —se disculpa, y entra a toda prisa—. Tenía cita con el médico.

El señor Tremont frunce el ceño. Después, se coloca una mano en la oreja y finge que no oye a Alex.

—En francés, señor Lind. Por favor.

Alex está a mitad de camino de su asiento. Se detiene, hunde los hombros y pone los ojos tan en blanco que parece que se le vayan a dar la vuelta. Me tengo que tapar la boca para aguantarme la risa.

—*Je... Je suis...* —intenta Alex.

Me inclino hacia delante, apoyo los codos en la mesa y me sujeto la cabeza con las manos. Ojalá estuvieran aquí Lillia y Kat.

Alex está intentando conjugar el verbo «disculparse» por tercera vez cuando suena la alarma de incendios.

20
Kat

En cuanto suena la alarma de incendios, cierro la tapa del encendedor. Justo a tiempo, porque creo que me estoy quedando sin gas. Además, la carcasa de metal está que arde. La soplo, bajo de un salto del radiador del baño de las chicas y me agacho junto a la puerta. La parte de arriba es de madera, pero la de abajo está cubierta con un conducto de ventilación hecho de listones. Contemplo cómo parpadea la luz que entra del pasillo debido a los pares y más pares de piernas que van corriendo hacia la salida más cercana.

—Hoy no teníamos planeado ningún simulacro, ¿verdad? —Escucho que pregunta uno de los profesores.

—Creo que esto es un incendio —responde otro.

Les indican a sus alumnos que se den prisa mientras repiten todo el tiempo con urgencia que esto no es un simulacro.

Eso. Dense prisa, carajo, que tengo trabajo.

Me quito la mochila y deslizo los brazos por los tirantes para que me cuelgue delante del cuerpo. Después, abro el cierre. En el interior tengo las fotocopias que hice la semana pasada. También un rollo de cinta adhesiva que robé del aula de arte. La saco y empiezo a cortar trozos que me voy pegando en los brazos para poder ir más deprisa.

Jar Island solo tiene un cuerpo de bomberos voluntarios, así que supongo que tardarán por lo menos diez minutos en llegar. Para que el instituto se vacíe tengo que esperar un minuto y medio. En cuanto todo está despejado, abro la puerta y me echo a correr.

El pasillo de los de último año es donde más daño infligiremos, así que empiezo por ahí. Pego las fotocopias cada pocos metros. En las puertas de los salones, en los casilleros, en la fuente de agua.

Sé que en teoría esta es la venganza de Lillia, pero he de admitir que me siento de maravilla. Alex intentó llamarme unas cuantas veces la semana pasada. Tampoco es que me haya molestado en contestar o en devolverle las llamadas. No se merece volver a hablar conmigo nunca más. Así funcionan las cosas: si me fastidias, estás muerto para mí.

Excepto en el caso de Lillia. Estoy haciendo una excepción temporal con ella.

Al final del pasillo, doy una patada para abrir la puerta de la escalera y bajo los escalones de dos en dos mientras voy pegando copias a medida que avanzo. La alarma suena muy fuerte, están a punto de sangrarme las orejas. Las luces de emergencia centellean con intensidad. Me acuerdo de que Luke, el amigo de mi hermano, la activó en mi primer año de preparatoria. Lo expulsaron durante una semana y tuvo que pagar una gran multa por haber malgastado el tiempo del cuerpo de bomberos voluntarios. Me doy todavía más prisa.

Cuando llego al descanso de la escalera, me agacho para que no se me vea por la ventana, después recorro a toda prisa lo que me queda hasta llegar al segundo piso, donde están los casilleros de los de noveno. La adrenalina me corre por las venas y siento como si pudiera seguir corriendo para siempre.

Pienso en Nadia cuando vuelva a entrar, cuando vea la

cara de Alex y lea su estúpido poema. Se quedará muerta de la vergüenza. Dudo que quiera volver a subirse en su todoterreno. De verdad, qué puta hazaña. Me encanta que a Alex lo vaya a rechazar una de noveno y que todo el instituto vaya a reírse de sus cursilerías.

Acabo con otro pasillo, aunque esta vez me lleva mucho más tiempo porque tengo que detenerme a cortar pedazos de cinta adhesiva.

Entonces, escucho las sirenas.

No me queda mucho tiempo. Qué estupidez, porque todavía me queda por cubrir más de la mitad del instituto. Así que mando al diablo la cinta adhesiva y me dedico a tirar las fotocopias como si fueran confeti. Es mucho más rápido. Termino el departamento de ciencias y el pasillo de lengua. Cuando me deslizo por el barandal de la escalera de atrás, voy lanzando papeles por encima del hombro.

Estoy a punto de llegar a la planta baja cuando un equipo de bomberos entra a toda prisa por la puerta. Llevan los cascos y linternas, y sus *walkie-talkies* emiten un ruido blanco.

Por suerte, estoy justo delante del auditorio. Entro a toda prisa y me escondo entre los pliegues de la enorme bandera de Estados Unidos. Un par de segundos después, aparece un par de bomberos. Aguanto la respiración y observo las luces de sus linternas iluminar las paredes, los techos, el escenario.

—¡Aquí no hay nada! —gritan.

Vuelven a salir al pasillo para continuar con la búsqueda del incendio.

No lo van a encontrar, pero Alex sí que va a arder.

21

Lillia

Ni siquiera me ha dado tiempo de ir a mi casillero por mi chamarra. Los profesores estaban alteradísimos y nos empujaban por los pasillos como si las llamas estuvieran consumiendo el edificio de verdad. Fuera el sol brilla con fuerza, pero hace mucho frío, sobre todo para principios de septiembre. Tiemblo y me acurruco con Ashlin, quien me envuelve con un brazo.

—¿Quieres mi chamarra, Cho? —me ofrece PJ.

Asiento.

—Sí, por favor.

Se la quita y me la entrega. Me la pongo y Ashlin abrocha el cierre mientras da saltitos. Huele a moho, como el sótano de PJ, pero es mejor eso que nada.

—¿Crees que hay un incendio de verdad? —me pregunta llena de esperanza—. Quizá no nos dé tiempo de hacer el examen.

Hicimos un simulacro la semana pasada y esto no se le parece ni remotamente. Los profesores no parecían saber nada. ¿Será cosa de Kat? Dijo que iba a pegar los carteles, pero esto es demasiado hasta para ella.

—Tal vez —respondo justo cuando el camión de bomberos voluntarios entra a toda prisa en el estacionamiento.

Algunos de los de noveno empiezan a dar palmadas y a cantar: «¡Que se queme, que se queme!».

Vaya mocosos.

Nos pasamos otra media hora en el estacionamiento mientras los bomberos inspeccionan el edificio. No me siento los dedos de los pies. Los bomberos salen y nos permiten entrar, así que los profesores empiezan a pedirnos que volvamos dentro.

Estoy recorriendo el pasillo de los de último año cuando los veo. Nuestros carteles, con la cara sonriente de Alex y su poema justo al lado. Están pegados en los casilleros, en las paredes..., por todas partes.

Alex también los ha visto. Se ha parado en seco delante de ellos.

—¿Qué demonios...? —pregunta lentamente.

Reeve arranca uno y empieza a leerlo en voz alta mientras se muere de la risa.

—«Caen estrellas invernales, así que pido un deseo... Me encanta cómo te quedan los suéteres. ¿Podemos darnos besos de esquimal toda la noche? Porque tu listón rojo me tiene completamente atado».

No es el poema que Kat leyó en el coche. El del pasillo más largo.

Tomo un cartel y lo vuelvo a leer.

Un momento.

¿Un listón rojo?

Era Navidad de mi primer año de preparatoria. Toda mi familia estaba invitada a casa de Alex para su fiesta anual. Desde que nos mudamos a la isla, nuestras madres se habían hecho buenas amigas. Salían a comer juntas, se iban al continente de compras y cosas por el estilo.

Los adultos estaban en el piso de abajo bebiendo, charlando y pasando el rato junto la chimenea. Habían puesto a Elvis Presley en el reproductor de discos y los niños podíamos oírlo desde la habitación de Alex, en el piso de arriba. Antes de que se mudara a la casa de la alberca, el tercer piso era todo para él. Básicamente, era como una sala recreativa enorme, tenía pufs, un futbolito y una diana. Para la fiesta, la madre de Alex había subido una mesa con comida: tiras de pollo frito, camarones rebozados y minipizzas, seguramente para que no bajáramos a molestarlos.

Los más pequeños, entre los que se encontraba mi hermana, estaban discutiendo para ver a quién le tocaba lanzar los dardos. Nadia casi se pelea con un niño de ocho años, creo que un primo de Alex, y yo tuve que separarlos. Como él y yo éramos los más grandes, nos dejaban a cargo. Yo ni siquiera quería venir, porque Rennie no iba a estar, pero mi madre había insistido en que teníamos que ir todos.

Alex puso un DVD para los pequeños y se quedaron callados casi todo el tiempo. Yo estaba sentada al escritorio, jugando con su computadora mientras me comía una galleta navideña en forma de reno con una gomita roja en la nariz. Alex estaba acostado en su hamaca, a unos cuantos metros de distancia, y tocaba la guitarra. No se le daba mal.

—Oye, me encanta tu diadema —me dijo de la nada.

Yo levanté la vista, sorprendida.

—Ah, gracias —comenté mientras me tocaba la coronilla—. En realidad, es un listón.

Mi madre quería que llevara un vestido, pero me habría sentido estúpida presentándome en casa de Alex Lind toda emperifollada. Por eso, me puse un suéter de color verde Kelly y una falda de cuadros, además del listón rojo para darle un toque navideño.

—Es lindo —respondió mientras volvía a mirar la guitarra—. Te queda bien el rojo. Como, eh... Como esa camiseta que te pones a veces.

—¿Cuál?

—No me acuerdo. —La cara pecosa se le puso del mismo color que el cabello. No dejó de tocar la guitarra—. Creo que la llevabas el lunes pasado o así.

Lo único rojo que me puse el lunes fue en clase de Educación Física.

—Era el uniforme de mi antiguo colegio —le comenté.

—Genial —contestó. Ahora tenía la cara tan roja como mi listón—. Es que aquí no llevamos uniformes.

—Sí, ya lo sé —dije.

Pasaron unos segundos incómodos. Después, Alex se levantó para ir al baño mientras que yo volví a concentrarme en la computadora.

Qué fuerte.

Aquello sucedió en noveno. ¿Se acordaba? No puede ser.

Levanto la vista y él me está mirando. Aparta la mirada al instante. Conque sí que era sobre mí.

A mi lado, Ashlin se cubre la boca con la mano.

—Madre mía —dice, soltando una risita—. ¡No tenía ni idea de que Alex fuera poeta!

Me estoy mareando.

—¿Quién fue? —espeta él. Está muy rojo, no cabe duda de que le ha molestado.

Reeve casi está por los suelos de tanto reírse.

—Hombre, esa es la canción que andabas escribiendo, ¿no? Vamos, que no te dé vergüenza. Es muy buena, tienes talento.

—Que te calles, Reeve.

Observamos a Alex arrancar los carteles. Me pregunto cómo ha conseguido Kat pegarlos tan alto.

—Amigo, ¿quieres que nos demos besitos de esquimal toda la noche? —pregunta Reeve, que vuelve a estallar en carcajadas mientras lo rodea con un brazo.

Alex lo aparta de un empujón.

—¿Fuiste tú?

—¡Para nada! Te lo juro por tu listón rojo —contesta él, negando con la cabeza.

Alex arranca el resto de los carteles, se va dando grandes zancadas y los tira a la basura por el camino.

Reeve empieza a cantar el poema y todos se ríen. Me acerco a él y le quito el cartel de la mano.

—¡Eres un idiota! —grito. Después, me dirijo a Ashlin—: Vamos a clase.

Ya nos estamos alejando cuando Reeve me grita:

—¡A ver si tienes un poco de sentido del humor, Cho!

No me doy la vuelta, sigo caminando. Ashlin está hablando del poema o la canción de Alex, lo que sea, pero apenas le presto atención. No puedo dejar de pensar en la cara que puso cuando nos miramos. ¿En serio le gusto tanto? Pero, de ser verdad, ¿qué está haciendo con mi hermana? No tiene ningún sentido.

22
Mary

Me siento como una chica completamente distinta. Cuando veo a Reeve en el pasillo, no me desvío para evitarlo. Paso a su lado con la cabeza bien alta, porque no me importa si se percata de mi presencia o no. Incluso aunque me reconociera de repente, tal como quería que pasara aquel primer día de clase, y se sorprendiera por lo mucho que he cambiado, no supondría ninguna diferencia. Incluso si se disculpara va a pagar por lo que hizo. Ya no hay vuelta atrás.

Me he contenido durante mucho tiempo, pero ya no voy a hacerlo más. Así que, cuando recorro el pasillo, me aseguro de sonreír a la gente que no conozco. En clase de Biología, cuando James Turnshek sube demasiado el fuego del mechero Bunsen y rompe el matraz, me río con el resto. Ni siquiera me importa que tengamos que empezar el proyecto de nuevo.

Casi al final del día, me encuentro con Lillia en el pasillo. Estoy de camino a clase de mate y ella está en la fuente, con la melena oscura sujeta con una mano mientras se inclina sobre el chorro de agua. Seguiría andando, pero me hace un gesto cuando ve que la estoy mirando. Abre los ojos como platos, casi el doble de grandes de lo que son habitualmente, y mueve un poco la cabeza, como si quisiera que me acercara.

Intento que no se note demasiado que me paro y vuelvo sobre mis pasos. Mientras abrazo los libros para pegármelos al pecho, deambulo un poco y finjo estar mirando un anuncio del consejo escolar que hay pegado en la pared.

En cuanto llego a su lado, Lillia se suelta el cabello. Este cae en cascada y le cubre la cara, y las puntas de algunos mechones se le mojan en la fuente. Supongo que lo hace para que nadie vea que está hablando conmigo.

—Reunión después de clase, en la alberca, ¿de acuerdo? —susurra en voz tan baja que tengo que esforzarme para escucharla.

Asiento y después nos vamos en direcciones opuestas.

La alberca está en un edificio aparte y ahora mismo está cerrada por obras. Están arreglándola para el invierno, cuando empieza la temporada de natación. Pusiseron un pedazo de madera para aguantar la puerta abierta, así que me meto.

Soy la última en llegar. Lillia y Kat están sentadas juntas en la silla del salvavidas, inclinadas hacia delante para ver algo en el celular de Kat. Lillia tiene una paleta de caramelo en la boca. Kat jala las partes rotas de su pantalón de mezclilla.

—Hola —saludo—. ¿Qué están mirando, chicas?

Lillia baja de un salto y se le levanta un poco la falda de tablas. Se cambia la paleta de lado, de forma que el palito blanco le sale por una comisura.

—Kat grabó un vídeo de algunas personas cantando la canción de Alex en el comedor.

Kat es la siguiente en saltar, y sus botas retumban en el suelo de cemento. Levanta el celular para que lo vea.

—Estos estaban rapeando, pero he oído a otros cantándola estilo jazz, heavy metal...

—Diablos —digo—. Quizá Alex sea buen compositor. Bueno, es que todo el mundo se la sabe.

Kat se echa para atrás para soltar una carcajada que llena todo el edificio y reverbera contra cada una de las paredes y los azulejos.

—Carajo, admito que es pegadiza.

Después, se saca un cigarro del bolsillo y lo enciende.

Me preocupo, porque Kat no debería fumar aquí, pero no voy a pedirle que lo apague. Así que, en cambio, le hago una pregunta.

—¿Crees que alguien sospeche que es cosa nuestra?

Pone los ojos en blanco.

—Por supuesto que no. Si ni siquiera saben quién eres.

Debo de parecer dolida, porque lo estoy, pero entonces interviene Lillia.

—Exacto. Y por eso eres nuestra arma secreta.

—Sí, soy silenciosa pero letal —bromeo.

—¡Como un pedo! —Kat se muere de la risa.

Yo también me río y después le hago una señal con el dedo. Creo que es la primera de mi vida.

Ella sonríe.

—Ay, mira. Nuestra dulce Mary se está volviendo una maleante.

—¡No es verdad! —chillo con más fuerza de la que pretendía, y después me tapo la boca con la mano.

—Estaba bromeando —explica—. Pero da miedo lo bien que se nos da esto.

—Más que bien —corrige Lillia, y se saca la paleta de la boca, que se le ha teñido de un color cereza intenso—. Somos unas *cracks*.

Baja la vista a su celular y empieza a dar toquecitos en la pantalla. Sin levantar la mirada, habla.

—A ver, podríamos dejarlo ya si quisiéramos.

Tanto Kat como yo la miramos.

—¿Qué?

Se mete el celular en la bolsa.

—Solo digo que podríamos parar ahora que estamos a tiempo y empezar ya con Rennie o con Reeve —dice, más bajo que antes.

—¡Ni de broma, chica! —exclama Kat—. Mañana va a ser lo mejor. Todo el mundo va a ver nuestro plan en acción en el primer partido de la temporada. Va a ser nuestra mejor obra hasta la fecha. Seguro que esta noche no puedo ni pegar ojo, es como si fuera Navidad.

Kat no se toma a Lillia en serio, es evidente. Solo sonríe mientras piensa en lo de mañana. Pero yo sí que atisbo algo en sus ojos, algo diferente.

—¿Qué ha cambiado? —le pregunto.

Se muerde el labio.

—No lo sé. Nada.

—El partido es mañana —indico—. Ya tenemos casi todo preparado.

—Lil, ya basta de hacerte la víctima —reprocha Kat con impaciencia.

—Pensaba que esta era mi venganza —explica ella mientras se mete las manos en los bolsillos—. ¿No debería decidir yo cuándo es suficiente?

—¿Por qué quieres rajarte ahora? —inquiere Kat—. ¿Se lo contaste a alguien? ¿No le habrás dicho nada a Rennie?

—¡No! Para nada, no es eso. Mira, estoy casi segura de que lo que pasó entre mi hermana y Alex ya terminó. Así que, Kat, tienes total libertad para volver a empezar con él. A mí me parece bien siempre y cuando deje de acechar a Nadia.

—¡No me metas en esto! —Kat camina de un lado a otro—. Esta es tu venganza, no la mía.

—Vamos ya, no hagas como que no te estás beneficiando.

Te gusta Alex, se ligó a mi hermana y ahora vuelve a estar en el mercado. Felicidades.

Kat le lanza una mirada asesina.

—Que te quede bien claro, Lil. Tu hermanita se comió mis sobras.

Me interpongo entre las dos.

—¿De qué están hablando? —¿Alex y Kat estaban juntos?—. ¿Por qué no me lo contaron? —Empiezo a negar con la cabeza—. Esto es muy retorcido. ¡No podemos guardar secretos!

—Tienes razón, Mary. —Lillia se gira hacia Kat tan rápido que la melena le pasa de un hombro a otro—. Kat, ¿qué son Alex y tú, si puede saberse? ¿Novios? ¿Se mandan mensajitos diciéndose lo mucho que se quieren todas las noches? ¿O fue solo un desliz?

A Kat se le encienden los ojos. Pero, antes de que pueda contestarle, se cierra la puerta del edificio de la alberca con un golpe horrible.

—¿Hola? ¡¿Quién anda ahí?! —grita una voz grave.

Suelto un grito ahogado. Igual que Lillia.

Kat se agacha de golpe y apaga el cigarro en el suelo. Levanta la barbilla y nos señala una puerta. Las tres salimos corriendo y ella la abre. Da a un medidor eléctrico muy pequeño. Nos apretamos para entrar y, entonces, Kat cierra la puerta, pero deja una ranura para que podamos ver el exterior.

—¿Quién es ese? —sisea Lillia, pero Kat se pone un dedo sobre los labios. Creo que todas dejamos de respirar.

Por la ranura, contemplamos a uno de los obreros inspeccionar la zona. Es un tipo corpulento, con pantalones de mezclilla manchados, botas de trabajo, un casco amarillo y un llavero que no deja de tintinear.

—¡Eh! ¿Quién anda ahí? —brama de nuevo. Entonces, empieza a olisquear el aire.

El humo del cigarro.

A mi lado, Kat cierra los ojos.

Nos quedamos completamente quietas mientras miramos al obrero caminar hacia la alberca y mirar a su alrededor con sospecha. Se acerca al lugar en el que estamos escondidas y, después, cierra la puerta de un empujón y nos deja atrapadas en la oscuridad.

Tardo un instante en adaptar la vista. Poco a poco, empiezo a distinguir a Lillia de pie a mi lado. Creo que está a punto de desmayarse. Tiene los ojos cerrados y sacude las manos a toda velocidad. Kat también se da cuenta, así que le agarra una de las manos y le da un apretón con la intención de calmarla. Lillia no abre los ojos.

Se hace el silencio durante unos minutos y después oímos la puerta de la alberca volver a abrirse y cerrarse. Esperamos unos cuantos segundos más antes de abandonar nuestro escondite.

—Carajo —jadea Kat—. Estuvo cerca.

Lillia no parece aliviada. Sigue bastante nerviosa.

—No tendrías que haber fumado aquí, Kat.

Ella le resta importancia.

—Qué más da. Ni que nos hubieran descubierto. Además, no era yo la que estaba gritando.

Enfurecida, Lillia le responde:

—¿Ves? Esto es lo que te decía.

Me doy cuenta de que faltan un par de segundos para que vuelvan a ponerse a discutir. La idea de no vengarme, de que el plan se vaya al garete antes de que le llegue el turno a Reeve, me parece impensable. Pero, si esto le está costando tanto a Lillia, sé que a mí me va a resultar más difícil todavía. Solo tengo que seguir recordándome que Reeve se lo merece. Que se merece todo lo que le va a caer encima y más.

—Chicas, ya basta —intervengo con voz fuerte y clara.

Ambas me miran sorprendidas.

—Yo creo en esto que estamos intentando hacer. Solo con saber que Reeve va a recibir el castigo que se merece, siento más paz que desde hace muchos años —explico. Tomo aire rápidamente, por si acaso intentan interrumpirme, pero no lo hacen. Me están escuchando—. Sé que ustedes tienen un pasado complicado y que se les han ocurrido muchas cosas, pero, ahora mismo, eso no importa. Estamos aquí porque a todas nos han hecho daño. —Me giro hacia Lillia—. Si tuviera una hermana y alguien se hubiera aprovechado de ella, querría devolverle el daño multiplicado por diez. No hay nada malo en ello, creo que es ser una buena hermana mayor. Lo que estás haciendo es proteger a Nadia. Ojalá alguien hubiera hecho eso por mí.

A Lillia le tiembla la barbilla.

—Eso es lo único que quiero.

Kat chasquea la lengua.

—¿Qué dices? Eres una hermana estupenda, Lil. Siempre lo has sido.

Lillia se saca el bálsamo labial de la bolsa y se da toquecitos en los labios.

—Bueno, vamos a repasar los planes para el partido de futbol. Hay que tener en cuenta muchas cosas.

Y así, sin más, volvemos a ponernos manos a la obra.

23
Kat

Son las siete y pico del viernes. Mi plan era recoger una pieza de la moto de Ricky en el taller, pero ya estaba cerrado, así que Ricky, Joe y yo nos limitamos a dar vueltas en el coche de este último. Son amigos de mi hermano. Ambos me llevan un año. Joe todavía no se ha graduado porque nunca va a clase, y Ricky asiste al centro de estudios superiores. Seguramente Lillia los consideraría unos perdedores, pero son buenos chicos.

Yo voy de copiloto y Ricky está durmiendo en el asiento trasero.

—¿Adónde vamos? —le pregunto a Joe.

—¿Alguna vez vamos a alguna parte? —contesta con los ojos casi cerrados—. A ningún sitio.

Ricky murmura medio dormido.

—Por eso dejó de salir con nosotros en verano.

—Cállate. No es cierto. —Pero en realidad sí. Pasaba casi todo el tiempo con Alex. Me doy la vuelta y le doy un golpe en el hombro—. ¡Reacciona! Anda, que es viernes. ¡Vamos a hacer algo!

—Tienes un espíritu incansable, Kat —comenta Joe—. Deberías relajarte.

Estoy inquieta, sí, porque el partido de futbol va a empezar dentro de nada. Me inclino hacia delante y doy toquecitos en el tablero con las manos.

—Oye, tengo una idea. ¿Por qué no pasamos por la escuela? Esta noche hay partido, vamos a reírnos de la gente.

Joe me mira como si me hubiera vuelto loca.

Ricky se incorpora.

—¿Un partido? Ni de broma.

—Vamos, chicos —suplico—. ¿Qué vamos a hacer si no? ¿Conducir toda la noche? —Abro la mochila y agito una bolsa de hierba que le robé a mi hermano—. Ustedes fuman, yo conduzco.

Es una oferta que no pueden rechazar.

Media hora después, estamos debajo de las gradas junto a la zona de anotación. El partido está a punto de empezar. Lillia está calentando en una esquina, dando patadas y saltos. Llamo su atención y ella asiente antes de doblarse para estirar. Eso quiere decir que lo logró. Bien. Estaba un poco preocupada después de la conversación de ayer en la alberca. Tengo que relajarme un poco y dejar molestarla. La realidad es que, si Lillia decidiera abandonar el plan, no podría hacer nada para detenerla. Aunque fuera por ahí contándole a todo el mundo lo que le hizo a Alex, después de enterarse de las razones que tenía para hacerlo, a nadie le importaría. Me mata admitirlo, pero la necesito más que ella a mí. Si no fuera por Mary, ayer habríamos estallado y ¿dónde me dejaría eso?

Doy una calada al cigarro de Joe y entonces atisbo a Mary sentada en la grada. Me saluda con entusiasmo. Aparto la mirada, pero antes distingo un destello de ofensa en su cara.

Me siento mal. Está ahí sola, pero tampoco puedo invitarla a que se venga con nosotros. Joe y Ricky me harían preguntas, querrían saber quién es. Y seguramente Mary se desmayaría al ver un porro. Es mejor así.

24
Mary

Demonios.

Aparto la mirada y me hundo todo lo que puedo en las gradas. Qué idiota fui al saludar a Kat habiendo tanta gente presente. No debemos llamar la atención, y, además, saludar a alguien y que no te devuelva el saludo es muy humillante. Espero que nadie se haya dado cuenta.

Sí que creo que Kat y yo podríamos ser amigas una vez que acabe todo esto. Con Lillia no lo tengo tan claro. A ver, me encantaría que habláramos de vez en cuando, pero es muy popular, no necesita otra amiga. Supongo que a lo máximo que puedo aspirar es a dejar de fingir que no nos conocemos cuando estamos en público.

Abajo, cerca de las gradas delanteras, la banda de Jar Island comienza a tocar el himno del instituto. No la veo desde donde estoy sentada, en la fila de hasta arriba. Solo distingo los bordes de los brillantes instrumentos de metal que se mueven de lado a lado al unísono y las plumas blancas que salen de la parte superior de los sombreros de los músicos.

Todo el mundo se pone a cantar. Mueven los brazos como alas de gaviotas y dan pisotones a las gradas para que retumben.

Yo no me sé la letra.

Lillia y Rennie están en el campo, con los uniformes de animadoras puestos. Rennie lleva un megáfono con una C enorme pintada en un lado, supongo que porque es la capitana. El resto de las animadoras están en una fila perfectamente recta, con las puntas de los tenis tocando la línea blanca. Lillia, Rennie y Ashlin recorren la fila e inspeccionan a cada una de las animadoras con gran interés: les colocan bien los caireles de los listones blancos de satén que les envuelven las colas de caballo, les quitan las arrugas de los suéteres o dan toquecitos de brillo de labios a las chicas que lo necesitan. Cuando llegan al final de la fila, Rennie y Lillia conversan. Entonces, esta va corriendo a buscar los pompones blancos y redondos de Rennie y juntas los sacuden, junto con el resto del equipo, para intentar subir los ánimos de los espectadores de las gradas.

Observo cómo ambas hacen un bailecito juntas, se sonríen y se ríen la una a la otra. Cada vez me doy más cuenta de lo complicado que tiene que ser para ella actuar como si fuera amiga de Rennie mientras está a punto de ayudar a Kat a darle una puñalada por la espalda. En realidad, todas las personas de las que nos vamos a vengar son amigas de Lillia.

El equipo contrincante entra al estadio por el lado opuesto del campo. Tienen sus propias animadoras, pero ni la mitad de hinchas. Seguramente sea porque han tenido que venir en ferri hasta aquí. Es un fastidio, pero una suerte para nosotros. Supongo que por eso lo llaman la ventaja de jugar en casa.

Nuestra banda empieza a tocar otra canción y las animadoras cambian de formación para crear dos filas cerca de las puertas. Entonces, Lillia y Rennie desenrollan un tubo de cartulina en la zona de anotación. Pintaron «¡Vamos, Gaviotas, vamos!» con llamativas letras gruesas.

Unos segundos más tarde, las puertas del vestidor de los

chicos se abren de par en par y una manada de jugadores de futbol sale corriendo con los cascos en la mano. Reeve es el que lidera el ataque, con el resto de los jugadores de último año siguiéndole el ritmo, y es el primero en atravesar la cartulina con fuerza.

Se pintó líneas negras bajo los ojos y lleva el cabello mojado y relamido hacia atrás. Todos los espectadores de nuestra grada se ponen de pie y animan. Él sonríe y señala las gradas con un dedo, como si estuviera saludando a una persona entre la multitud. Como, por ejemplo, su padre o su madre, como si les quisiera dedicar el partido. Solo que señala a todo el mundo. Y el público grita como si lo estuviera haciendo solo para ellos.

Reeve Tabatsky, adorado por todos.

Aquel día estaba diluviando. El viaje de vuelta a Jar Island fue escabroso, porque el ferri se tambaleaba de un lado a otro. Cuando llegamos al puerto, el padre de Reeve no había ido a recogerlo. Nunca venía a buscarlo, pero pensaba que hoy sí lo haría, por la lluvia.

Vi el coche de mi madre al instante, en el mismo sitio en el que siempre se estacionaba. Con timidez, le pregunté a Reeve si quería que lo lleváramos, pero me contestó que no, que iba a esperar hasta que despejara un poco. Mientras corría hacia el coche, no dejé de mirar por encima del hombro. Él intentaba resguardarse bajo la marquesina del puesto de excursiones, pero se le estaba mojando la mochila. Y también los hombros. Entonces, se oyó un trueno tan fuerte que me retumbó en el pecho. Cuando llegué al coche, le pregunté a mi madre si podíamos llevar a Reeve a casa. Me dijo que sí.

Él parecía agradecido cuando nos paramos delante.

Reeve se sentó en el asiento de atrás.

—¿Está segura de que no es mucha molestia?

—Para nada, Reeve. Me alegro de tener la oportunidad de conocerte por fin.

No me atreví a darme la vuelta para mirarlo. Me daba miedo que pensara que les había contado a mis padres lo de mi apodo, lo malo que era conmigo. No les había dicho nada de eso. Solo las cosas buenas.

—¿Qué les parece si pasamos por la heladería? Podemos pedir uno para llevar —sugirió mi madre.

Yo me armé de valor, me di la vuelta y lo miré.

—¿Tienes que ir directo a casa?

Negó con la cabeza.

—No tengo dinero —susurró.

—No pasa nada —murmuré yo también con una sonrisa, porque sabía que mi madre no le iba a dejar pagar aunque lo tuviera.

Mamá pidió su sabor favorito: galleta de chocolate con chispas de chocolate; Reeve eligió un barquillo de helado de vainilla con trocitos de chocolate con crema de cacahuate. Normalmente, yo pedía una bola de menta con trocitos de chocolate y otra de palanqueta de cacahuate, pero aquella vez me decanté por un sorbete arcoíris, porque en la carta decía que era lo que menos calorías tenía.

Cuando lo dejamos en casa, Reeve no salió corriendo, aunque estaba diluviando. Se acercó a mi ventanilla y le dio las gracias a mi madre.

—¡Hasta mañana! —exclamó.

Y después recorrió a toda prisa el camino de entrada.

Esperamos hasta que entró y después nos fuimos.

No pude dejar de sonreír en todo el camino. A Reeve le caía bien. Era mi amigo. Todo iba a cambiar.

Las cosas sí cambiaron después de aquel día. Reeve ya no

salía corriendo del ferri para dejarme atrás. Me esperaba y caminábamos hasta la escuela juntos.

Hay tres chicas sentadas delante de mí, ataviadas con los colores del instituto de Jar Island. Veo que una se inclina hacia las demás.

—Carajo, Reeve está buenísimo —les dice.

—¿Está soltero? —pregunta otra—. ¿O sigue cogiéndose a Teresa Cruz?

Aguanto la respiración.

—Eso acabó hace mucho tiempo —explica la tercera—. Ahora está con Rennie. Bueno, o eso creo. Escuché que se han acostado varias veces.

Aquel primer día de clases, Reeve fue el que consoló a Rennie después de que Kat le escupiera en la cara. Incluso le dio su camiseta para que se limpiara.

¿Estaban juntos?

Miro al campo. Rennie está trepando hasta el punto más alto de la pirámide de animadoras. Es diminuta. Seguramente pesa unos cuarenta kilos como mucho. Veo cómo clava los tenis en las espaldas de sus compañeras de equipo a medida que sube más y más alto. Algunas esbozan una mueca de dolor.

Las chicas como Rennie consiguen todo lo que se les antoja. Les da igual a quién tengan que pisotear para conseguirlo.

No es justo.

Suelto el aliento que estaba aguantando. Justo cuando está llegando a la cima, Rennie se tropieza. Todo el público lo ve. Algunos sueltan un grito ahogado. Ella se cae de espaldas y se estampa contra los brazos de las personas cuya labor es agarrarla si ocurre algo, quienes la dejan en el suelo con cautela sin un solo rasguño. Rennie parece estar furiosa por no haber llegado a la cima. Furiosa y sorprendida. Las demás chicas desarman la pirámide y Rennie las regaña por no haberse colocado bien.

El corazón me late a mil por hora y no puedo respirar bien. Sé que no fue cosa mía. Es imposible.

Pero se lo merecía. Aunque haya sido durante un solo segundo, quería verla caer. Pero solo porque quieras algo no quiere decir que se haga realidad.

¿O sí? Aquel día en el pasillo, cuando estaba persiguiendo a Reeve, quería llamar su atención con todas mis fuerzas. Los casilleros... ¿Fui yo la que los cerró de golpe?

Retrocedo y me siento encima de las manos. No. No puede ser. Es una idea imposible.

Mientras todos contemplan el campo, yo me giro para observar la caseta que hay en la parte de arriba de las gradas. Hay un hombre mayor ante un micrófono. El cable está enchufado a una consola que, a su vez, está conectada con los altavoces que cuelgan de debajo de los aleros del techo. Da un sorbo a la botella de agua, carraspea y comienza a hablar.

—Estas, damas y caballeros, son las valientes Gaviotas de Jar Island.

Abre la carpeta que tiene delante y repasa con el dedo la lista de nombres. La que Kat y yo dejamos allí esta mañana, antes de que hubiera nadie en el estadio.

—Demos una calurosa bienvenida a los jugadores de último año, que salen al campo para disputar su última temporada.

Cuando las palabras retumban por los altavoces, los mencionados se separan del grupo y se ponen de cara a las gradas. Las animadoras del mismo curso dan un paso adelante y se colocan detrás de ellos.

—*Quarterback* y capitán, número sesenta y tres, REEVE TABATSKY.

Al oír su nombre, salta a la banca y saluda al público, que se pone a gritar como si se tratara de una estrella de rock. Rennie hace un montón de volteretas hacia atrás con saltos mortales que cubren la distancia hasta la banca.

—Su pateador, el número veintisiete, PJ MOORE.

Todo el mundo anima a PJ mientras se sube a la banca junto a Reeve. Él echa la pierna hacia atrás y después hacia delante, simulando una patada. Lillia da un salto, se abre de piernas en el aire y se toca la punta de los pies.

El aplauso pierde intensidad y contengo la respiración, porque sé lo que viene ahora.

—Receptor, número cuarenta y seis, ALEX LIMPOTENTE.

Unas cuantas personas aplauden, pero sobre todo se oyen risitas y susurros.

—¿Cómo lo llamó? ¿El impotente?

Alex se gira, como si no hubiera oído bien. Tiene la piel sonrojada, más de lo que se la dejaron sus problemas dermatológicos. Lo más encarnada que he visto una cara en mi vida. La chica rubia que lo anima ha levantado los pompones por encima de la cabeza y está a punto de pararse de manos. Pero se queda de piedra.

Supongo que como Alex no se sube a la banca, el comentarista repite su nombre.

—¡ALEX LIMPOTENTE!

Esta vez lo oye todo el mundo.

Reeve se inclina hacia delante, muriéndose de risa. PJ también. Uno de los jugadores que está detrás de Alex le da una palmada en la espalda. Cuando él se da la vuelta, todo el mundo lo ve. En la espalda de su camiseta no dice «Lind». Dice «Limpotente».

Fue idea de Lillia. Le cambió la camiseta por esta que compró en una tienda de deportes *online*. Pagó en efectivo para no dejar rastro.

—¡Madre mía! —Las chicas que tengo delante chillan—. ¿Alex el Impotente? ¡Puaj! ¡Qué asco!

Miro a Lillia. Se está tapando la cara con las manos para fingir estupor. Su hermana había empezado a dar saltos y palmadas la primera vez que el comentarista anunció el nombre de Alex, pero ahora ha bajado las manos. Da unos cuantos pasos hacia atrás y se esconde detrás de las animadoras que hay cerca de la banca.

Alex empieza a dar vueltas como un perro que se persigue la cola, intenta ver o colocar las manos en la espalda de la camiseta. Me echo a reír porque es muy gracioso.

Al final, Reeve baja de un salto de la banca e intenta ayudar a Alex, aunque no para de reírse de él con todas sus ganas. Puede que la intención de Reeve fuera buena, pero Alex solo debe de ver que su amigo se está burlando de él, porque agacha la cabeza, suelta el casco, corre hacia Reeve y le envuelve la cintura con los brazos. Lo taclea y lo tira al suelo con un gran estruendo.

Ya nadie aplaude. Todo el equipo se apelotona alrededor de los chicos que se están peleando y el entrenador se lleva el silbato a la boca y lo hace sonar unas cuantas veces. El comentarista sigue anunciando los nombres del resto de los jugadores del último curso, pero nadie se sube a la banca. Están todos intentando que Alex deje de darle puñetazos en la cara a Reeve. Veo que le atiza un buen golpe, justo en la mandíbula. Me tapo la cara con las manos.

Kat y sus amigos corren a la valla y empiezan a gritar: «¡Pelea, pelea, pelea!».

Ella trepa un poco por la valla para tener mejor vista.

Al final, consiguen apartar a Alex. Reeve está en el pasto, acostado boca arriba. Uno de sus compañeros le tiende una mano para ayudarlo a levantarse, pero él se la aparta de un manotazo e intenta ponerse en pie él solo. Aunque le lleva un rato. Tiene la mandíbula roja e hinchada y la camiseta sucia.

Alex está a unos cuantos metros de distancia, Derek se está esforzando al máximo para evitar que vuelva a lanzarse sobre Reeve. Grita algo que no oigo y lo señala con furia por encima del hombro de Derek. Pero él no le hace caso. Le da la espalda y camina por la línea de banda. Rennie intenta llegar hasta Reeve para ver si está bien, supongo, pero Ashlin la agarra del brazo. No se lo permite. Dos entrenadores llegan corriendo con aspecto preocupado y le echan un vistazo al brazo que Reeve utiliza para lanzar. Nadie va a ver si Alex está bien, pero el instructor principal se da la vuelta corriendo y le grita con tanto ímpetu que le sale saliva volando de la boca. Derek lo obliga a sentarse en la banca antes de alejarse.

—¿En qué estaba pensando Alex? —lloriquea una de las chicas que tengo delante—. Reeve es el *quarterback*. ¡Podría habernos arruinado la temporada!

—Seguro que sigue enojado con él por la tontería esa del listón rojo.

—Pobre Alex, no se le levanta —comenta la tercera chica, y el resto se echa a reír.

El partido empieza poco después, y si Reeve estaba alterado por la pelea con Alex, no lo demuestra. Solo tarda dos o tres jugadas en hacer un lanzamiento que acaba en la zona de anotación. Para entonces, todos han vuelto a animarlo, como si la pelea no hubiera tenido lugar. Alex está en la banca, parece disgustado.

En el medio tiempo, me levanto para comprarme una Coca-Cola Light, pero la fila es demasiado larga. Kat ya fue. La vi largarse con sus amigos poco después de la pelea. Me pregunto si debería quedarme un rato más o no.

Paso por donde están las animadoras. La chica que animaba

a Alex está separada unos cuantos pasos de las otras, suplicándoles a Rennie y a Lillia.

—¡Vamos, chicas! —lloriquea—. ¿No puedo animar a otra persona?

—¿En serio? —inquiere Lillia con los brazos cruzados.

—¡Por favor! Cada vez que hago el cántico la gente grita que es impotente.

—No te preocupes —la consuela Rennie—. Seguramente ni siquiera juegue hoy.

La chica suelta un grito ahogado.

—¿Y si lo sacan del equipo? ¡No voy a tener a quién animar!

En ese momento, Nadia se acerca.

—Si Wendy no quiere animar a Alex, lo hago yo. Podemos cambiar de jugador, a mí no me importa —le dice a Rennie en voz baja.

Lillia se queda boquiabierta y cruza los brazos.

—Nadie va a cambiar de jugador. Rennie trabajó mucho formando las parejas.

Esta asiente.

—Lillia tiene razón —afirma—. Lo que yo digo es ley. Wendy, tienes un compromiso con Alex y vas a cumplirlo. Si no te gusta, largo. —Saca un espejo de su bolsa de deporte y se arregla la melena—. Esta noche vinieron cinco cazatalentos de distintas universidades a ver a Reeve, así que necesito centrarme en hacerlo todo perfecto por él y no en preocuparme por esta tontería. Se acabó.

Rennie se da la vuelta y se aleja de Nadia y de la otra animadora. Lillia la sigue y, cuando pasa delante de mí, me hace un gesto con la cabeza.

Yo se lo devuelvo. Misión cumplida. Y la verdad es que ya era hora, porque me muero de ganas de empezar con Rennie.

25
Kat

Ricky, Joe y yo nos largamos del partido en el medio tiempo. El futbol es increíblemente aburrido. Vamos a tomar un café y a comer papas con queso en el Surf Diner, conduzco un rato más y después les pido que me lleven a casa.

Aunque es viernes, acabo poniéndome a hacer la tarea para quitármela de encima. Pero también pienso mucho en Alex.

Seguro que se metió en un problema por haberse peleado con Reeve. Probablemente, su madre lo mandó a su guarida de macho sin cenar, le habrá quitado el celular o cualquier otro castigo ridículo. Por cómo admira a su hijo y la ropa que le compra, está claro que quería una niña. Es evidente que se va a enojar porque se metió en una pelea. Es bastante santurrona, y Alex fue un animal.

Jamás se me habría pasado por la cabeza que Alex fuera capaz de ser tan bruto. Y, sobre todo, no esperaba que le diera un puñetazo a Reeve. No fue grácil, eso desde luego, pero apuntó donde era y dio al blanco. Se me pasó por la cabeza llamarlo y aconsejarle que ponga más fuerza en los puñetazos la próxima vez. De haberlo hecho, no me cabe duda de que habría dejado a Reeve sin conocimiento.

Pero no voy a llamarlo. Y tampoco pienso contestar a sus mensajes ni a sus correos. Al menos hasta que haya aprendido la lección, hasta que le quede claro que no puede jugar conmigo. Que fue un idiota por ligarse a Nadia cuando podría haber estado conmigo.

Esa noche, se me ocurre la idea de pedirle a Ricky que me lleve a la escuela el lunes. Porque no hay nada más efectivo que meter a otro tipo en la ecuación para conseguir que un chico desee recuperarte. O, en mi caso, fingir que hay otro.

Así es como mi madre acabó con mi padre. Salieron durante unos cuantos meses y, como él no se lo tomaba en serio, ella se presentó en su bar favorito con Albert, su amigo gay, y un montón de monedas para la rocola. Solo hizo falta una canción lenta para que mi padre le diera un toque en el hombro a Albert para ocupar su sitio. Así de lista era mi madre.

Tampoco es que esté intentando hacer lo mismo con Alex. Solo estoy viviendo mi vida y siendo feliz mientras él se pudre en la desgracia.

No cuesta imaginarse a Alex solo en el estacionamiento. Sin nadie con quien hablar, ya que sus amigos deben de estar ignorándolo por la pelea que tuvo con Reeve. Rennie jamás se pondría en contra de Reeve, eso por descontado. Alex sería como un cachorrito perdido, un niño pequeño sin amigos. Y, entonces, aparecería yo en escena, de acompañante en la escandalosa moto de Ricky. Me quitaría el casco y sacudiría la melena a cámara lenta.

Y vaya si se arrepentiría.

Seguro que viene a mí corriendo. Puede que en ese mismo momento o cuando esté en mi casillero. Me suplicará que lo perdone, me dirá que Nadia no significaba nada para él. Que no hay otra chica en toda la escuela que le llegue a la suela de los zapatos a Kat DeBrassio. Una vez que pruebas a Kat, ya no hay vuelta atrás.

El lunes por la mañana, Ricky me recoge en su moto. Me alegro de que sea la importada de Japón que tuneó con unos estabilizadores de carreras para poder saltar dunas. Esa es la que le había dicho que quería, no la Vespa de color verde menta. Nadie va a pensar que estoy buenísima al bajarme de una Vespa verde menta.

Se levanta la visera del casco cuando salgo por la puerta.

—Demonios, Kat.

Recorro la entrada con pasos largos y el cabello me rebota a la espalda, como en un anuncio de shampoo. Me ricé las puntas, aunque no lo suficiente para que la gente piense que me esforcé. Más bien tipo «me fui a la cama con el cabello mojado y me desperté con una melena despeinada pero sexi». Me puse los pantalones de mezclilla negros más ajustados que tengo, una camiseta de tirantes y los tacones de aguja de mi madre del mismo color. Puede que me haya pasado un poco con los zapatos, pero qué más da. Además, hoy hay una asamblea sobre las admisiones a la universidad para los de último año a la que asisten varios orientadores. Siempre puedo decir que me arreglé para eso si alguien me comenta algo al respecto.

—Gracias por venir a recogerme —digo, y me subo a la parte de atrás de la moto.

Al principio, rodeo a Ricky con los brazos, pero después lo pienso mejor y me agarro al borde del asiento. Creo que esta pose es mucho más de chica ruda.

—No te preocupes. No entro a clase hasta las nueve y media. Toma —me ofrece Ricky mientras se da la vuelta para pasarme el casco. Es de carreras, brillante, con rayas rojas y una visera de cristal oscuro—. Ponte esto, se me olvidó traerte uno.

Lo rechazo con un gesto de la mano.

—Así voy bien.

Al fin y al cabo, la escuela está a menos de dos kilómetros y no quiero que se me aplaste el cabello.

—Ya basta, Kat.

Por la forma como lo dice, sé que no me va a llevar hasta que haga lo que me pide.

Me lo pongo y él sale de mi calle. La moto hace mucho ruido. Es muy escandalosa porque trucó el silenciador. Sonrío porque sé que todo el mundo va a oírnos llegar.

—Más rápido —le pido a Ricky, y le rodeo la cintura con los brazos.

Sería lindo si no fuera un *stoner*. Noto que se tensa y entonces acelera. Cambia de carril y se mete en pleno tráfico para rebasar a un autobús que va a toda velocidad en dirección al instituto. Más rápido. Es una de esas frases que a los chicos les encanta escuchar.

Ricky entra al estacionamiento.

—No puedo creer que haya dejado que me traigas aquí dos veces en los tres últimos días —reniega.

Veo el todoterreno de Alex.

—Por ahí —ordeno.

Me bajo de la moto tal como había planeado. De un salto. Después, me quito el casco y sacudo la melena.

Entonces veo a Alex, apoyado en la puerta de su coche. Pero no está solo. Está hablando con Reeve y con Rennie. En realidad, parece que la que más está hablando es ella. No deja de hacer gestos con las manos ni de señalar a Reeve para después frotarle el hombro con ternura. Seguro que está intentando convencer a Alex de que no tuvo nada que ver con las bromas que le hemos hecho. No puede dejar de meterse en la vida de los demás.

Dudo que Alex se lo trague. No está mirándolos a los

ojos a ninguno de los dos, pero cuando Rennie da por terminada la charla, toma de la mano a Reeve y entran juntos al instituto.

Este no tiene ningún moretón en la parte de la cara donde Alex le dio el puñetazo, cosa que me molesta un poco. Pero no tanto como saber que siguen siendo amigos y que Alex se perdió mi entrada triunfal.

—En fin —anuncia Ricky—, me largo.

Le entrego el casco.

—Gracias por traerme —le digo.

Me mira y sonríe.

—Cuando quieras.

Arranca la moto y se va.

—¡Me encanta el modelito, Kat! —me grita Rennie poniendo las manos alrededor de la boca—. ¡El *look* de motociclista sexi te queda de maravilla!

Nada me impide volver a correr hacia Rennie y escupirle otra vez en la cara. Llegados a este punto, ni siquiera me importaría lo que Alex pensara de mí. Pero no tengo por qué hacerlo. Ya va a recibir su merecido más pronto que tarde. Lo único que tengo que hacer es confiar en que Lillia y Mary me van a guardar las espaldas, igual que yo se las guardo a ellas.

De camino a la entrada del instituto, paso por delante del *jeep* de Rennie, estacionado en su sitio favorito. No puedo evitarlo, me acerco a él sin llamar la atención, me agacho junto a la llanta delantera y desenrosco el tapón. Vi a Pat hacerlo una vez, cuando nos quedamos atrapados en la nieve. Pero tenía una herramienta especial para quitarle presión a la válvula o algo así. Mierda.

Entonces me doy cuenta de algo: llevo malditos tacones. Me quito uno y lo clavo para que se hunda en la válvula. Me lleva unos cuantos intentos, pero al final escucho el siseo del aire. No se desinfla tan rápido como me gustaría, es más bien una fuga lenta. Suena el timbre del comienzo de las clases, pero me siento en el suelo. Puedo llegar tarde, no es para tanto.

26
Lillia

Rennie y yo decidimos ir al continente a comprar vestidos para el baile. No se lo digo a mi madre porque sé que me obligaría a invitar a Nadia. En cambio, saco a escondidas la tarjeta de platino de la cartera de mi madre mientras está en la regadera. No es que le esté robando, ya me había dado permiso para pedir un vestido por internet.

También quería invitar a Ashlin, pero Rennie insistió en que vayamos solo nosotras dos.

Salimos un poco antes del entrenamiento para llegar al ferri de las cinco. Dejamos a Ashlin al mando con la entrenadora Christy. Rennie le cuenta a esta que tenemos que ayudar a su madre con unas tareas en la galería. Ash nos lanza una mirada llena de sospecha, pero no dice nada.

Los boletos normales para el ferri no son muy caros, pero un viaje de ida y vuelta con coche cuesta más de cien dólares. Rennie abre la cartera, está llena hasta los topes de dinero en efectivo, un montón de billetes viejos y arrugados. Sé que ha estado ahorrando su sueldo para comprarse un vestido bonito para el baile.

—No te preocupes —intervengo, y le doy al empleado un poco de efectivo.

Seguro que Kat se enojaría conmigo, pero tampoco es que se vaya a enterar. Rennie me da las gracias unas cien veces, algo muy bonito por su parte.

Subimos el *jeep* al ferri y nos estacionamos en la zona de carga. La mayoría de los turistas salen del coche y van a la parte superior, pero nosotras no. Rennie y yo nos quedamos sentadas escuchando la radio y ojeando unas cuantas revistas que traje para ir sacando ideas de vestidos. Rennie quiere algo ajustado y, con suerte, lleno de lentejuelas. Yo quiero uno con bustier sin tirantes y de color blanco. O quizá rosa claro.

Nadie se maneja en un centro comercial como Rennie. Yo me dejo llevar. Aunque casi nunca venimos, sabe dónde están las mejores tiendas y la forma más rápida de llegar de una a otra. Solo disponemos de un par de horas para dar con el vestido perfecto, comer algo, volver al muelle y subirnos a un ferri de vuelta a la isla.

La primera tienda en la que entramos es un fracaso total, y la segunda no es que sea mucho mejor. Ambas tienen un montón de suéteres y de prendas de pana, ahora que llega el otoño, pero no hay muchos vestidos. O, por lo menos, no lo bastante elegantes como para el baile de bienvenida de Jar Island. Quizá para los de cursos más bajos, pero las de último año son las que más se arreglan. Básicamente, es el calentamiento para el baile de graduación.

Sin embargo, en la tercera tienda tenemos algo de suerte, y acabamos con los brazos llenos de opciones. Nos metemos en probadores contiguos.

—¿Conoces a esa nueva de undécimo? —pregunta Rennie.

Estoy subiéndome un vestido, pero me detengo de golpe. Mary. Me vienen un millón de pensamientos a la cabeza a toda velocidad. ¿Nos habrá visto hablando en el pasillo?

Seguramente no, porque soy muy cautelosa. Pero tal vez se haya percatado de que la saludé con la cabeza en el partido. Justo lo que me faltaba, que lo de Alex me explotara en la cara ahora que acabamos de terminar.

Bajo la mirada a la alfombra beige. Las uñas rojas de los pies de Rennie apuntan a la pared que tenemos en medio.

—¿Quién? —pregunto.

—Seguro que la has visto, Lil. El instituto no es tan grande. En fin, un montón de chicos de su curso dicen que está muuuy buena. —Por la forma como alarga la u, sé que está siendo sarcástica—. Van a votar por ella para reina del baile. En mi opinión, no es tan guapa. Vamos, que no está a la altura. Apuesto lo que sea a que ni siquiera es rubia natural. Seguro que se pinta el cabello.

Aunque, evidentemente, me alivia que Rennie no se haya dado cuenta de nada, me crispo ante sus palabras. Mary es guapa. Sí, es un poco rara, pero es muy guapa. Me alegra ver que otras personas, sobre todo los chicos, también se dan cuenta. Su vida no ha sido una cama de rosas, sigo sin saber con certeza qué fue lo que le hizo Reeve, pero está claro que la dejó afectada.

Escucho el roce de la tela cuando Rennie se pone un vestido por la cabeza.

—¡Vaya! Este es muy bonito. ¿Lista para la pasarela de modelos?

La puerta de su probador se abre de golpe y luego se cierra.

Me pongo mi vestido a toda prisa. Ni siquiera me gusta, el color no me queda bien, pero, aun así, salgo del probador.

Rennie está subida a la tarima de puntitas mientras posa delante de los tres espejos. Veo que fija los ojos en mi reflejo.

—El champán no es tu color —anuncia.

—Lo sé —admito.

Me siento en uno de los sillones súper suaves que hay cerca del espejo, de repente ya no tengo ganas probarme ninguno más.

—Este me queda de infarto, pero no estoy segura. —Su voz suena triste—. Ojalá me lo hubiera probado al final.

El vestido es ajustado, plateado y lleno de brillo. Es justo lo que había dicho que quería desde el principio. De verdad, Rennie siempre consigue lo que quiere.

—¿A qué te refieres? —pregunto.

—Porque apenas es el primero que me probé y siento que, si me lo comprara, me estaría conformando, ¿sabes? El primer vestido nunca es el vestido perfecto.

No le contesto, me dedico a mirarme las uñas.

—¡Lillia! —lloriquea—. ¿Qué te parece? ¿Es este mi vestido?

Frunzo los labios, finjo pensarlo y después suelto un suspiro.

—Sí, claro. Supongo.

Aunque le queda perfecto.

Rennie resopla, decepcionada por mi apatía. Vuelve a mirar al espejo y sonríe de nuevo. Sabe lo bien que le queda. No necesita que yo se lo diga. Lo que yo opine o piense no le importa en absoluto.

Se da la vuelta y se mira el trasero.

—Supongo que lo que debería preguntarme es si le gustará a Reeve. Su opinión es la más importante, porque va a ser mi cita.

Me enderezo.

—Espera. ¿No vamos a ir en grupo?

Así es como siempre ha sido desde noveno. Nada de parejas. Nadie le pide a nadie específicamente que lo acompañe. Puede que para el baile de graduación sí, pero para este no. Nos presentamos allí todos en grupo.

—Ya no. Ash va a ir con Derek, PJ va a llevar a Allie, esa de décimo tan linda. Y yo voy a ir con Reeve.

—¿Ya se lo pediste?

¿Cuándo pasó todo esto? ¿Por qué se emparejaron sin avisarme?

—Todavía no. A ver, está claro que me va a decir que sí. —Mueve el brasier sin tirantes para que parezca que tiene más escote—. Ya lo verás, Lil, va a ser nuestra noche. Él estará guapísimo, yo estaré guapísima... Ya viste lo que pasó cuando jugamos a la botella. Fuegos artificiales.

Noto que empiezo a sudar.

—Entonces ¿yo con quién voy?

Se baja de la plataforma de un salto.

—Ve con Lindy —sugiere antes de desaparecer por la puerta del probador.

Madre mía. ¿En serio? Es tan típico de Rennie no reparar en que Nadia tuvo que ver con Alex, cosa que sabe de sobra y todavía no me ha dicho. No puedo creer que sea tan insensible. Además, no pienso ir al baile con Alex por nada del mundo, aunque haya una mínima posibilidad de que yo le guste. Y mucho menos después de todo lo que le he hecho. Sería muy incómodo.

—No voy a ir con Alex —anuncio—. Me iré con ustedes en la limusina.

La oigo hablar desde el otro lado de la puerta.

—Vamos a ir todos en pareja. Sería raro que te unieras sin tener una cita. Además, Alex tampoco tiene con quién ir todavía. De todas formas, parecerá que van como pareja.

La verdad es que me tiene sin cuidado lo que parezca.

—Dije que no —respondo, levantando la voz.

—Está bien, como quieras. Yo solo lo hacía por tu bien. Pero, adelante, haz lo que te venga en gana.

Vuelvo al probador y me obligo a probarme los vestidos

que escogí. El último es bonito. Es negro, color que había descartado, pero el corte es justo lo que quería. Sin tirantes, con un bustier muy marcado y una falda corta pero abombada. Es sofisticado. Salgo del probador y le pregunto a Rennie qué le parece.

—¿Con unos tacones color durazno? —pregunto.

Rennie se da toquecitos en los labios con el dedo. Está pensándolo. Antes, siempre esperaba a que ella se decidiera antes de poder hacerlo yo. Si algo estaba bien o no, quiero decir.

—Creo que me lo voy a comprar —declaro.

Decido que me recogeré el cabello. Bajo de la plataforma y vuelvo al probador.

Me quito el vestido y lo vuelvo a colgar en el gancho. Es caro, más de lo que esperaba tratándose de un vestido negro liso. Estoy ahí de pie, en ropa interior, mientras me planteo si mi madre me mataría, cuando veo la mano de Rennie aparecer por debajo de la pared.

—Oye, deja que me pruebe ese último vestido.

«Tú ya elegiste y, además, no te lo puedes permitir». Eso es lo que me gustaría decirle.

En cambio, paso el vestido por debajo de la puerta y me vuelvo a poner mi ropa mientras espero a que Rennie se lo pruebe.

Odio que también le quede perfecto. Decido justo en ese momento que me lo voy a comprar sí o sí.

—Sí que es una belleza —dice mientras se admira—. ¿Cuál crees que me queda mejor, Lil?

Quiero gritar, pero no lo hago. Claro que no. En vez de eso, cambio de tema.

—Oye, ¿te enteraste de que Melanie Renfro está haciendo una campaña con todo para que la elijan reina del baile? La vi hablando con los chicos de atletismo.

Rennie pone los ojos en blanco.

—No me preocupa Melanie Renfro. En serio, Lil, el título es mío. —Inclina la cabeza a un lado y después asiente con gran decisión—. El plateado. Ese es un vestido digno de reina del baile.

Entonces me doy cuenta de cuál es la mejor forma de vengarnos de Rennie.

Durante todo el trayecto de vuelta a casa, me muero de ganas de contarle a Kat que tengo el plan perfecto para su venganza: buscaremos la forma de evitar que Rennie gane el título de reina del baile.

En cuanto volvemos a Jar Island, estoy más que preparada para que Rennie me deje en casa. Sin embargo, pasa de largo mi manzana. Me doy la vuelta.

—Voy a pasar a casa de Alex. Quiero hablar con Reeve sobre el baile —explica.

—¿Ahora? ¿No puedes dejarme en casa antes?

—No. —Se pone una mano en el corazón—. Tengo la sensación de que tiene que ser hoy. Tardaré unos cinco minutos.

Otra vez. Lo que yo quiero no le importa.

—Pues yo te espero aquí.

—Vamos, entra conmigo. Hazle compañía a Alex mientras yo hablo con Reeve.

Nos estacionamos y Rennie se toma un minuto para retocarse el brillo de labios. Le tiembla la mano de lo nerviosa que está. La sigo hasta la casa de la alberca con los brazos cruzados. Estoy segura de que no parezco contenta, porque no lo estoy. De hecho, tengo la esperanza de que Reeve la rechace.

Reeve y Alex están en el sofá, jugando videojuegos. Supongo que lo que ocurrió en el campo ya es cosa del pasado.

Es curioso, creo que los chicos no saben guardar rencor. Seguro que Reeve negó tener nada que ver con las camisetas y con el poema, y Alex le creyó. Con suerte, no buscará a los responsables.

Me quedo cerca de la puerta mientras Rennie entra y se para delante del televisor.

—Reevie —lo llama con ternura—. ¿Puedo hablar contigo un momentito? En privado.

Este mueve la cabeza para poder mirar la pantalla aunque Rennie está delante, pero, como no puede, pausa el juego.

—Claro.

Rennie entrelaza un brazo con el suyo y lo lleva a la habitación de Alex.

—Ahora vuelvo, Lillia.

Alex se da la vuelta y me ve.

—Hola, Lillia.

—Hola, Lindy. —Me siento lo más lejos posible en el sofá. Alex ya casi no tiene roja la cara—. Tienes la piel mucho mejor.

Se da la vuelta para encararme.

—Rennie le va a pedir a Reeve que sea su cita para el baile, ¿eh?

—¿Cómo lo supiste? —pregunto sorprendida.

—Porque Ashlin se lo pidió hoy a Derek. Y creo que PJ va a llevar a una de décimo.

Me doy cuenta de que se está sonrojando. El rubor le sube por el pecho y se le asoma por el cuello.

—A ti nadie te lo ha pedido todavía, ¿verdad?

Ay, no. No, no. Seguro que Rennie ya le dijo que me lo pida. Me levanto del sofá a toda prisa y me acerco a la ventana.

—De verdad... No entiendo por qué no podemos ir en grupo, como siempre. ¿Por qué cambiar las cosas ahora?

Es una tontería. Al fin y al cabo, estaremos todos juntos en el baile.

Alex se me acerca. No demasiado, pero lo suficiente. Asiente, como si lo que yo he dicho fuera lo más lógico.

—Sí, supongo que tienes razón.

Sin embargo, percibo que está decepcionado.

Rennie sale de la habitación y llega dando saltitos a la puerta de cristal contra la que estoy apoyada. Tiene las mejillas sonrojadas y su sonrisa prácticamente llena toda la estancia.

—¡Listo, Lil! ¡Vámonos! —canturrea.

Rennie siempre consigue lo que quiere. Pero esta vez no. Cuando más importa no.

27
Kat

Estoy sentada en la cama viendo una peli en la computadora portátil cuando oigo que alguien toca la ventana. Durante un segundo de enajenación, pienso que podría tratarse de Alex. *Shep*, que está hecho bolita encima de una montaña de mi ropa, apenas levanta la cabeza. Perro estúpido. Salgo de la cama de un salto y voy a abrir. No es Alex. Es Lillia.

—¿Qué haces? —pregunto mientras abro la ventana con esfuerzo—. Tengo puerta, ¿sabes?

Se mete dentro de la habitación con las mejillas sonrosadas.

—Es la una de la madrugada —me recuerda—. No quería despertar a tu padre, pero sabía que tú seguirías despierta.

Lillia lleva una chamarra de plumas corta, aunque apenas hace frío. Suelta un gritito ahogado cuando ve a mi perro.

—¡*Shep!*

Este pega un brinco y sale corriendo dando saltitos hacia ella. Lillia se agacha y lo abraza mientras le acaricia el lomo y las orejas.

—¡Cuánto te extrañé!

—Seguro que le apesta el aliento —indico—. Acaba de comerse un hueso.

Lillia me ignora.

—¡*Shep*, te acuerdas de mí! Sí, claro que sí.

El tonto de mi perro la está babeando mientras jadea y mueve la cola.

Ella lo acaricia un poco más y después va hacia el tocador como si fuera la dueña de la casa.

—¡Demonios, me acuerdo de ella! —exclama, a la par que agarra la muñeca de porcelana que mi madre me regaló por mi séptimo cumpleaños—. Se llama Nelly, ¿verdad que sí?

Pues sí. ¿Y qué? Me vuelvo a sentar en la cama con los brazos cruzados.

—¿Qué pasa?

—¿Puedes cerrar la ventana, porfa? Hace frío.

Quiero contestarle que vaya al maldito médico porque tiene un grave problema con la temperatura corporal. Pero tengo que ser más simpática.

—Gracias —dice mientras se sopla en los dedos—. Bueno, tengo una idea para vengarte de Rennie. Es perfecta.

Siento que estoy reviviendo el pasado al verla toquetear mis cosas, tomar mis velas para olerlas y encender la caja de música de mi joyero. A Lillia le encantaba hurgar en mi habitación y la de Rennie cuando venía de vacaciones de verano. Como si quisiera ver qué partes de nuestra vida se había perdido durante el curso.

Se da la vuelta y en su mano aprecio un destello dorado.

—Lo sigues teniendo —comenta con los ojos abiertos como platos y llena de sorpresa.

Es el collar absurdo que me regaló el primer día de clases de noveno.

Doy un salto y se lo quito de la mano de un jalón.

—Deja de tocar mis cosas —espeto con mordacidad.

—Es que me sorprende que lo guardaras —revela mientras mueve la cola de caballo.

—No te emociones, es solo que todavía no he tenido tiempo de empeñarlo. —Lo vuelvo a meter en el joyero para después cerrar este de golpe.

—¿En tres años? —pregunta entre dientes.

La madre de Lillia llamó a la de Rennie para preguntarle si podíamos vernos para jugar. Qué fastidio... Teníamos once años, no seis. La madre de Rennie dijo que sí, así que ella me suplicó que la acompañara. Quería que fuéramos en bicicleta para poder irnos si estaba aburrido, pero mi madre no me dejó porque White Haven estaba demasiado lejos. La casa de Lillia estaba al otro lado de la isla, que, en realidad, eran diez minutos en coche, pero aun así. Nuestros amigos vivían cerca y podíamos ir caminando; durante el verano, nos pasábamos el día entrando y saliendo de las casas de unos y de otros. Parecía que Lillia viviera a un mundo de distancia.

El primer día, pasamos la tarde jugando en la alberca. Rennie y yo practicamos a tirarnos de cabeza y de bomba mientras que Lillia chapoteaba en la parte poco profunda y fingía ser una sirena. Su madre trajo a su hermana pequeña, Nadia, que llevaba flotadores.

—Voy a prepararles algo de botana, chicas. Ahora vuelvo. Lillia, vigila a tu hermana —pidió su madre.

Poco después de que se fuera, Nadia flotó demasiado cerca de la parte honda y Lillia se puso a gritar. La pequeña se asustó y se puso a llorar, así que nadé a toda prisa y la empujé hasta su hermana, que también estaba al borde de las lágrimas y no dejaba de darme las gracias.

Entonces la señora Cho salió con una bandeja con queso brie, galletas saladas y refresco de naranja. Me emocioné al instante. Mi madre nunca compraba brie. Solo queso en rebanadas para los sándwiches y queso para fundir para los macarrones.

En cuanto vio a su madre, Lillia salió de la alberca de un salto y le rodeó la cintura con los brazos.

—Nadia se fue a la parte honda y Kat le salvó la vida.

Entonces, la señora Cho se puso a halagarme por lo bien que nadaba, y aunque me dio un poco de vergüenza, también me sentí orgullosa, aunque en realidad no había hecho nada.

Cuando estábamos en la parte honda y Lillia seguía sentada al lado de su madre, Rennie me susurró:

—¿Llamamos a tu padre? Creo que el hermano de Reeve va a llevar a los chicos a bucear en el barco.

—Ahora no podemos irnos, sería de mala educación —contesté entre murmullos.

Después, cuando la señora Cho y Nadia entraron en la casa y volvíamos a estar las tres solas, Rennie empezó a hablar de las ganas que tenía de que empezara la escuela.

—Espero que nos toque la señora Harper en Ciencias —comentó—. Además, PJ me contó que su hermana le dijo que el señor López es el mejor profesor de mate.

Recuerdo que me sentí incómoda porque Lillia guardaba silencio. No conocía a ninguna de aquellas personas.

—¿Cómo es tu escuela? —le pregunté.

Nos contó que iba a un colegio privado para chicas, que tenían que llevar uniforme y que era aburrido. Rennie esbozó una mueca.

—Yo no sé qué haría si no hubiera chicos en nuestra escuela.

Cuando se puso el sol, la madre de Lillia nos preguntó si queríamos quedarnos a cenar. Estaba preparando un pescado llamado mahimahi con salsa de piña. Dijo que de postre podríamos tostar bombones en la hoguera que tenían fuera.

Yo estaba súper emocionada, pero, antes de que pudiera decir que sí, Rennie mintió y dijo que tenía que irse a casa.

Una vez en el coche de mi padre, me contó que quería venir a mi casa a cenar. No comeríamos nada tan rico como el mahimahi y los bombones tostados ni por asomo. Mi madre estaba enferma, así que, por aquel entonces, mi padre era el que se encargaba de cocinar. Pizza congelada, hot dogs o chili picante. Tenía ganas de matar a Rennie por obligarme a perderme una cena de verdad.

Más tarde, ella estaba acostada en mi cama mientras barajaba las cartas del Uno. *Shep* estaba dormido en su regazo. Todavía era un cachorrito y a Rennie le encantaba venir a casa a jugar con él porque en su departamento no les permitían tener mascotas.

—A ver, ¿para qué necesita una persona tres refrigeradores? ¡Si su familia no es tan numerosa! Además, solo pasan aquí tres meses al año.

—Una es para comida coreana —expliqué desde la hamaca. Otro regalo de mi padre. Como si una hamaca y un perro pudieran hacer que me olvidara de que mi madre se estaba muriendo. Pero, bueno, era muy cómoda—. Después había otra solo para bebidas, ¿te acuerdas? La madre de Lillia nos dijo que podíamos tomar lo que quisiéramos.

—Bueno, pues a mí me parece raro.

—Es rica. Los ricos compran un montón de cosas sin sentido.

—Exacto. ¿No crees que estaba presumiendo mucho? Sí, de acuerdo, eres millonaria, ya nos dimos cuenta.

—Yo no creo que estuviera presumiendo —objeto—. Fue idea tuya hurgar el clóset.

—Supongo. —Rennie se rascó un piquete de la pierna. Siempre la atacaban los mosquitos—. Pero ¿por qué tuvimos que quitarnos los zapatos al entrar?

—Creo que es una costumbre asiática —expliqué—. Además, toda su casa es blanca. Seguramente no quieren que la gente la ensucie.

—Pero, en serio, ¿tres refrigeradores?

—Deja ya lo de los refrigeradores, Ren. —Me bajé de la hamaca de un salto—. Vamos, reparte las cartas.

Cuando Lillia volvió a invitarnos a su casa unos cuantos días después, yo obligué a Rennie a venir conmigo.

—Dale una oportunidad —le pedí.

Esperaba poder ver la tele en la enorme pantalla plana que tenían en la sala, y tal vez la madre de Lillia nos daría más queso brie y nos volvería a invitar a cenar. Además, ella me caía bien. De acuerdo, sí era un poco princesa, pero no era culpa suya ser rica y guapa. Por lo menos, era generosa. Rennie podía llegar a ser un poco tacaña. Pero Lillia no. Tenía un neceser lleno de todos los colores de esmalte de uñas que se podían imaginar organizados como el arcoíris. Cuando escogí uno morado con brillantina, me dijo que podía quedármelo.

—No hace falta —me negué, aunque me arrepentí de inmediato.

Sobre todo, cuando Rennie se pintó las uñas de los pies de rosa fosforescente y Lillia le dijo que ese color nunca le había quedado bien y que podía quedárselo si quería. Pensé que ella lo rechazaría, igual que yo, pero no. Le brillaron los ojos, le dio las gracias y se metió el esmalte en el bolsillo, como si tuviera miedo de que Lillia fuera a cambiar de opinión.

El cambio de mí a Lillia fue paulatino. La mayoría de la gente no se habría dado cuenta. Ni siquiera sé si Rennie se percató, pero, cuando conoces a alguien tan bien como yo a ella, lo puedes sentir. Cuando íbamos a Scoops a por helado, Rennie compartía conmigo un helado de vainilla con chocolate por encima. Sin embargo, después empezó a querer compartir el helado con mermelada de fresa con ella. Cuando íbamos en autobús al cine, se sentaba con Lillia y a mí me tocaba sentarme delante de ellas. Lillia me hacía preguntas, intentaba que no me sintiera excluida, pero eso solo hacía que me sintiera peor. No necesitaba su compasión. Yo era la que la había metido en el grupo, no al revés.

Al final de aquel primer verano, cuando Lillia se fue para volver a su vida real, estaba segura de que las cosas volverían a la normalidad. Y así fue. Sin embargo, cuando volvió al verano siguiente, Rennie se le pegó como una lapa. Tal como antes se comportaba conmigo. Me molestaba, pero, por aquel entonces, mi madre estaba muy enferma y necesitaba a mi mejor amiga, o lo poco que pudiera tener de ella. Cuando Lillia se mudó a Jar Island definitivamente y Rennie y yo tuvimos esa estúpida discusión, todo se acabó. Hasta ahí habíamos llegado.

Lo más gracioso es que fui yo la que desencadenó el final. Después de ir a casa de Lillia por primera vez, Rennie no tenía muy claro si quería ser su amiga, y yo podría haberle seguido la corriente. Pero no. La insté a darle una oportunidad y me hizo caso. Antes, Rennie solo me hacía caso a mí.

El primer día de noveno, Lillia me dejó un collar en el casillero. Era de una tienda de lujo de White Haven, esa en la que tenías que llamar al timbre para poder entrar. Compró uno para Rennie y otro para ella. Se suponía que eran collares de la amistad. Una pena que aquella relación ya hubiera terminado.

La verdad es que no sé por qué me lo quedé.

—¿Qué idea tienes para Rennie?

Apenas sueno interesada, porque dudo que sea buena. Todo lo que le hemos hecho a Alex ha estado bien, porque es un chico sensible y es muy sencillo meterse con él. Con Rennie voy a necesitar algo más grandioso y retorcido.

Lillia da una palmada, como la animadora que es.

—Es perfectísima. ¿Qué es lo que siempre ha deseado?

Levanto los hombros.

—¿Tener pechos?

Ella suelta una risita.

—Bueno, eso también, pero no es lo que estaba pensando. —Se calla para darle más tensión al asunto—. Siempre ha soñado con ser la reina del baile. ¿Te acuerdas?

Asiento lentamente.

—Sí.

Cuando éramos pequeñas, Rennie se pasaba la vida hablando de eso. Quería que la coronaran reina del baile de bienvenida, igual que a su madre. Y también en el baile de graduación: lo quería todo.

—Rennie no se ha bajado del trono desde hace años. Cree que ya está coronada, aunque no admita lo mucho que lo anhela. Pero te lo aseguro, lo desea con todas sus fuerzas. Así que lo único que tenemos que hacer es asegurarnos de que no pase. —Lillia me da un golpecito en el hombro de forma juguetona—. Dame las gracias, Katherine. Esto lo hice por ti.

Me río. Qué típico de Lillia querer llevarse el crédito de cualquier cosa.

—Podemos contárselo a Mary mañana en la escuela.

—Vamos ahora a su casa —sugiere. Se agacha para acariciar a *Shep* y le susurra algo al oído.

—¿En serio?

—¡Sí! ¿Por qué no? —Lillia empieza a salir por la ventana otra vez, pero entonces se gira y pregunta—: ¿Tu padre sigue siendo socio de la palomita del mes?

Se acuerda de cosas rarísimas. Primero de *Shep*, luego de Nelly y ahora del aperitivo favorito de mi padre.

—Sí.

—¿De qué sabor toca? —inquiere.

—Caramelo salado.

Se le ilumina la cara.

—¡Ese era mi sabor favorito! ¿Podemos llevarnos unas pocas?

—Sabes que no podrás seguir comiendo así cuando vayas a la uni, ¿verdad? Todo el mundo engorda en primero.

Lillia resopla.

—Las Cho tenemos un metabolismo muy rápido. —Como si fuera algo de lo que estar orgullosa—. En mi familia no hay ni una sola persona con sobrepeso, ni por parte de mi madre ni de mi padre.

—De acuerdo, está bien. Veré si quedan palomitas.

Pat ha estado fumando en el garaje y siempre le entra un hambre voraz. Si ya no nos quedan palomitas, puedo tomar unas Oreo o algo.

Casi hemos llegado a la puerta de mi habitación cuando me acuerdo de algo.

—Espera —digo mientras me doy la vuelta. Meto el brazo debajo de la cama y rebusco lo que había escondido. La libreta de Alex.

Lillia duda, así que se la coloco en la mano.

—Tómalo como un trofeo —le digo—. Te lo ganaste.

28

Mary

No sé cuánto tiempo ha pasado, pero ya debo de llevar varias horas a oscuras. Estoy acostada encima de la cama con los ojos abiertos de par en par; llevo puestos los pantalones de la pijama y una camiseta. Aunque estoy cansada y me parece que hace años que no duermo bien, no consigo conciliar el sueño. Es como si me hubiera olvidado de cómo se hace.

Por eso, pienso en mamá y en papá, en por qué Kat llevará tan maquillados los ojos, con lo bonitos que los tiene, en qué se echará Lillia en el cabello para tenerlo tan brillante. De eso, paso a pensar en el examen de Geometría del viernes y, por último, en lo que me pondré mañana para ir a la escuela. Pienso en todo lo que puedo para sacarme a Reeve de la cabeza. Pero no funciona. Es como si estuviera aquí, conmigo, en esta habitación, persiguiéndome.

Me acuesto boca arriba y escudriño la oscuridad para observar las vigas del techo. Debería preguntarle a la tía Bette si sabe de algún tipo de vela especial, salvia o incienso que pueda quemar para librarme de toda esta energía negativa. A la tía Bette le gusta el esoterismo: los atados de hierbas, las cartas del tarot, los cristales... Mamá cree que es una tontería, pero sigue usando el anillo de piedra de luna que le regaló su hermana cuando cumplió los cuarenta. Se supone que este tipo de mineral atrae positividad y sanación a tu vida. Seguramente a mí también me vendría bien utilizarlo.

Pero sé que no puedo pedirle a la tía Bette que me ayude, porque, entonces, tendremos que hablar de lo que ocurrió hace ya tantos años. Y ninguna de las dos quiere hacerlo, ni ella ni yo.

Algo golpea la ventana de mi habitación e interrumpe el silencio. Levanto la cabeza de la almohada y miro al cristal sin respirar. Vuelve a ocurrir, solo que esta vez lo veo. Una piedrita choca contra el cristal.

Me levanto y camino nerviosa hacia la ventana para echar un vistazo a través de las cortinas blancas casi transparentes. Lillia y Kat me saludan desde abajo.

Suelto un gran suspiro de alivio, salgo de mi escondite y les sonrío mientras les devuelvo el saludo.

—¡Sal a jugar, Mary! —grita Lillia.

Entonces, oigo crujir la puerta de la tía Bette desde el final del pasillo. Levanto un dedo para indicarles que esperen, vuelvo a meterme en la cama y finjo estar dormida.

Abro los ojos un poquito y contemplo a mi tía empujar la puerta para abrirla con un pie descalzo y otear mi habitación. Trae camisón, y lleva la melena larga y abundante despeinada y voluminosa.

Pasa de puntitas por delante de mi cama y se acerca a la ventana. Espero que Lillia y Kat se hayan escondido y no las vea. Preferiría que no conocieran a mi tía así, me gustaría que tuviera la oportunidad de peinarse y ponerse un poco de labial. Además, mañana hay clase. La tía Bette se ha estado portando genial, pero tampoco quiero abusar.

Ella mira por la ventana, su aliento caliente dibuja una nube de vaho en el cristal. Después, cierra la cortina con cuidado y vuelve a su habitación.

Sé que debería esperar un poco para que se volviera a dormir, pero no quiero que Kat y Lillia se vayan. Por eso, después de un par de minutos, agarro un suéter y bajo las escaleras poco a poco, tan sigilosa como un ratón.

Las encuentro sentadas bajo el pino enorme que tenemos en el jardín trasero. Las dos han apoyado la espalda en el tronco. Kat tiene las piernas estiradas, mientras que Lillia se abraza las rodillas.

—Hola —saludo—. Siento haber tardado tanto. Es que mi tía...

Lillia bosteza.

—¿Era ella la que estaba allí arriba? Tiene aspecto... de bruja. —Kat chasquea la lengua y Lillia se apresura a añadir—: Lo siento.

Me da un poco de pena oírle decir eso, pero sé que tiene razón. Me dejo caer al suelo. Es mi tía favorita, sin duda, pero lleva toda la vida con problemas de depresión, o eso dice mi madre. La verdad es que no entiendo muy bien por qué, tiene la clase de vida sobre la que yo leía en los libros. Ha viajado por el mundo vendiendo cuadros y ha conocido a cantidad de personas interesantes. Antes era preciosa y sabía jugar a cualquier juego de cartas que te pudieras imaginar. Pero, cuando pasaba por tiempos oscuros y complicados, se convertía en otra persona. Algunos días, apenas podía salir de la cama. Por eso se vino a vivir con nosotros a esta casa durante un verano.

—Mi madre dice que, cuando estaban en la escuela, la tía Bette podía conseguir que cualquier chico de la playa les comprara helado. Nunca tenían que llevar dinero encima.

Me coloco unos mechones de cabello detrás de la oreja.

Kat sostiene un cigarro entre los labios.

—¿En serio? —dice, y las palabras hacen que la llama de su encendedor baile.

Después, hay una pausa larga y algo incómoda.

Lillia entrelaza los dedos de las manos y esboza una amplia sonrisa.

—Bueno, a Kat y a mí se nos ocurrió una idea para vengarnos de Rennie en el baile.

—¡Vaya! Es genial —comento, y después me obligo a tragar saliva—. Oye... ¿Está saliendo con Reeve? Oí a unas chicas hablando sobre el tema en el partido de futbol.

Lillia niega con la cabeza.

—No. A ver, lo tiene en el punto de mira, pero no sé si él le corresponde.

—Ah —digo, y me pongo más recta—. Era por curiosidad.

Kat se inclina hacia delante.

—Bueno, volvamos a lo que importa. Las papeletas para el baile de bienvenida se reparten la misma semana de la fiesta. Después, los votos se colocan dentro de la caja con candado que se utiliza para las elecciones al consejo estudiantil, que, por si se lo preguntaban, me parecen una puta ridiculez. Lo que haremos será abrir la caja y cambiar las papeletas suficientes para que Rennie pierda el título de reina. —Se ríe con malicia—. Va a ser la decepción más grande de su triste vida.

Lillia se pone las manos en las mejillas.

—¡Qué ganas de ver qué cara pone!

—Entonces, ganará Lillia, ¿verdad? —pregunto.

—¡No! —exclama ella mientras niega con la cabeza—. Yo no quiero ganar.

—¿Por qué no? —pregunta Kat sorprendida—. A Rennie le dará un cortocircuito de pura envidia.

Lillia se muerde el labio.

—Creo que será peor todavía si le roba la corona otra persona. Alguien que nunca ha considerado que pudiera superarla. Ashlin, por ejemplo.

—¡Ya ves! Ashlin. Mi reemplazo. Siempre se me olvida que existe. ¿Tiene algún tipo de personalidad? —inquiere Kat.

—Es buena chica —reprocha Lillia mientras le lanza una mirada asesina—. Y se alegrará de ganar.

Kat levanta los hombros y le da una calada al cigarro.

—Está bien, como quieras. Pero todavía nos falta un plan para devolvérsela a Reeve. —Suelta el humo en una línea larga y fina—. ¿Se te ocurre alguna idea, Mary?

Niego con la cabeza.

—De acuerdo —comenta Lillia con paciencia—. Bueno, ¿qué quieres que le ocurra? Empecemos por ahí.

Me muerdo una uña mientras pienso. Toda la ira que tengo guardada empieza a brotar en mi interior. Esta es una de las razones por las que, mientras sea posible, intento no pensar en él. Es como la caja de Pandora: me da miedo abrirme y revivir con todo detalle lo que ocurrió. Pero tal vez esa sea la única forma de saber qué clase de venganza me haría sentir que se ha hecho justicia.

Después de respirar hondo, hablo.

—Hagamos lo que hagamos, tiene que ser algo grande. Y ser cruel. Tiene que hacerle tanto daño como él me hizo a mí.

Si es que eso es posible.

Kat y Lillia se miran; mi intensidad las ha sobresaltado, supongo. Sé que es lo que toca ahora incluso antes de que Lillia me lo pregunte.

—¿Qué es lo que te hizo? —inquiere, su voz apenas un susurro.

—Puedes confiar en nosotras —asegura Kat—. No se lo contaremos a nadie.

Lillia se pasa la melena a un hombro y se dibuja una cruz encima del corazón con el dedo.

—Prometido.

Bajo la barbilla hacia el pecho y dejo que el cabello me tape la cara. Sé que tengo que hacerlo. Tengo que contarle a alguien la historia completa.

Levanto la cabeza y me humedezco los labios.

—Reeve me puso un apodo especial. —Siento cómo me vienen las palabras a la boca, cálidas y con sabor metálico—. Big Easy.

Kat arruga la cara y entiendo por su gesto que se esperaba algo mucho peor.

—¿Qué historia hay detrás del nombre?

—Yo tenía un aspecto muy distinto en séptimo. Estaba gorda, y coincidió con que estábamos estudiando Nueva Orleans en Ciencias Sociales.

—¿En serio? ¿Estabas llenita?

La sorpresa de Lillia es como un cumplido.

Asiento y me subo las mangas del suéter hasta los codos.

—Llenita no: enorme.

—Así que se burlaba de tu peso —interviene Kat con cinismo—. Típico de Reeve.

Me doy la vuelta y miro la ventana de mi habitación para asegurarme de que la tía Bette no está mirando. No lo hace. Las cortinas siguen cerradas. Vuelvo a girarme y continúo, mientras me esfuerzo por hablar en voz baja.

—Se acuerdan de que Reeve y yo fuimos juntos al Belle Harbor Montessori, ¿verdad? Bueno, pues éramos los dos únicos de Jar Island de nuestro curso, así que tomábamos el ferri para ir y volver todos los días. Yo intenté no acercarme a él porque no empezamos con el pie derecho.

Entonces, les cuento la historia de lo que pasó en el comedor, cuando Reeve hizo la broma de que yo me iba a comer lo de su bandeja. Cómo consiguió que nadie quisiera que se le viera conmigo en público. Kat y Lillia no me interrumpen, pero de vez en cuando sueltan algún resoplido o niegan con las cabezas. Cada respuesta es como un empujoncito para seguir hablando. Les cuento lo de la navaja y también lo del helado.

—A partir de entonces desarrollamos una extraña especie de... —Me tomo un instante para escoger la palabra correcta, pero nada parece encajar, así que me decanto por «amistad», aunque tampoco es un concepto que lo describa exactamente—. El trayecto en ferri era como un tiempo muerto. Reeve solía decirme: «Los de la isla tenemos que apoyarnos, ¿verdad, Big Easy?».

—¿Cómo, cómo, cómo? —pregunta Kat casi sin respirar—. Un momento. ¿Dejabas que te llamara Big Easy a la cara? —Está muy alterada, se ha puesto de rodillas y se inclina hacia delante.

Me cuesta mirarla.

—En el ferri, cuando estábamos a solas, era diferente. No sonaba tan mezquino. —Me hundo en el suéter—. Pero, en cuanto llegábamos al continente, la cosa cambiaba. No me hablaba. Bueno, sí..., pero solo para burlarse de mí.

—Vaya falso de mierda —espeta Kat—. ¡Es peor que Rennie!

Apaga el cigarrillo en la tierra y, después, se enciende otro al instante.

Lillia me mira fijamente, ni siquiera parpadea.

—¿Por qué dejabas que te hiciera eso, Mary?

—Porque me contaba cosas —revelo—. Se quejaba de su padre, que creo que era un alcohólico de cuidado. Me contaba que bebía y les gritaba a él y a sus hermanos. Me daba lástima.

—¿Cómo que te daba lástima? —interviene Kat con incredulidad.

—Odiaba a su padre. Me contó que su sueño era conseguir una beca para ir a una buena universidad lejos de Jar Island y no volver jamás.

Lillia se mofa.

—¿Una beca? ¡Si Reeve pasa de panzazo! La única asignatura en la que destaca es Educación Física.

Kat niega con la cabeza.

—Tú no lo sabes porque no creciste aquí —le explica a Lillia—. Reeve era el niño más listo de nuestro curso. Recuerdo que lo mandaron a esa escuela tan elegante con una beca. Fue muy fuerte, porque su familia no se lo habría podido permitir de otra forma. Nuestra profesora le hizo una fiesta de despedida con cupcakes y todo.

—No es que yo fuera especial para él ni nada de eso —clarifico—. Solo pasábamos el rato juntos. Sabía lo mucho que se esforzaban el resto de los chicos del colegio para llamar su atención. Todo el mundo estaba un poco enamorado de él. Supongo que tenía una sensación de orgullo extraña por poder pasar algo de tiempo con él todos los días.

Lillia refunfuña, pero Kat dice:

—Lil, tienes que admitir que el cabrón puede ser encantador cuando se lo propone.

—De acuerdo, bien —concede—. Supongo que puedo llegar a entenderlo.

Miro al suelo.

—Me permití pensar que había algo real entre nosotros, que lo conocía como nadie —admito avergonzada—. Pero, en realidad, el Reeve al que yo creía conocer no existía. Me estaba tomando el pelo, me engañó para que bajara la guardia y así poder hacerme todavía más daño.

Sin darme cuenta, me pongo a llorar. Supongo que porque sé qué pasa después. La historia que nunca le he contado a nadie.

De repente, se levanta viento, como si el cielo fuera a abrirse y descargar una tormenta. El cabello me da latigazos en la cara y me irrita las mejillas. Lillia se abrocha el abrigo y Kat mete las manos dentro de las mangas. Pero no se van.

Una voz en mi interior me pide que deje de hablar, porque en cuanto se los cuente, ya no habrá vuelta atrás, no podré fingir que no ha pasado. Sin embargo, me trago mis miedos y sigo adelante, porque, de repente, siento que guardar un segundo más este secreto me mataría.

No esperaba ver a Reeve aquella tarde. La señora Penske nos había hecho quedarnos a unos cuantos después de clases para comentar los planes para el mural estudiantil que íbamos a pintar en el multideportivo. Había perdido el ferri de las tres, así que me resigné a tomar el de las tres y media. Pero Reeve también se había quedado a jugar al basquetbol con unos amigos. Cuando pasé por la valla, él marcó la última canasta y todos empezaron a tomar sus libros y a ponerse las chamarras. Reeve me vio. Yo seguí caminando, pero más lento que antes, hasta que al final me alcanzó.

Casi habíamos llegado al muelle cuando un grupo de chicos con los que había estado jugando basquetbol se nos acercaron por detrás. Llevaban una libreta en la mano, Reeve la había olvidado en la pista. Cuando nos vieron, se les desencajó la mandíbula. ¿Reeve y Big Easy caminando juntos? No tenía ningún sentido.

Él no me dijo nada, pero, de repente, aceleró. Yo también caminé más rápido para seguirle el ritmo. Los chicos gritaban.

—¡Eh, Reeve! ¡Se te olvidó la libreta!

Pero él fingía no oírlos. Prácticamente corrió los últimos metros que quedaban hasta el ferri, como si tuviera miedo de perderlo.

Los coches y los camiones ya habían subido al compartimento de carga, solo quedaba la gente, que hacía fila para ascender por la rampa hasta el barco. Reeve y yo nos pusimos al final de la fila, él delante y yo justo detrás. Entonces, los chicos nos alcanzaron y se quedaron a un lado, a cierta distancia. Le dieron la libreta y él les dio las gracias con un murmullo. Ellos empezaron a alejarse.

No sé de dónde me vino aquel arranque de coraje. Quizá porque las cosas iban bien entre nosotros. Quizá porque quería poner a Reeve contra las cuerdas para que tuviera que admitir lo que estaba pasando. Tal vez porque, gracias a nuestras conversaciones, sabía que no le importaba lo que aquellos chicos pensaran de él.

Solo había una cosa que sabía con certeza. Que Reeve había difundido el apodo de Big Easy y que había corrido como la pólvora. Entonces, si demostraba a todo el salón que éramos amigos, lo enterraría para siempre. Así de grande era su influencia.

Di un paso adelante hacia Reeve para ponerme a su lado y grité con todas mis fuerzas:

—¿Qué pasa? ¡Somos amigos! —Después, rodeé los hombros de Reeve con un brazo y le sonreí.

Él me miró con ojos llenos de incredulidad. Sin embargo, en cuanto parpadeó, esa expresión cambió a furia.

—¡No me toques! —bramó.

Entonces, atacó. Me puso las palmas de las manos directamente en el pecho y, haciendo acopio de todas sus fuerzas, me empujó hacia los otros niños.

La fuerza con la que lo hizo fue apabullante. Yo no pude hacer nada. Me patinaron los tenis, los chicos se apartaron de mi camino corriendo y me dejaron vía libre hacia el borde del muelle. Yo intenté tirarme al suelo, intenté no acabar en el agua, pero seguía volando hacia atrás. En el último momento, estiré los brazos para intentar agarrarme y no precipitarme por el borde del muelle, pero se me clavaron astillas en las palmas de las manos. El dolor hizo que abriera la boca y esa fue la última bocanada de aire que tomé antes de zambullirme en el agua.

Estaba tan fría que apenas podía moverme. Sabía que me estaban sangrando las manos, porque la piel me ardía a pesar de lo helado del agua. Por encima de mí, oía sus carcajadas.

—¡Miren, parece un manatí!

—¡Eh, manatí! ¿Necesitas una red?

—¡Nada! ¡Ve a la orilla, manatí!

Yo agitaba los brazos y las piernas en un intento de alcanzar la superficie. Pero la ropa pesaba una tonelada y apenas conseguía mantener la cabeza a flote. Intentaba tomar aire desesperadamente, pero solo conseguía tragar agua salada.

Un empleado del puerto me lanzó un salvavidas. Hicieron falta dos hombres para sacarme del agua. Los pasajeros del ferri se asomaban por el barandal de la cubierta a mirar.

En cuanto estuve en tierra firme, vomité litros de agua salada. Fue entonces cuando los niños por fin dejaron de reírse y se alejaron sigilosamente. El único que ya no estaba allí era Reeve.

Me sangraban las manos, tenía la ropa empapada, tiesa y llena de arena y, además, me había vomitado en los zapatos. Tardé un momento en percatarme de que mi camiseta blanca se había vuelto transparente y que se me pegaba a la panza. Empecé a temblar, pero no era de frío. Estaba a punto de perder el control. Y lo hice. Me puse a llorar y no podía parar.

Uno de los empleados del ferri me ayudó a subir a la parte cerrada de la cubierta y después fue a buscar una cobija. Volvió con un montón de toallitas de papel café del baño. Yo intenté secarme con ellas, pero en cuanto se mojaban, se desintegraban.

No paré de llorar en todo el trayecto.

Reeve estaba allí, en la misma zona. Se había sentado en la primera fila, cerca de las ventanas, en el asiento en el que había tallado su nombre. Miraba hacia delante, hacia la isla, que ya se veía en la distancia. Hizo como si no estuviera y no reconoció lo que había hecho. No se giró ni una sola vez, sin importar lo mucho que yo llorara.

Cuando llegamos a Jar Island, él salió de inmediato. Yo esperé a que el resto de los pasajeros desembarcaran y después bajé a escondidas del ferri para ocultarme detrás del camión de correos que estaba esperando embarcar para el trayecto de vuelta. Vi a mi madre esperándome. Cuando Reeve se bajó a toda prisa, lo saludó con la mano. Él no le devolvió el saludo. Fingió no verla.

Si no me veía salir, sabía que esperaría al siguiente barco. No podía soportar que me viera en ese estado. No quería que supiera que el chico del que tanto le había hablado, al que habíamos llevado a tomar helado aquel día de lluvia, me había hecho esto.

Decidí volver a casa a escondidas, cambiarme de ropa y fingir que volvía en el siguiente ferri. No tenía por qué enterarse de lo que había pasado, y mi padre tampoco.

Me agaché y utilicé varios coches para esconderme. En cuanto salí del estacionamiento, subí la colina corriendo; los tenis me chapoteaban con cada paso que daba. Solo podía pensar en cómo se comportaba cuando estábamos a solas. Como si yo le importara. Como si fuéramos amigos. No podía ni imaginar enfrentarme a él a la mañana siguiente. Tanto por lo que me había hecho como porque sabía que jamás iba a recuperar aquella relación. Por patético que fuera, Reeve era el único amigo que me quedaba.

Subí a mi habitación y abrí el clóset con la intención de cambiarme de ropa. En serio. En cambio, me sorprendí contemplando las vigas del techo. Entonces, bajé al sótano y tomé una cuerda. Tras un par de intentos, la até a una y le hice un nudo. Acerqué la silla de mi escritorio y me pasé la soga por el cuello. Después, salté y me dejé caer.

Sin embargo, en cuanto caí, me di cuenta de que no quería morirme. Empecé a pelear, a dar patadas para intentar volver a acercarme la silla, pero la cuerda estaba demasiado apretada y no podía respirar. Mi cuerpo colgaba como un péndulo y no dejaba de darme golpes contra la pared. Estaba empezando a perder el conocimiento, todo se estaba tiñendo de negro.

Por suerte, mi madre llegó a casa. Escuchó los golpes, entró y gritó al verme. Me bajó, me quitó la cuerda del cuello y se acostó conmigo en el suelo mientras llamaba a una ambulancia. Me acarició el cabello hasta que llegaron los paramédicos.

Kat y Lillia me miran fijamente, horrorizadas.

—En cuanto me estabilicé, mis padres me transfirieron a un hospital diferente, muy lejos de Jar Island. Me pasé un año sin ir a clases porque estaba haciendo terapia y demás. Tuve que vivir en una unidad de psiquiatría durante meses e intentar convencer al personal médico y de enfermería de que ya no quería suicidarme. Cosa que era verdad. Lo que me sacó adelante fue la idea de volver aquí algún día y hacer que Reeve admitiera lo que había hecho.

Dejo escapar un suspiro y me siento más ligera, solo un poco.

—Está bien, listo —interviene Kat—. Tenemos que matar a Reeve.

No sé si lo dice de broma o no. Espero que sí.

—No quiero matarlo —anuncio, solo para quedarme tranquila—. Solo quiero que sienta un poco del dolor que yo sentí.

Aunque ni siquiera estoy segura de que eso sea posible.

—Te ayudaremos, Mary. Vamos a hacerle pagar.

A Lillia le corren las lágrimas por las mejillas, pero hay fuego en sus ojos.

—Gracias —susurro.

A Kat le tiemblan las piernas.

—Quiero agarrar el coche y darle un puñetazo en toda la cara. Pero sé que podemos hacerle más daño si lo organizamos bien. Tenemos que acabar con Reeve Tabatsky de forma espectacular.

Lillia se enjuga las lágrimas.

—¿Y qué hacemos?

—Tú lo conoces mejor que nosotras —comenta Kat—. ¿Qué es lo que más le importa?

—El futbol. No hay nada más importante en su vida —responde Lillia de forma automática.

—¡Eso es! —chillo—. No paraba de hablar de que iba a ser una gran estrella cuando empezara la preparatoria.

—Hecho —anuncia Kat—. Lo sacaremos del equipo.

—¿Cómo? —pregunto.

¿Acaso es posible? Reeve es el *quarterback* estrella. Sin él no hay equipo, hasta yo lo sé.

A Lillia se le ilumina la cara.

—¡Drogas! Jar Island tiene una política muy pero muy estricta. Desde que descubrieron a ese chico del Instituto Menlow fumando hierba, los entrenadores nos vigilan muy de cerca para asegurarse de no hacemos ninguna tontería. Si pudiéramos plantar drogas en el casillero de Reeve o algo por el estilo, lo echarían seguro, aunque sea el *quarterback.*

—Pero ¿y si dice que no son suyas y le creen? —discuto—. Podría hacerse un test para demostrarlo.

—Pues supongo que tendremos que drogarlo sin que se entere —sugiere Kat—. LSD, éxtasis o algo que le haga sufrir alucinaciones.

Una cosa es poner drogas en su casillero y otra drogarlo. Miro a Lillia con la esperanza de que proteste.

Pero no lo hace. En cambio, asiente.

—En el baile de bienvenida, delante de todo el mundo. Seguro que sale elegido rey del baile. Podemos acabar con él y con Rennie a la vez —dice. Se enrolla un mechón de cabello en el dedo y añade—: Incluso puede que lo expulsen. Entonces no tendrás que volver a preocuparte por él nunca más, Mary.

—¿Qué te parece? —me pregunta Kat—. Esta es tu venganza.

—Adelante —accedo.

Me pellizco con fuerza la piel que hay entre el pulgar y el índice, solo para asegurarme de que no estoy soñando.

29
Kat

Es viernes por la noche. Hasta el más perdedor de la isla se ha ido para ver el primer partido que se juega fuera de casa. Yo estoy en el muelle del ferri, esperando a que llegue el *dealer* de mi hermano, con el que quedé de verme a las ocho en punto. Es tan perfecto que casi parece cliché. Ojalá hubiera alguien aquí para tomarme una foto para el anuario. Kat DeBrassio: la que tiene más probabilidades de drogar al *quarterback*.

Tengo la espalda apoyada en un poste del muelle. Me estoy fumando un cigarro cuando el ferri se acerca levantando olas negras. Justo a tiempo.

Busco con la mano el fajo de dinero que me metí en el bolsillo: sesenta dólares, todo en billetes de cinco y de uno, suficiente para dos dosis de éxtasis. No me molesté en pedirle dinero a Mary porque, después de la historia que nos contó, no me habría parecido bien. Sin embargo, a Lillia sí intenté sacarle dinero. Nos vimos en el baño de chicas esta mañana. Abrió el cierre de su bolsita rosa para sacar una cartera rosa todavía más pequeña y abrirla también. Lo único que tenía ahí dentro era bálsamo labial, un brillo de labios dorado de Chanel en tono Glimmer —el color estrella de Rennie—, su licencia, una gomita roja y dos tarjetas de crédito.

Le dije que los *dealers* no aceptan plástico.

Lillia se sintió mal, lo sé, y me prometió que me devolvería el dinero. Le dije que podía comprarme un cartón de tabaco o quizá algo para el barco, pero después empezó a lloriquear diciendo que su madre comprueba todos sus gastos a final de mes, así que le dije que lo olvidara. Lo saqué de lo que tenía ahorrado del trabajo de verano. Qué más da. Sesenta dólares no van a suponer un cambio drástico en mi fondo para la universidad.

Cuando Lillia fue al baño a mear, abrí la bolsa y saqué el preciado brillo de labios de Rennie. Un quiero y no puedo. Seguro que se había gastado el pago de media jornada en él. Me puse a silbar y lo tiré a la basura.

Los coches que hay en la zona de carga del ferri encienden las luces y bajan del barco. Observo al resto de los pasajeros descender en fila por la rampa, iluminada con lucecitas de Navidad: hombres con traje, señoras de la limpieza, gente con uniformes de supermercado...

Me enojo cuando no atisbo a Kevin, pero es el último en bajar. Lleva la misma chamarra de mezclilla desgastada de siempre. Creo que no se la quita desde que tenía mi edad. Baja con parsimonia, se detiene a mitad de la rampa para encenderse un cigarro y después continúa caminando.

Me pongo recta y me acerco a él. Me mira, primero a los pechos y luego a la cara. Típico de Kevin.

—¿Kat? —me llama mientras escudriña la oscuridad—. ¿Eres tú?

—Hola —saludo, y me meto las manos en los bolsillos de atrás—. Pat me envió por lo suyo.

—Ah, ¿no me digas? —Kevin sostiene el cigarro entre los dientes y suelta una risa sin humor.

—Sí —afirmo con aire despreocupado, para que no se note que estoy mintiendo como una bellaca.

Mientras mi hermano se estaba bañando, tomé su celular para mandarle un mensaje a Kevin y pedirle las drogas. Los colegas de Pat, que también son mis amigos, le compran a Kevin, sobre todo hierba. Él viaja a la isla todos los viernes para hacer las entregas. Aunque Pat me deja fumar con él a veces, me asesinaría si se enterara de que llamé a Kevin por mi cuenta para pedirle algo más fuerte.

—Pat está en el garage arreglando la moto. Se fue por lo barato y compró un botón de arranque de segunda mano, así que ahora no consigue que se ponga en marcha. Le dije que devuelva esa chatarra y que se compre una nueva, pero ya sabes cómo es. En fin, que me envió a mí. —Hago que suene como una queja—. Idiota.

—La verdad es que no tenía a Pat por consumidor de éxtasis.

No estoy segura de si Kevin me descubrió o si solo quiere ligar conmigo. Sea como sea, tengo que pensar rápido, porque tiene razón. Pat es un *stoner* de la cabeza a los pies.

—Es que por fin está cogiéndose a una tipa —comento—. Solo que no es muy guapa. Así que... igual necesita una ayudita.

Kevin se muere de la risa con mi comentario, tanto que le entra la tos. Después, levanta los brazos y se estira.

—Bueno, mi proveedor no tenía éxtasis normal, así que traje el líquido. Mejor llamo a tu hermano y me aseguro de que le parezca bien el cambio.

¿Éxtasis líquido? No sabía que eso existía. Así será mucho más fácil echarlo en la bebida de Reeve.

—¿Funciona igual que el normal?

—En realidad, pega más fuerte. —Kevin busca el celular.

—Genial. Sé que a Pat le parecerá bien.

Rápido, saco el dinero del bolsillo y se lo entrego a Kevin antes de que tenga la oportunidad de marcar.

Me lanza una mirada asesina.

—Aquí no —ladra, y mira por encima de los hombros—. Ven conmigo.

Me meto el dinero en el bolsillo otra vez y lo sigo hacia el pueblo, aunque me siento bastante tonta. Pasamos por delante del Bow Tie y nos dirigimos a la puerta trasera, donde está la cocina. Se escucha toda clase de ruidos típicos de un restaurante: el entrechocar de los platos, el repicar de las ollas y de los sartenes, los gritos de los pedidos... Supongo que Kevin quiere hacer el intercambio aquí porque está bastante oscuro. Vuelvo a buscar el dinero, pero me indica que no lo haga con un gesto.

—¿Qué tomas, gatita? —pregunta.

Qué asco.

—Aquí no me van a servir nada.

—Algunos de los del bar son clientes míos. Tú tranqui. A ver..., deja que lo adivine. —Me mira de arriba abajo—. Eres de las que piden *Sex on the beach*.

Pongo los ojos en blanco.

—Whisky —digo.

Se le ilumina la cara.

—No te muevas.

—Espera, ¿podemos acabar con esto? Tengo que volver con Pat, no quiero que se ponga nervioso.

—Acompáñame a hacer las rondas y no le contaré a tu hermano que lo estás intentando usar como excusa para comprarme éxtasis. —Suspira y mira alrededor—. Esta isla es un puto bodrio. No sé cómo puede vivir aquí la gente. Vamos, hazme compañía. Eres la hermanita de mi amigo, así que no intentaré nada. Incluso te hago una rebaja de cinco dólares. Vamos, gatita. ¿Qué más tienes que hacer esta noche?

La respuesta es nada, pero ese no es el problema. Solo quiero éxtasis y largarme a mi casa, no hacerle compañía a Kevin en sus aventuras de drogadicto. Pero supongo que me sacrificaré por el equipo. Por Mary.

—De acuerdo, trato hecho.

Espero mientras Kevin se mete en la cocina. Sale unos cuantos minutos después con dos tragos. Una cerveza para él y un whisky para mí. Es un vaso pequeño, pero lo llenaron hasta el tope. Dudo que sea del caro. Seguramente sea corriente.

—Me gusta con hielo —digo, solo para fastidiar.

Cuando acepto el vaso, se vierte un poco de líquido y me moja los dedos. Me los limpio de un lengüetazo.

Kevin esboza una media sonrisa.

—Eres una gatita muy descarada, ¿eh?

Coquetear con Kevin me da ganas de vomitar, pero sé que es lo que tengo que hacer para conseguir lo que quiero. Además, se me da bien. Bufo y finjo darle un zarpazo en la cara con mis garras.

Espero que se siente a tomarse la cerveza, en cambio, empieza a alejarse del restaurante. Se mete la cerveza en la manga de la chamarra de mezclilla.

—Próxima parada: la residencia de ancianos de Jar Island. —Supongo que esbozo una mueca, porque añade—: Tengo un montón de pacientes con glaucoma que necesitan hierba.

Supongo que se podría ver como un acto heroico. Ayuda a los enfermos a drogarse. Casi podría considerarse noble.

—Está bien —acepto. Doy un sorbo al whisky y acelero el paso—. No queremos hacer esperar a los abuelitos.

Me paso dos horas con Kevin y después lo acompaño al ferri. La isla está muerta y no tengo nada que hacer, así que decido pasar a casa de Mary. No me la quito de la cabeza después de la historia que nos ha contado. Pobrecita. En serio, es un milagro que no tenga estrés postraumático o alguna mierda de esas.

Me estaciono delante de su casa y subo los escalones de la puerta principal. En la sala hay una luz tenue y se ve el parpadeo de la televisión. Toco el timbre y espero.

Alguien baja el volumen, pero no sale a abrir la puerta. Vuelvo a tocar, me inclino por encima del barandal y echo un vistazo al interior por la ventana.

No parece que haya nadie, es más, parece que la hayan cerrado a toda prisa al acabar el verano. Hay un telescopio tirado en el suelo. Una silla con una sábana por encima. Montones de correo sin abrir apilados en columnas torcidas, algunos periódicos y catálogos. Y unas diez bolsas de basura gigantescas llenas de quién sabe qué.

Entonces, la tía de Mary pasa como una exhalación por delante de la ventana, como si intentara esconderse. Me dan escalofríos en la parte baja de la espalda y me aparto del cristal a toda prisa. Me vuelvo a inclinar por encima del barandal para mirar a la habitación de Mary. Hay una luz encendida, pero se apaga de inmediato.

Salgo corriendo y vuelvo al coche.

30
Lillia

El lunes por la mañana, el señor Peabody entrega las papeletas del baile.

La verdad es que no hay ninguna sorpresa. Está Rennie, la ganadora indiscutible. Aunque no estuviera haciendo campaña, las acabaría. Es la reina de Jar High, tal como siempre ha querido. Después aparece mi nombre. Cualquier persona que fuera a votar por mí votará por Rennie. Incluso mi propia hermana. También aparece Melanie Renfro, a quien se le conoce por ser un poco fácil, así que seguramente consiga los votos de algunos chicos. Luego está Carrie Pierce, una entusiasta del teatro a la que en realidad solo han nominado porque la gente quería una reina del baile «alternativa». Y el último nombre es el de Ashlin, quien anhela el título tanto como Rennie, pero nunca podrá admitirlo, al menos en voz alta. No se atrevería. Seguramente conseguirá una buena cantidad de votos, porque es simpática con todo el mundo... de frente. Nunca le ha ganado a Rennie en nada. Hasta ahora. En realidad, me alegro mucho de que por fin vaya a conseguir vencerla, aunque sea una vez.

Estoy a punto de seleccionar el nombre de Rennie cuando, a mi lado, ella levanta la mano.

—¿Sí, señorita Holtz? —dice el señor Peabody.

Tiene los brazos cruzados y ya parece entretenido. Los profesores adoran a Rennie, creen que es una persona explosiva, una bola de energía.

—¿Puedo decir una cosa, señor Peabody? —No espera a que él le conteste que sí. Se da la vuelta en el asiento para contemplar al resto de la clase—. Antes de que voten, solo quería recordarles una cosa. Este no es un concurso de belleza, y tampoco tiene nada que ver con la popularidad. Se basa en la dedicación, el espíritu escolar y en hacer de este instituto un lugar mejor en el que estudiar.

Como si planear fiestas a las que no está invitado todo el mundo hiciera de este instituto un lugar mejor. Uf. Es tan transparente que todavía no puedo creer que alguien no haya visto sus intenciones.

Rennie baja las pestañas y finge humildad.

—Por favor, ténganlo en cuenta cuando voten. —En cuanto acaba su discurso, me susurra—: Los tengo en la bolsa.

—Nadie lo merece más que tú —murmuro como respuesta, y le enseño mi papeleta con su nombre marcado.

Alarga la mano y me da un apretoncito en la rodilla.

—Eres la mejor, Lil.

Los calcetines se me resbalan sin parar. Yo quería llevar pants o *leggings*, pero Rennie insistió en que los calcetines altos son parte de la tradición. Y yo en plan, ¿no sirve con que nos vistamos así para el partido? Esto solo es un entrenamiento. Pero no.

Como siempre, los juegos cosméticos son la víspera del partido de bienvenida. En ellos, las chicas de último curso juegan a una modalidad de futbol americano sin contacto, y los chicos se visten de animadoras.

En cuanto se supo que Reeve iba a ser el entrenador de un equipo y Alex el del otro, Rennie se presentó de voluntaria para ser capitana del de Reeve. Ashlin es la otra capitana y, como ganó el volado, le tocaba elegir. Yo estaba rezando para que me escogiera, y eso hizo. Está claro que odio a Alex, pero Reeve es repugnante. Antes pensaba que su ego y su altanería eran fingidos. Nadie podía estar tan enamorado de sí mismo. Sin embargo, ahora sé que es así de verdad. Me pregunto si habrá pensado en Mary desde aquel día. Si es consciente del infierno que le ha hecho pasar. Lo dudo. Dudo que recuerde siquiera su nombre. La verdad, creo que la pena capital sería un castigo demasiado benevolente para ese monstruo.

Reeve hace sonar el silbato desde el otro lado del campo. Veo que echa la cabeza atrás para gritar:

—¡A muerte! ¡Quiero que vayan a muerte!

Está disfrutando como un niño. Está claro que su equipo va a ganar, porque Reeve es el rey del futbol y tanto él como Rennie son extremadamente competitivos.

Alex ni siquiera tiene silbato. Lo único que está haciendo nuestro equipo es lanzarse pelotas que caen al suelo más veces de las que conseguimos atraparlas. Ashlin grita cada vez que el balón le pasa cerca de la cara y yo tengo las manos demasiado pequeñas como para abarcarlo. No entiendo por qué no podemos utilizar una pelota de goma, al final alguien va a hacerse daño.

—¡Chicas! —exclama Alex mientras da palmadas—. Vamos a dar unas vueltas al campo para calentar, ¿está bien? Después, practicaremos algunas estrategias.

Algunas obedecen, pero yo lo ignoro y vuelvo a lanzarle el balón a Ashlin. Aterriza a muchísima distancia de ella, así que tiene que salir corriendo a buscarlo.

—¡Perdón! —me disculpo.

Noto que alguien me toca el hombro. Me doy la vuelta. Es Alex.

—Cho, tengo que hablar contigo un momento.

Apenas puedo mirarlo a la cara. Ayer los vi a él y a Nadia hablando en el patio y me sentí bastante estúpida por haber estado a punto de rajarme con lo del cambio de camiseta. De hecho, ojalá le hubiéramos hecho algo más, pero ya no es mi turno.

—Estoy intentando entrenar —me quejo.

—¡Ahora! —ladra, y avanza a grandes zancadas hasta las gradas.

Le esbozo una mueca a Ashlin, que levanta los hombros y empieza a correr detrás de las otras chicas por el campo.

Sigo a Alex hasta las gradas y cruzo los brazos.

—¿Sí, entrenador? —pregunto de la forma más rara posible.

—¿Qué problema tienes conmigo? —dice con voz grave y llena de urgencia.

Lo contemplo. Pensaba que iba a regañarme por no correr.

—Ninguno, entrenador —respondo, pero me alegro de que se haya dado cuenta de que estoy enojada—. ¿Puedo irme ya?

—¡Deja de llamarme entrenador! Pensaba que éramos amigos, pero últimamente parece que me odias. No entiendo nada.

¿En serio Alex es tan tonto? Seguramente no debería decir nada, pero no puedo evitarlo. Miro a mi alrededor para asegurarme de que no haya nadie cerca y entonces hablo.

—¿Quieres ser mi amigo? Pues es muy sencillo. No llames a mi hermana. De hecho, no vuelvas a hablar con ella en tu vida. —Alex abre la boca, como si fuera a poner alguna excusa, pero yo continúo hablando—: No vengas a nuestra casa en plena noche para llevártela a escondidas, no le des alcohol en las fiestas, no...

—¡Lo has malinterpretado todo! Yo no le he dado alcohol.

—¿Hola? Encontré su camiseta y sé que pasó la noche en tu casa. ¡Tiene catorce años, pervertido!

A Alex se le desencaja la mandíbula de la incredulidad. Entonces, se recupera y me contesta.

—¿Pervertido? Tienes que informarte bien antes de hablar. Lo primero, yo no le di ninguna bebida. Estaba tomando ron a escondidas con sus amigas y, cuando las descubrí, ya iba hasta el gorro. Mientras tú estabas en otra fiesta, yo limpiaba su vómito y me aseguraba de que no se fuera para que no la descubrieran tus padres. —La manzana de Adán le sube y le baja y tiene los puños apretados—. Sus amigas la dejaron tirada, así que tuvo que quedarse a dormir en mi casa. Yo no pegué ojo para asegurarme de que no se ahogara en su propio vómito, así que, de nada.

Cruzo los brazos.

—Si eso es cierto, ¿por qué se quedaron de ver a escondidas con ella en plena noche el primer día de clase? No intentes negarlo, te vi dejarla en casa.

—¡Porque me llamó llorando! Quería asegurarse de que no te enteraras de que se emborrachó. Me hizo prometerle que no te lo contaría. Le preocupa muchísimo lo que pienses de ella. —Suelta un suspiro lleno de impaciencia y niega con la cabeza—. Le dije que tenías todo el derecho a enojarte con ella y que yo también la estaría vigilando. Y que, si volvía a beber delante de mí, te lo contaría.

No digo nada. Me limito a mirar al campo, donde las chicas están corriendo. Me pongo a temblar.

—No puedo creer que pensaras eso de mí, Lillia. Somos amigos desde noveno. ¡Y nuestras familias también! Nadia es prácticamente mi hermana pequeña. ¡Jamás tendría nada que ver con ella! —Se aparta el cabello de los ojos. Ahora que el sol no es tan intenso como en verano, lo tiene menos rubio y más cobrizo. Y más largo—. Sería un enfermo.

—Lo siento.

No sé qué más decir.

—No te preocupes.

De repente, siento la necesidad de confesárselo todo. De pedirle perdón de verdad, tal como se merece. Pero no puedo. Porque esto no es solo cosa mía. También están involucradas Kat y Mary. Hice que se arriesgaran para nada.

Tiemblo de frío y también de asco por lo que hice.

Alex da un paso hacia mí. Se desabrocha el rompevientos, se lo quita y me lo coloca por encima de los hombros. Huele a ropa limpia.

—¿Todo bien? —pregunta tan cerca que casi nos tocamos—. No puedo soportar que no seamos amigos. —En voz baja, añade—: Significas mucho para mí. Siempre lo has hecho y siempre lo harás.

Abro la boca para responder, pero antes de que pueda pronunciar palabra, él regresa al campo. Me grita por encima del hombro:

—¡No creas que voy a dejar que te libres de correr, Cho!

Y troto hasta la última vuelta. Porque si paro, tendré que empezar a pensar en lo que me dijo y en cómo me sentí.

El jueves, día del partido, PJ me sorprende con una lonchera llena de galletas de azúcar y canela. Seguro que las hizo su madre, porque están envueltas en papel encerado y tienen la textura perfecta. Lo único que recibe Ashlin de Derek es un paquete de Chips Ahoy!, y ni siquiera entero. Aun así, como le gusta, aceptaría cualquier cosa que le diera. Reeve le preparó a Rennie una especie de barritas proteicas. Están duras como piedras y parecen hechas de heno, pero ella monta un espectáculo y dice que las probará a la hora de comer.

Viene un montón de gente a vernos jugar. No tanta como en un partido normal, pero bastante. Los chicos del equipo se visten de animadoras y se ponen pelucas y nos animan desde la banda. Es bastante divertido. PJ lleva una melena negra larga y no para de intentar hacer saltos con toques a las puntas de los pies, mi movimiento estrella.

Tal como yo había predicho, gana el equipo de Rennie y Reeve. Ella marca el único *touchdown*, y casi mata a Teresa para llegar a la zona de anotación. Cuando termina el partido, Reeve la carga encima del hombro y la saca del campo mientras grita hasta quedarse afónico. Como si hubieran ganado las Olimpiadas o algo.

Será mejor que lo disfruten mientras puedan. Porque están a punto de perder estrepitosamente.

31
Mary

Según Lillia, la entrenadora Christy tiene el despacho cerrado con llave en todo momento. Hace diez minutos y treinta y tres segundos, entró con la caja de los votos para el baile. Tiene la puerta medio abierta. Lleva siete minutos y diez segundos tecleando en la computadora. Lo sé porque revisé el reloj que hay al final del pasillo. Estoy apoyada en unos casilleros, y Kat finge mandar mensajes por el celular junto a la fuente.

A las cuatro en punto, Lillia pasa a nuestro lado con la cola de caballo balanceándose.

—¡Entrenadora Christy! —grita de forma frenética—. ¡Tiene que venir ahora mismo! ¡Hay una emergencia en el vestidor de las animadoras!

—¿Qué pasa, Lillia? —pregunta ella cuando sale del despacho.

—¡Por favor, dese prisa! —la insta mientras la jala del brazo—. Creo que una de las de noveno está teniendo un ataque o algo. ¡Perdió la cabeza!

Las dos desaparecen por el pasillo.

Kat y yo nos sonreímos con malicia y, después de comprobar rápidamente que nadie nos esté mirando, nos metemos.

Yo me quedo agachada junto a la puerta mientras Kat corre hacia la caja de las papeletas. Me dijo que, cuando era pequeña, su hermano le enseñó a forzar candados. Lo único que se necesita es un pedazo de una lata de refresco. A mí me parecía un disparate, pero lo consigue en cinco segundos. Después, vacía el contenido sobre el escritorio de la entrenadora Christy.

—Parece que Reeve ganó sin ayuda —refunfuña Kat mientras examina concienzudamente los montones.

—No me sorprende —admito—. Sin duda, es el chico más guapo del curso.

Kat me mira como si estuviera mal de la cabeza, pero es verdad. Mete algunas papeletas en bolsa. Votos para Rennie, supongo. Ahora, ya no podrá subirse con él al escenario. Qué pena... Igual no debería haber sido tan mala persona.

Fijo la mirada en el pasillo. Lillia y la entrenadora podrían volver en cualquier momento.

—¿Ya acabaste? —susurro.

—Estoy contando los votos para asegurarme de que Ashlin gane —comenta con la cabeza baja.

Entonces oigo la voz de Lillia desde el fondo del pasillo, muy alta y vivaracha.

—¡Madre mía! Yo pensaba que estaba llorando, pero resulta que solo se estaba riendo.

—¡Kat!

Esta levanta la vista de golpe.

—¡No he terminado de contar!

Niego con la cabeza.

—¡Tenemos que escondernos!

Kat vuelve a meter los votos a presión dentro de la caja y después mira a su alrededor hasta que sus ojos se topan con el clóset de material. Me hace un gesto para que la siga, pero, cuando abre la puerta, nos percatamos de que es demasiado pequeño para las dos.

Lillia no deja de hablar, están justo al otro lado de la puerta.

—¡Qué raro! A ver, es que creo que me han llegado rumores de que se cortaba o algo así, pero supongo que no eran ciertos. Tal vez tiene un trastorno de personalidad múltiple. —Suelta una risita nerviosa—. Todos hemos perdido un poco la cabeza con el estrés de las celebraciones.

Salgo corriendo y me escondo detrás de la puerta mientras espío el pasillo por una ranura diminuta entre las bisagras.

—Bueno, agradezco que me hayas avisado, Lillia. Es importante que sepa lo que pasa en mi equipo.

—Uy, por supuesto.

—¿Algo más que quieras decirme?

Los ojos de Lillia se encuentran con los míos por la ranura. Ella los abre como platos y, entonces, el teléfono que hay en el escritorio empieza a sonar.

—Tengo que contestar —declara.

La entrenadora Christy agarra la puerta. Veo cómo curva los dedos. Va a cerrarla para responder a la llamada en privado. Si lo hace, estoy perdida. Me esfuerzo al máximo por no respirar. Encojo los dedos de los pies tanto como puedo y cierro los ojos. Nos van a descubrir y será por culpa mía.

—¡Espere! —grita Lillia.

—Un minuto —le pide la entrenadora—. Ahora mismo estoy contigo.

La entrenadora deja de hablar de repente y casi se me para el corazón. Abro los ojos, pero resulta que no me ha visto.

—¡Lillia! —chilla, y sale corriendo.

Vuelvo a mirar a través de la ranura. Lillia se ha desmayado, está tirada como un trapo en el suelo del pasillo. La entrenadora Christy la sacude e intenta despertarla. Ella bate las pestañas.

—No me encuentro muy bien —susurra—. ¿Puede llevarme a la enfermería?

La entrenadora la levanta sin esfuerzo y se coloca uno de los brazos de nuestra amiga alrededor de los hombros. Y así, sin más, desaparecen.

—¡Se fueron! —anuncio en voz baja, pero lo bastante alto como para que Kat me oiga.

Ella sale del clóset.

—Por un pelo.

Doy por hecho que volverá a ocuparse de los votos; en cambio, sale corriendo al pasillo. Yo la sigo.

—¡Qué bien! —vocifera cuando salimos.

—Estaba segura de que me había visto.

—Pues es evidente que no. —Kat alza el puño al aire—. Ojalá hubiera visto la actuación magistral de Lillia. «No me encuentro muy bien» —la imita.

Intento sonreír, pero hay algo que me da mala espina.

—¿Te has asegurado de que gane Ashlin? —pregunto.

Kat le resta importancia a mi comentario.

—Seguro que sí. Saqué unos veinte de Rennie, y Ashlin tenía bastantes. —Mete las manos en la bolsa y saca dos manojos de papeletas—. Lo tenemos controlado. Confía en mí.

32
Lillia

Los últimos segundos se leen en el marcador con focos blancos y redondos. Tres, dos, uno. El árbitro sale corriendo hacia la gaviota furiosa que hay pintada en la línea de las cincuenta yardas y agarra la bocina de aire comprimido que lleva atada en el cinturón. No la oigo sonar porque la ahoga la celebración general.

Los hemos destrozado.

Jar Island 38 - Tansett 3. Una victoria de bienvenida.

Reeve lidera al equipo mientras levanta el casco por encima de la cabeza. Está empapado de sudor, lo que hace que se le oscurezca el cabello y se le marquen más los rizos. Hay un montón de cazatalentos en las bandas, hombres ataviados con rompevientos de diferentes universidades con portapapeles y cámaras de vídeo. Uno de ellos sonríe a Reeve lleno de orgullo, como si fuera su padre o algo.

Todas las animadoras dan saltos y se abrazan. Miro a mi alrededor en busca de Rennie. Está al lado de Nadia y le acaricia la coronilla. A esta se le despeina la cola de caballo, pero no le importa. Entonces, Rennie hace un montón de piruetas hacia atrás. Me sorprende que no se maree, porque no ha parado de hacerlas durante todo el partido. Ha montado un buen espectáculo para animar a Reeve, es como si pensara que sus cazatalentos podrían ofrecerle una beca a ella también para ser su animadora personal.

Yo sacudo los pompones sin muchas ganas. Siempre tenemos un montón de público en los partidos de bienvenida. Vino casi todo el instituto: profesores, padres, antiguos alumnos... Todos se han unido a nuestros cánticos, se sabían la letra de todos los himnos.

La verdad es que Reeve jugó un partido espectacular. Lanzó un pase perfecto tras otro. Incluso hizo un *touchdown* él solo. Nuestros hinchas se quedaron afónicos de tanto corear su nombre, pero yo no.

No sé si Mary vino al partido. No la vi en las gradas. Por su bien, espero que se haya quedado en casa.

Cuando PJ pasa a mi lado, le doy una palmadita en la espalda. Ni siquiera está sudado.

—Bien hecho, PJ —lo animo, y doy un pequeño salto.

Él sonríe y levanta el puño.

Alex lo sigue de cerca. Cuando pasa por delante de la banca, se da la vuelta para correr de espaldas y nos dedica una amplia sonrisa.

—¡Gracias por el gran trabajo, chicas!

Sonrío y niego con la cabeza.

—¡De nada! —grita Nadia. Sus amigas se amontonan a su alrededor y empiezan a soltar risitas.

Hace unas semanas, eso me habría arruinado la noche. Pero ahora, después de haber hablado con Alex, sé que no tengo que preocuparme. Confío en su palabra. Él nunca haría nada que no me gustara. Y, en ese sentido, supongo que mi venganza ha sido todo un éxito. Hemos vuelto a la situación anterior, cuando Alex hacía todo lo que yo le pidiera. Solo que, esta vez, no voy a aprovecharme de él. Es una persona con sentimientos.

Los chicos recogen su material y se dirigen a los vestidores. Todos menos Reeve, quien se ve rodeado de cazatalentos al instante. La banda termina de tocar el himno y las gradas empiezan a vaciarse. Algunas de las chicas se ponen a guardar los pompones en sus bolsas de deporte.

Rennie lo ve y se pone roja de la ira. Va hacia ellas corriendo y les grita:

—¡Se anima hasta que el último jugador haya salido del campo!

No recuerdo esa norma. Parece ser que Ashlin tampoco, porque levanta los hombros confundida. Ya solo queda Reeve, y me parece bastante absurdo que sigamos animándolo porque está hablando con los cazatalentos. Supongo que Rennie también se da cuenta porque, al final, suspira y les dice a las nuevas que quiten los carteles y carguen el material en la cajuela de su *jeep*. Deja a Nadia a cargo de las llaves.

De vuelta a casa, Rennie rebosa energía. Ha puesto un CD con canciones que usamos para animar, que son temas de discoteca con el ritmo todavía más acelerado. El volumen de la radio está a tope y las bocinas retumban y emiten un zumbido. Lo bajo.

—¿No fue un partido increíble, Lil?

—Sin duda —coincido. Por un segundo, me preocupa que no parezca que lo digo en serio, así que añado con tono alegre—: Va a haber muy buen ambiente mañana en el baile.

Rennie asiente.

—Deberíamos crear una nueva coreografía para el medio tiempo de las rondas clasificatorias. Para seguir manteniendo la chispa.

Entonces, busca su bolsa por el asiento trasero. Casi nos salimos de la carretera.

Rennie conduce de pena. Vuelvo a colocarle el brazo en el volante.

—¿Qué necesitas? Yo lo tomo.

—¿Puedes llamar a Ash?

Eso hago. Llamo a Ashlin y la pongo en altavoz sosteniendo mi celular entre las dos.

—Hola, Ash. No sé tú, pero yo estoy eufórica. Vamos a hacer algo.

—¡Vengan a mi casa! —ofrece—. ¡Así por fin podrán ver mi nueva sauna!

Me gusta el plan. Las veces que he estado en un sauna, cuando mi madre nos lleva a Nadia y a mí al balneario, me ha encantado. Estaría bien poder relajarse y olvidarse de todo un poco, en especial porque, cuanto más se acerca mañana, más nerviosa me siento por el plan de venganza.

Echo un vistazo al reloj del tablero de Rennie. Son las diez y media. Mary y Kat van a pasar a mi casa más tarde para repasarlo todo, y esta traerá el éxtasis. Sin embargo, aún queda tiempo de sobra. Les dije que vengan a las dos de la madrugada, porque sé que a esa hora mamá y Nadia estarán dormidas.

—A mí me parece bien —declaro.

—¡Genial! —exclama Rennie—. Ashlin, llama a PJ, a Alex y a Derek. Yo llamo a Reeve.

—Derek no puede venir. Tiene un asunto familiar —comenta Ashlin alicaída.

Tapo el celular con la mano.

—¿Por qué no podemos hacer noche de chicas?

Rennie se burla de mí.

—No te preocupes, hoy nada de jugar a la botella. Te lo prometo. ¡Adiós, Ash! —Cuelgo y Rennie me hace un gesto con la barbilla—. Ahora llama a Reeve.

Busco su nombre en mi agenda y aprieto el botón de llamar.

Contesta después de unos cuantos tonos.

—¿Qué pasa, Cho? —Parece ser que Reeve ya lo está celebrando—. ¿Me llamas para felicitarme? Sí que es mi noche de suerte.

Antes de que pueda contestar, Rennie quita una mano del volante para arrebatarme el celular.

—¡Bien por Reevie! —chilla.

Treinta minutos más tarde, los seis estamos en casa de Ashlin bebiendo cervezas en su sauna. Su padre la construyó en la casa de la alberca. Es una estancia enorme revestida de amplias tablas de cedro. Los bancos de madera están conectados con las paredes y hay una gran puerta de cristal que tiene vistas a la alberca y al *jacuzzi*. Dentro, la luz es tenue y el calor está haciendo que me entre sueño.

Ashlin nos ofreció un bikini a cada una, pero ella tiene unos pechos enormes, así que ni de broma nos iba a quedar bien la parte de arriba. Por eso, yo voy en ropa interior y una camiseta ancha que tomé prestada del hermano pequeño de Ashlin, que está en séptimo pero ya mide un metro ochenta. Rennie, por su parte, va en ropa interior y brasier, y está acostada en los bancos de madera con los ojos cerrados, como una modelo de una revista para hombres.

Conozco a estos chicos desde hace años, pero me parece incómodo estar en ropa interior delante de ellos. Además, este calor tan seco me está provocando dolor de cabeza. Doy un sorbo a mi cerveza y me pego la botella a la frente.

—Debería convencer al entrenador para que nos ponga una de estas en el vestidor —anuncia Reeve—. Son buenas para los músculos.

Él lleva puestos sus bóxers negros y el sudor le perla los

abdominales. Alex y PJ están enfrente de él, también en calzoncillos y con las toallas en la cabeza.

—¡Es verdad! —coincide Rennie—. Seguro que si tú se la pides, la pone. Al fin y al cabo, eres su jugador estrella, el que nos va a llevar al campeonato del estado.

Rennie suelta un grito efusivo que llena la estancia.

PJ carraspea.

—Ejem. No te olvides del pateador. Recuerda que por cada seis puntos que marca Reeve, yo meto el séptimo. ¿Verdad que sí, Lil?

—Claro —afirmo.

—En serio, Reeve —dice Rennie—. Los cazatalentos iban a ti como hienas a la carne fresca. ¿Cómo te vas a decidir?

—Pues muy sencillo. —Reeve suelta la cerveza—. Tiene que ser una universidad decente con una buena facultad de comunicaciones. Además, tendré en cuenta la reputación de sus fiestas. Luego va la ubicación, porque quiero un sitio con sol y calor. —Le arranca la toalla de la cabeza a Alex para ponérsela él—. Y en caso de empate, dejaré que decida el *playboy* universitario.

Me estremezco y cruzo los brazos.

—Qué bien que todas esas universidades estén dispuestas a hacer la vista gorda con tus notas —le comento, porque no puedo callármelo. Con dulzura, añado—: Es que si no fuera por el futbol, quién sabe dónde entrarías, ¿no?

PJ se muere de risa, al igual que Alex.

Reeve me contesta sin pensárselo.

—Es una pena que no todos podamos ser asiáticos, ¿eh, Cho?

Esta vez se echan a reír todos. Yo le doy otro sorbo a la cerveza. Uno bien grande.

Nos pasamos un rato más comentando el partido y Rennie anima a Reeve a que recree sus jugadas, como si fuera un resumen de los mejores momentos. Yo contemplo la botella de cerveza de Rennie con la esperanza de que, cuando se la acabe, me lleve a casa de una vez. Si llego tarde, a ver quién aguanta a Kat. Y, además, tengo toque de queda.

PJ tiene un reloj que suena cada hora. Cuando da la una, empiezo a bostezar cada minuto o así. A veces, de verdad, pero otras finjo. Este es falso.

—¿Estás cansada, Lillia? —me pregunta Alex.

—Sí —admito.

Entonces, establezco contacto visual con Rennie, pero Ashlin se levanta y echa un cazo de agua en las rocas calientes, lo que llena la sauna de un vapor ardiente.

Alex se levanta y se estira.

—No soporto este calor —anuncia.

—Pues tráeme otra cerveza —ordena Rennie, y después se muere de risa.

—No deberías quedarte hasta muy tarde —le comento—. Mañana va a ser un gran día para ti. No querrás tener los ojos cansados.

—Pero es que estoy muy relajada —dice mientras le lanza una miradita a Reeve. Arrastra las palabras.

—Vamos —le insisto—. Vámonos, Ren. Yo conduzco.

Ella le esboza una mueca a Reeve.

—¿Está sorda esta chica? ¿No me oye o qué? —pregunta. Después, vuelve a mirarme y añade—: Probando, probando. Un. Dos. Tres.

Me entran ganas de darle una bofetada.

—Yo te llevo a casa, Lillia —se ofrece Alex.

—Genial —digo antes de abrir la puerta de la sauna y salir al jardín.

Rennie puede hacer lo que le venga en gana. ¿Por qué

debería importarme? Ella no es mi responsabilidad. Igual que yo no fui la suya.

El jardín trasero de Ashlin está a oscuras y es un gusto notar la brisa nocturna sobre la piel.

Alex sale detrás de mí.

—Un segundo. Voy a vestirme —le digo.

Entro corriendo a casa de Ashlin y me vuelvo a poner el uniforme de animadora.

Cuando salgo, Rennie está al lado de su *jeep* envuelta en una toalla.

—Pensaba que querías quedarte —comento.

Ella abre la boca para contestarme, pero entonces Reeve le llama desde la sauna.

—Anda, vuelve, Ren. Deja que Lindy la lleve a casa. Luego te llevo yo a ti.

Rennie cambia el peso de una pierna a otra y mira a la sauna.

—Creo que me quedo. ¡Hasta mañana!

Después, sale corriendo y deja un rastro de pisadas mojadas en el asfalto.

Me doy la vuelta y veo a Alex sentado en su todoterreno con las luces apagadas. Me subo.

—Gracias por llevarme. No podía soportar ver a Rennie ligando con Reeve ni un minuto más.

Alex levanta los hombros.

—Tampoco veo que él se queje.

Enciende el motor y me pongo el cinturón.

—Pues claro que no. Es un egocéntrico. —Jugueteo con la radio—. No le importa quién sea la chica mientras esté tan obsesionada con Reeve como él mismo.

Alex no dice nada y me avergüenzo. Quizá me pasé un poco.

A las dos en punto, bajo las escaleras y abro la puerta principal. Ahí están Kat y Mary. Me llevo un dedo a los labios y las guío hasta la sala.

—¿Qué tal el partido? —me susurra Mary.

—No mucho —respondo—. Ganamos. ¿Conseguiste la mercancía? —le pregunto a Kat.

Ella está deambulando por la sala mientras contempla las fotos de las paredes. Esa en la que salimos Nadia y yo con los vestidos de Pascua en casa de la abuela, el retrato familiar que le encargó mi madre a un artista famoso de Boston... Ya las había visto, pero igual no se acuerda.

—Sí —afirma mientras se queda mirando el retrato de mi madre en la estancia—. La tengo.

Me entrega un vial pequeñito de cristal.

—¿Qué es esto?

Pensaba que íbamos a comprar una pastilla.

—Es éxtasis líquido. Mucho más fuerte que el normal.

Desenrosco el tapón. El líquido que hay dentro es transparente. Me lo coloco debajo de la nariz y huelo, pero no me llega ningún tipo de aroma.

—¿Estás segura de que no te timó?

Kat me lanza una mirada de pocos amigos.

—¿Por quién me tomas? Yo sé de drogas, Lillia. Un par de gotas en la bebida de Reeve y tendrá un buen viaje. En teoría, solo tarda unos quince minutos en hacer efecto, así que espera a llegar al baile. Si empieza a dar la nota antes de entrar, alguno de tus amigos lo encerrará en la limusina hasta que se le pase el viaje.

—¿Cuánto tiempo dura?

—Reeve estará volando con elefantes rosas unas ocho horas como mínimo —resopla Kat—. Mary, en cuanto empiece a perder la cabeza, avisa a un profesor. Yo haré lo mismo. Así, ya lo tendrán en el punto de mira cuando llegue al punto álgido.

—El señor Tremont es uno de los vigilantes —explica Mary—. Hoy en clase hicimos una actividad sobre baile francés.

—Perfecto —digo—. Creo que estuvo a punto de suspender a Reeve el año pasado porque hizo su trabajo final sobre la película *Amélie*. Tremont lo odia. —Jugueteo con el vial—. Chicas, tengo que contarles una cosa.

—¿Qué? ¿Estás bien, Lillia? —pregunta Mary—. No te preocupes. Todo va a salir bien.

—No es eso —aseguro, y después me muerdo el labio. Sé que no tengo por qué contarles lo de Alex. Tampoco es que a estas alturas suponga diferencia alguna, pero quiero ser sincera con ellas. Como dijo Mary, entre nosotras no puede haber secretos. Tienen derecho a saberlo.

—Hablé con Alex y parece que lo de mi hermana fue un grave malentendido.

Mary abre mucho los ojos.

—¿En serio?

—Pero yo los vi dentro de su todoterreno —replica Kat.

—De acuerdo, pero ¿los viste besándose? De hecho, ¿los viste haciendo algo?

Kat toma aire.

—No.

—Alex jura que nunca ha tenido nada que ver con ella y yo lo creo. Quizá no debería, pero me fío de su palabra. —Bajo la mirada—. Lo siento mucho.

Kat hace un gesto con la mano para restarle importancia.

—No podemos vivir en el pasado. Ahora es nuestro momento: el mío y el de Mary.

—Y tampoco es que le haya pasado nada exageradamente malo a Alex. Solo fueron un par de bromas tontas —añade Mary. Se gira para mirarme—. Sigues dispuesta a participar, ¿verdad, Lillia?

Aprieto el vial de éxtasis líquido con fuerza. Es cierto. En realidad, solo le tomamos un poco el pelo a Alex. No ha sido nada parecido a lo que tenemos preparado para Reeve y para Rennie. No me cabe duda de que esos dos se merecen lo que se les viene encima.

—Por supuesto.

—Muy bien, chicas —interviene Kat mientras se pasa las manos por el cabello—. Llegamos a la gran final. —Se gira para mirar a Mary—. ¿Estás lista?

Ella asiente.

—Tengo muchas ganas.

No parece asustada. Solo emocionada. Lo mismo podría decirse de Kat. Yo todavía tengo miedo, pero también ganas.

Me siento más unida a Kat y a Mary que a cualquiera de mis otros amigos. Somos un círculo. Ahora, somos inseparables. Lo siento. Y también noto el poder. Todas las conversaciones, el esfuerzo y las bromas que hemos hecho nos han conducido a este momento, al presente.

Abro la puerta y Mary baja los escalones dando saltitos de alegría. Va por su bicicleta, que está escondida debajo de los arbustos.

Kat se queda un rato más.

—Una cosa —me dice—. Cuando eches el éxtasis en la bebida de Reeve..., hazlo lo más rápido que puedas y no llames la atención. Dásela y sal a bailar.

Asiento.

—De acuerdo.

La expresión de Kat cambia de repente. Aprieta los labios y me doy cuenta de que mira por encima de mi hombro. Me doy la vuelta y me topo con Nadia en camisón con un vaso de agua en la mano.

—¿Qué haces despierta?

Me llevo las manos a la espalda y miro a Kat con la esperanza de que se le ocurra algún tipo de excusa. Pero ya se ha ido. Vuelvo a centrarme en mi hermana y parece que se me va a salir el corazón del pecho.

—¿Qué estaba haciendo aquí Kat DeBrassio? —me pregunta con cara de confusión. Saca la cabeza por la puerta y contempla el camino de la entrada.

—Pues... Se ligó con Alex este verano —escupo mientras aprieto el vial en la palma de la mano—. Y le llegó un rumor muy raro, le dijeron que ustedes pasaron una noche juntos. Vino a amenazarte.

Nadia palidece.

—Pero si no...

—Ya lo sé, no te preocupes. Se lo dejé bien claro. Le dije que tú nunca harías algo así. Solo espero que me crea.

Nadia se aparta de la puerta abierta.

—¡Lillia! ¿Y ahora qué hago?

La cierro corriendo para darle dramatismo al asunto.

—Que no se te ocurra decirle a nadie que estuvo aquí. No le des razones para venir a buscarte. Yo te puedo proteger en la escuela y en casa, pero no voy a estar contigo a todas horas. Así que no te acerques a ella y punto. —La miro, seria—. ¿Queda claro?

Asiente.

—Gracias por defenderme —dice en voz baja.

—Eres mi hermana —digo mientras aparto la mirada—. Por supuesto que iba a defenderte.

Como movida por un impulso, Nadia corre hacia mí y me da un abrazo bien fuerte para después subir la escalera a toda prisa. Cierro con llave y suelto un suspiro de alivio. Después, la sigo al piso de arriba.

Tengo el vestido para el baile colgado en la parte trasera de la puerta. Ya saqué los zapatos y la bolsa de fiesta que me prestó mi madre. Escondo el vial de éxtasis líquido en la bolsita de satén que en teoría sirve para guardar un labial.

Después, apago la luz y me meto en la cama. Espero no tardar mucho en dormirme. Mañana es un día muy importante.

33
Mary

Tengo un montón de vestidos amontonados encima de la cama. Todos los que me traje a Jar Island. Me probé seis, pero ninguno es apropiado para esta noche. Me pruebo el séptimo, un vestido de encaje blanco con falda de crinolina, pero tiene un aire infantil, como si fuera un faldón de bautizo extragrande. Quiero verme guapa esta noche. Lo bastante para haber sido reina del baile, si no fuera la chica nueva, si no hubiera tenido que mudarme.

Mientras rebusco, me pregunto si la tía Bette tendrá algo que pueda tomar prestado, o si no es demasiado tarde para ir a esa *boutique* tan elegante de Third Street, en White Haven. Los vestidos cuestan unos trescientos dólares, pero seguro que mi madre estaría de acuerdo en que es un gasto necesario. Para verme guapa, digo. Bueno, no solo guapa: esta noche tengo que estar perfecta. Aunque sea Ashlin la que vaya a salir coronada reina, esta es MI noche.

Entonces lo encuentro, justo al final del montón. Un vestido que ni siquiera recuerdo haber comprado. Lleva un hombro descubierto, es largo, ligero y de color rosa pastel. Con muchas capas de gasa. Miro la etiqueta. Es de esa tienda elegante.

Y entonces, comprendo. Le conté a la tía Bette que iba a ir al baile, seguro que me lo compró para darme una sorpresa y lo guardó en el clóset para que me lo encuentre. ¡Voy a llorar!

Me quito el faldón de bautizo y me pongo ese. Yo no lo habría elegido y, mientras me lo deslizo por los hombros, rezo para que me quede bien. Es estiloso y único y, sin lugar a dudas, la prenda más cara que poseo. Solo con tocarlo, se nota la buena calidad de la tela. Tengo la sensación de haberme puesto algodón de azúcar sobre la piel.

Camino lentamente hacia el espejo y me miro. Casi no me reconozco. Es muy bonito. Más que bonito. Perfecto.

Justo el aspecto que quiero tener cuando Reeve se tope con su ruina.

Salgo corriendo de la habitación para buscar a la tía Bette, quiero darle las gracias y enseñarle lo bien que me queda el vestido. No está en su cuarto y tampoco en el piso de abajo, así que pruebo en su estudio. Desde que me mudé aquí no había entrado. Es su espacio de trabajo y siempre ha tenido la puerta cerrada, como cuando no quería que la molestaran. Hoy la puerta está abierta, aunque solo una rendija. Quizá no sea intencionado, quizá la haya abierto el viento o algo.

No estoy segura de si dejarme el cabello suelto o hacerme un chongo a un lado. La tía Bette me ayudará a decidirme. Me muero de ganas de darle las gracias y un abrazo enorme.

—¿Tía Bette? —le llamo mientras subo las escaleras corriendo.

Las paredes de la buhardilla están atestadas de dibujos. Montones y montones de bocetos. A veces, dibuja la misma escena cincuenta veces antes de conseguir la versión que quiere.

El techo está inclinado y tengo que colocarme en el centro si no quiero golpearme la cabeza. El caballete de mi tía está abierto en el fondo de la estancia. Le gusta pintar con la ventana a la espalda. Junto al caballete está la mesa donde organiza las pinturas y los pinceles. Los charquitos de pintura brillan, siguen húmedos y frescos. Veo sus piernas y percibo el sonido del pincel paseándose por el lienzo.

—¡Tía Bette!

Sale de detrás del lienzo y me mira. Doy una vuelta.

—Mary, estás preciosa.

—Gracias. Me encanta este vestido.

Ella asiente y me sonríe.

—Me alegro mucho de que seas feliz.

—Lo soy —admito—. De verdad que lo soy.

Vuelvo a mi cuarto y me cepillo el cabello. Después, abro el joyero, saco mi dije de margarita y me lo pongo.

Invité a toda mi clase a Jar Island, a mi casa, para celebrar que cumplía doce años. En Montessori siempre se invitaba a todo el salón. Los cursos anteriores hice la fiesta en el continente porque es donde vivían el resto de mis compañeros. Siempre íbamos al boliche, al *laser tag* o a la pizzería. Pero este año tenía que ser en mi casa.

La idea se me ocurrió cuando fui a la tienda de tarjetas de Main Street con mi madre para elegir las invitaciones. Vi unas que tenían forma de carpa de circo a rayas rojas y amarillas, y había que abrir las puertas para ver la información sobre la fiesta.

Ya me lo estaba imaginando: una fiesta circense, con lanzamiento de aros, un puesto para encestar pelotas de basquetbol y comidas divertidas como algodón de azúcar, palomitas e incluso pasteles. El jardín era enorme, así que habría sitio de sobra. Por un instante, me preocupó que la temática fuera demasiado infantil para séptimo, pero supuse que a los chicos les haría ilusión lo de los puestos de juegos, porque les encantaba presumir de las canastas que marcaban, y a las chicas les encantarían los premios. Los pedimos por internet: peluches y brillos de labios con olor a frutas para las chicas, gorras de béisbol para los chicos.

Mi padre agujereó una pedazo de triplay y la tía Bette y yo pintamos un elefante, una jirafa y un mono para que la gente pudiera meter la cara y tomarse fotos. Alquilamos una máquina de palomitas antigua y también una de algodón de azúcar. Mi padre prepararía hot dogs, y mi madre, ensalada de papa.

Aunque todo el mundo me odiaba, si organizaba una fiesta increíble cambiarían de opinión.

Estaba sentada en la banqueta contemplando la calle, esperaba a que el coche de mi madre volviera del ferri con todos mis compañeros. Tenían que llegar en el de las tres, pero ya pasaban de las cuatro, es decir, ya habían pasado tres barcos por Jar Island.

Tenía una sensación horrible en el estómago. No iba a venir nadie a mi fiesta. Ni siquiera Anne. Me imaginé a mi madre esperando en el muelle con el cartel que habíamos pintado juntas. Decía «CIRCO: POR AQUÍ». Lo único que tenía claro es que no podía estar con la tía Bette y con mi padre en el jardín. No dejaban de toquetear las decoraciones y los juegos que habíamos montado solo para estar ocupados. Además, me habían ofrecido un par de veces abrir los regalos que me habían comprado, como si eso fuera a hacerme sentir mejor.

Sobre las cuatro y media, la madre de Reeve entró con el coche en nuestra calle. En cuanto lo vi, me levanté de un salto. Llevaba semanas sacándole el tema de la fiesta como quien no quiere la cosa, le contaba los juegos que había planeado organizar, los premios, el pastel de chocolate que íbamos a encargar a Milky Morning... Se me ocurrió la idea del basquetbol por él, porque sabía lo mucho que le gustaba. Le pedí a mi padre que comprara una canasta y la montara en el garage.

Su madre se estacionó. Vi que estaban discutiendo. Al final, Reeve salió azotando la puerta.

—Hola —saludó de mal humor—. Siento llegar tarde, mi madre tenía que dejar a mis hermanos en el partido antes de venir.

—¡No pasa nada!

Lo agarré de la mano y lo jalé hacia la casa. Sabía que no quería estar allí, y que lo más seguro es que su madre lo hubiera obligado, pero me alegraba mucho que hubiera venido.

La tía Bette y mi padre estaban de pie tomándose un café bajo la canasta. En cuanto me vieron entrar con Reeve, se pusieron manos a la obra. Ella le dio al *play* del reproductor de discos y la música típica del circo llenó el ambiente. Mi padre agarró los tickets y le dio un montón a Reeve.

—No se ha presentado nadie, ¿eh? —preguntó Reeve.

Yo no contesté. En vez de eso, lo llevé a la mesa de la comida.

—¿Tienes hambre? Hay hot dogs, algodón de azúcar, palomitas... Puedes comer lo que te se te antoje.

Suspiró.

—Bueno, tomaré un hot dog.

Le preparé uno.

—¿Te gusta con cátsup o con mostaza? —pregunté.

—Cátsup.

Más o menos a esa hora, volvió mi madre. Sola. Iba con el ceño fruncido, pero en cuanto vio a Reeve se le iluminó la cara.

—Reeve, me alegro mucho de que hayas podido venir —manifestó.

—Creo que he oído en la radio que está lloviendo en el continente. Seguro que todos los del salón que se cancelaba la fiesta —comentó. Las mejillas le ardían.

Yo lo miré, agradecida.

—Eso será, mamá.

Entonces, me fijé en lo que llevaba en la mano. Lo había visto en cuanto salió del coche de su madre. Una cajita blanca decorada con un listón rosa. Tenía que ser para mí.

—Toma —me dijo mientras me la entregaba de sopetón—. Feliz cumpleaños.

Empecé a abrirla delante de él. No podía esperar. Él me observó, me miraba por encima del hombro en vez de comerse el hot dog.

Me había comprado un collar, una margarita esmaltada con el centro amarillo y los pétalos blancos. Era la cosa más bonita que había visto en mi vida. Casi no consigo ponérmelo de lo mucho que me temblaban las manos. Mamá tuvo que ayudarme con el broche.

Reeve parecía nervioso.

—¿Te gusta?

—Me encanta —aseguré.

A pesar de todo lo que aconteció más adelante, aquel día se portó muy bien conmigo. Cuando más lo necesitaba, Reeve fue mi amigo.

El collar sigue brillando, no está opaco a pesar del paso de los años. Por triste que sea, volver a llevarlo hace que me sienta feliz. Tanto como cuando Reeve me lo regaló en mi duodécimo cumpleaños, hace ya tanto tiempo.

34
Lillia

Rennie y yo nos estamos preparando para el baile en mi casa. Es una tradición que tenemos. Mi madre siempre deja que nos adueñemos de su habitación. Cuando diseñó la casa, se aseguró de tener un baño enorme y un vestidor con un espejo triple. También contrató a un electricista para que instalara un montón de luces diferentes: de día, de oficina, de noche... Así podemos hacer que tanto el peinado como el maquillaje nos queden perfectos.

Mi madre tiene montones de ropa increíble: de Chanel, Dior y Halston *vintage*. Vestidos largos de fiesta con los hombros al descubierto, blusas de seda que se atan en el cuello, trajes de *tweed*... Está claro que no son prendas que llevaría a la escuela, pero dice que va a poner un candado en la puerta en cuanto cumpla los veinte.

El ambiente está muy cargado por culpa de las secadoras y las tenazas, que se están calentando, así que abro la puerta corrediza que da al balcón. Mi madre y la señora Holtz se están tomando una copa de vino blanco en el patio mientras contemplan el cielo teñirse de rosa, ya que el sol se está poniendo sobre el agua. La madre de Rennie enciende un cigarro. No tenemos ceniceros, así que mi madre le dice que use un portavelas de cristal que importó de Italia. Se llevan bastante bien, pero no diría que son amigas.

—¡Lillia! —grita Nadia desde el baño—. Porfa, porfa, ¿puedes maquillarme los ojos?

Mi hermana está nerviosa porque tiene una cita con un chico de décimo que se llama James Melnic. Es bajito, pero parece bastante simpático. Le pregunté a Alex, porque lo conoce del futbol, y me dijo que es buen chico. Aun así, los voy a vigilar de cerca.

Le pido a Nadia que se siente. Entonces, le maquillo los ojos igual que a mí, con delineador negro, solo que un poco más fino porque aún va en noveno. También le aplico una sombra de ojos lila, porque su vestido es de un color morado claro, casi plateado. Parece que está hecho con un único listón y se le ciñe al cuerpo como si fuera una venda.

—¿Qué hay del labial? —pregunta Nadia cuando le pongo rubor.

—Confórmate con brillo —contesto. Se molesta—. Pintarte los labios es demasiado —explico con irritación.

Me mira la cara.

—¿Y tú?

Me compré uno rosa claro, especial para el vestido.

—Es demasiado —insisto.

—¡Lil tiene razón, Nadia! —grita Rennie desde el vestidor—. No querrás parecer una cualquiera.

—Está bien. —Mi hermana suspira y, aunque no está del todo convencida, se va a su habitación.

Me miro el peinado por última vez. Me puse el fleco de lado y me recogí el cabello en un chongo bajo a un costado de la cabeza. Noto algunos mechones sueltos, así que me pongo unos cuantos pasadores más y lo sello todo con spray. Un toque de labial, rubor y delineador negro. Es simple pero femenino, para que resalte el color oscuro de mi vestido y combine con los tacones rosa palo muy claro que me compré. Me los he estado poniendo para estar en casa con calcetines gruesos con la esperanza de ablandarlos un poco.

Rennie no puede estar quieta delante del espejo. Está preciosa con su vestido de lentejuelas, que combinó con un brazalete brillante que le prestó mi madre y unos labios de color rojo intenso. Sin embargo, todavía no se ha peinado. No deja de recogérselo en la parte más alta de la cabeza para soltarlo después y que le caiga por los hombros.

—Ren, será mejor que nos vayamos —informo.

Hemos quedado de vernos en casa de Ashlin para sacarnos unas fotos.

—Demonios —se queja—. No sé si dejármelo suelto o recogérmelo. —Está nerviosa y le han salido ronchas. Levanta los brazos y se da aire en las axilas—. Ayúdame, Lil. ¿Qué crees que le gustará más a Reeve?

—Ven aquí.

Rennie se deja caer sobre una de las sillas mullidas de mi madre. Me coloco detrás de ella y le rizo las puntas de la melena con la tenaza gruesa. Quiero preguntarle por Reeve, lo que hicieron o dejaron de hacer después de que me fuera de casa de Ash, pero no lo hago. Le aparto el cabello de la cara con unos pasadores.

—Preciosa.

Rennie se levanta para mirarse al espejo. Yo estoy detrás de ella, contemplándola también. Creo que le queda genial con el vestido, le da un toque delicado que contrarresta el brillo y la ostentación. Durante un instante, me da miedo que no le guste cómo la peiné. Pero, entonces, me doy cuenta de que ni siquiera se está mirando. Me está mirando a mí, a mi reflejo detrás del suyo.

—¿Lil? —me dice mientras se da la vuelta para mirarme.

—¿Qué? —pregunto nerviosa.

Rennie me da un abrazo fortísimo. Después, se separa y me mira a la cara.

—Mi vida habría sido diferente si no nos hubiéramos hecho amigas —declara con los ojos brillantes por las lágrimas.

—Ren —digo, y apenas puedo tragar porque sé lo que le va a pasar esta noche. Me convenzo de que será mejor persona después. Igual que Alex. Todos saldremos de esta y seremos mejores.

Suena el timbre. Nadia me grita para que baje. Rennie y yo agarramos los tacones y las bolsas de fiesta para ir a ver qué pasa. Mi hermana está aceptando una caja blanca de manos de un repartidor mientras mi madre firma un papel.

—Mmm —murmura esta, y después se da la vuelta para dedicarle una sonrisa llena de secretismo a la señora Holtz—. ¿Qué será?

Ella le devuelve la sonrisa, aunque no le llega a los ojos.

Abro la tarjeta que hay en el sobrecito blanco.

«Para mis dos chicas, que se la pasen bien esta noche. Con amor, papi».

Nadia abre la caja a jalones. En cuanto hay un regalo de por medio se convierte en un animal.

—¡Papi nos envió ramilletes! —grita mientras se coloca el suyo en la muñeca. Es una orquídea morada que combina a la perfección con su vestido.

Rennie me mira por encima del hombro cuando saco mi ramillete de la caja y me lo pongo. La mía es de un color rosa apagado.

—Qué bonita, Lil —declara en voz baja. Sé que me tiene envidia.

Cuando me doy la vuelta, veo a Nadia abriendo mi bolsa. Me lanzo sobre ella.

—¡No hurgues en mi bolsa! —vocifero.

A mi hermana se le desencaja la mandíbula. Se la arranco de las manos.

—¡Dije que NADA DE LABIAL!

Me tiemblan las manos.

Nadia retrocede.

—Lo siento...

Rennie me mira extrañada.

—No es para tanto, Lil.

Mi madre nos toma una foto a Nadia y a mí con los ramilletes puestos y se la envía a mi padre. Entonces, la cita de mi hermana viene para llevarla a casa de su amiga. Él también le trajo un ramillete, así que ahora luce uno en cada muñeca. Mi madre los obliga a posar juntos en las escaleras, cómo no. Nadia entrelaza el brazo con el de su pareja y sonríe. Como lleva tacones, son de la misma altura.

Después de que se van, mi madre y la señora Holtz nos acompañan a casa de Ashlin en nuestro coche. La limusina que rentamos ya está allí estacionada.

PJ, Reeve y Alex están ahí parados, muy incómodos, y se van pasando la cantimplora de PJ, llena de vodka. Todos van de traje. Creo que el de Reeve es el mismo que se puso para el baile de gala del año pasado. Lo sé porque es de color gris carbón y porque el saco le aprieta de los hombros. PJ lleva unos lentes de sol de plástico que según él son increíbles, solo que los compró en una tienda de artículos de playa por cinco dólares con noventa y nueve centavos. Alex es el único que parece cómodo con su traje. Es bonito: el saco es negro, la corbata, gris, y boleó los zapatos hace poco. Él asiste a un montón de galas con su familia. Lo sé porque su madre siempre intenta que mi madre la acompañe.

La madre de Reeve está colocándole el ramillete a Rennie. Es una rosa de color rosa intenso con gipsófilas. A Rennie casi le da un ataque cuando se la entregó. Dio un saltito y le plantó un beso en la mejilla. Tampoco es que haya sido cosa suya. No me cabe duda de que lo eligió su madre.

Ashlin está preciosa. Su vestido es corto, de corte imperio y una falda con vuelo elaborada con volantes de seda color crema, el cual hace que resalte su bronceado. Lleva el cabello en un moño desenfadado y algunos mechones con trencitas. Sus tacones son de tiras color dorado claro.

Va a ser la reina del baile perfecta. Solo espero que Reeve no le arruine el momento. Kat dijo que con un par de gotas bastará, pero quizá me conforme con solo una. No quiero que le vomite encima ni nada.

La madre de Ashlin nos pide que nos coloquemos en los escalones de la entrada de su casa. Cuando nos estamos poniendo en fila, de repente veo que estoy al lado de Reeve. Él me mira durante un instante, después se aleja y se coloca en la otra punta del grupo y le pasa un brazo por los hombros a Rennie. El resto se mueve para hacerles espacio.

Nos sacamos unas cuantas fotos así. Entonces, Rennie grita:

—¡Ahora de parejitas!

Yo me bajo de los escalones y ella y Reeve se acurrucan. Él le rodea la cintura con los brazos. Ella echa la cabeza hacia atrás para reírse de algo que le susurró en el oído.

La señora Lind aparece con la cámara.

—¡Lillia! Ponte al lado de Alex.

Me doy la vuelta y él se sonroja.

—No vamos juntos, mamá —informa.

Ella levanta la cámara y se la pone delante de la cara.

—Ya lo sé, pero es que están guapísimos. ¿Verdad que sí, Grace?

Mi madre asiente como si nos diera la aprobación.

—Mándame una copia, Celeste.

—Pues claro —afirma mientras nos hace un gesto con la mano para que nos acerquemos el uno al otro.

Alex se pone a mi lado y sonreímos para la cámara.

—Más cerca —insta la señora Lind—. Rodéala con el brazo, Alex.

Él suspira y obedece.

—Vamos, mamá, que tenemos que irnos —se queja.

Se puso loción. No suele hacerlo. Huele bien, como a lavanda y a bosque.

La señora Lind se pone a sacar fotos sin parar. Siento que se me quiebra la sonrisa. Ojalá estuviéramos ya en la fiesta para acabar con mi parte.

35
Kat

Estoy apartada de todos, cerca de las mesas y las sillas, mientras observo cómo Lillia llena dos copas de ponche. Rebusca en su bolsa de fiesta negro, se retoca el labial y, de forma muy casual, como si nada, vuelca el vial en una de las copas. Lo hace de forma tan rápida y disimulada que, si no la hubiera estado vigilando como un halcón, no lo habría visto.

Lillia vuelve a su mesa y finge buscar a Rennie, que está en el baño.

—¿Dónde está tu chica? —le pregunta a Reeve, que está sentado solo—. Me pidió que te traiga ponche.

Parece como si lo hubiera tomado desprevenido.

—Rennie no es mi chica.

—Pues ella cree que sí. No deberías jugar así con los sentimientos de la gente.

—Mira quién habla. —Sé que Reeve se está comiendo a Lillia con los ojos, porque no deja de apartar la vista para echarle miradas furtivas—. Rennie es mi amiga. Y ya.

—Alex y PJ son tus amigos. ¿También te besuqueas con ellos?

Lleva las dos copas en las manos y se puso la bolsa debajo

del brazo para sujetarla. El plan era que le ofreciera el ponche y punto. No sé por qué sigue hablando con él.

—¡Estábamos jugando a la botella!

—No hablaba del día de la botella. Ni de aquella noche en el Bow Tie. Me refería a lo de anoche.

—¿Por qué te importa tanto? —pregunta con una sonrisa arrogante.

—Porque es mi mejor amiga —responde ella automáticamente.

Ojalá me mirara, así le haría una señal para que acabara con esto cuanto antes. Esta conversación está durando demasiado, tanto que empiezo a preguntarme si va a rajarse. Odio admitirlo, pero una parte de mí se sentiría aliviada. Una muy chiquitita. Conozco a Reeve desde hace tanto tiempo como todos. Hasta el último vecino de Jar Island sabe que lo que más quiere en esta vida es una beca de futbol. Y las ganas que tiene de largarse de esta isla. Casi tantas como yo, diría.

Me sorprendo aguantando el aliento mientras espero a ver qué hace Lillia. Al otro lado de la estancia, veo a Mary entrar por las puertas. Está preciosa con su vestido largo de color rosa y la melena rubia suelta y ondulada.

Supongo que Lillia la atisba a la vez que yo, porque por fin le entrega la copa a Reeve.

—Brindemos. Buena suerte con la elección a rey del baile.

Reeve parece sorprendido, hasta diría que deleitado. Acepta la copa, brinda con Lillia y se la bebe de un solo trago.

—Buena suerte a ti también, Cho —dice mientras se humedece los labios.

Me doy la vuelta con la esperanza de que Mary lo haya visto. Me guiña un ojo.

Lillia no le contesta. Se limita a darle otro sorbo a su bebida con aspecto de estar nerviosa.

Ahora que ya tenemos eso solucionado, salgo del multideportivo y voy al baño de las chicas a mear. Ya me tomé unas tres copas de ponche.

Entro y me topo con Rennie, que está frente al espejo ataviada con un vestido de lentejuelas ridículo que apenas le tapa el trasero. Se está admirando, hace pucheros y abre mucho los ojos. Conozco bien esa cara. Se la he visto poner miles de veces. Durante unos segundos, me invade la nostalgia y, de repente, estamos otra vez en mi habitación, mezclando brillos de labios para dar con el rojo perfecto e intentando averiguar cómo depilarnos las cejas.

De repente, su mirada se centra en mi reflejo y el momento se disipa.

—Uf, qué fuerte —dice—. No puedo creer que hayas venido. Sola.

—Bueno, es el último año —explico.

Y listo, no añado nada más.

Ella me lanza una mirada confusa antes de irse. ¿Acaso esperaba otra pelea? ¿Uno de mis comentarios raros, quizá? No te preocupes, Rennie. Ya viene. Te vas a dar el golpe del siglo, zorra.

Me sirvo más ponche porque está riquísimo. De repente, noto una mano en el hombro. Me doy la vuelta pensando que es Mary, pero no. Es Alex, vestido con un traje negro. He de admitir que se ve muy guapo.

—Hola —saludo.

Alex finge sorpresa.

—¿Te acuerdas de mí? ¿De Alex Lind? ¿Del chico al que no le has vuelto a hablar desde que empezaron las clases?

No puedo evitar que se me escape una sonrisa.

—He estado ocupada.

Él se ríe.

—Me sorprende un poco verte aquí.

—¿Cómo me iba a perder el baile? Es la noche más importante de nuestras vidas —comento con aire burlón.

Sí, me burlo, pero en realidad me abruman los sentimientos. He extrañado a Alex, más de lo que estoy dispuesta a admitir. Y me siento genial al hablar con él otra vez, como en los viejos tiempos.

Él sonríe.

—Te ves guapa, Kat.

—Ya lo sé —contesto, y le dedico una sonrisa para sonar menos creída.

Llevo un vestido negro elástico y ajustado combinado con unos botines del mismo color, además de un montón de maquillaje. Cuando mi padre me vio salir por la puerta se puso en plan: «Katherine, ¿te vas a un bar de motociclistas o qué?». Como si hubiera bares de motociclistas en Jar Island.

—¿Y yo qué? —me pregunta Alex. Lo dice en plan de broma, pero sé que en realidad le importa lo que piense—. ¿Cómo me veo?

—Nada mal —respondo. Cuando se le borra la sonrisa de la mirada, rectifico—: Te ves muy guapo.

Se pone serio.

—Kat, solo quiero que sepas que por mi parte no hay ningún mal rollo entre nosotros.

¿Qué?

Se pasa la mano por la nuca.

—Me lo pasé genial contigo este verano, y aquella noche en el barco. Pero lo entiendo. Para ti no fue nada. Seguramente nuestro destino no era estar juntos, ¿no?

—Claro.

Estoy como hipnotizada. La única razón por la que dejé de ver a Alex es porque creía que le gustaba Nadia. Mi orgullo...

no podía soportarlo. Ahora que sé que ese no era el caso, que nunca estuvieron juntos, quizá sí podría haber pasado algo entre nosotros.

Alex vuelve a su mesa, donde están Lillia y el resto de sus amigos. Noto un pinchazo en el estómago. Me digo que es hambre.

Mary se me acerca. No me mira a los ojos, se limita a observar fijamente la comida.

—Come un Dorito, Mary —le digo en voz baja—. O un cupcake.

Ella levanta la cabeza de golpe.

—Estoy demasiado nerviosa, no puedo comer. —Veo que escudriña la estancia en busca de Reeve—. ¿No debería empezar a afectarle?

La examino: las muñecas delgadas, la marca de la clavícula por debajo del vestido... Ahora le encuentro sentido a que no coma. Esto también debe de ser culpa de Reeve. Que se jodan él y su beca deportiva.

—No te preocupes —la tranquilizo mientras me tapo la boca con una papa frita para que nadie nos vea hablando—. Seguro que está a punto de hacerle efecto. Lo único que queda por hacer es sentarnos a disfrutar del espectáculo.

Mary asiente e intenta sonreír.

—Voy a extrañar nuestras reuniones secretas a medianoche.

—¿Estás bromeando? Si luego siempre me quedo dormida a primera hora. No puedo permitir que mi promedio baje ni una décima más.

Sobre todo si quiero entrar en Oberlin.

—Solo espero que podamos seguir siendo amigas. —Mary parpadea con rapidez—. Ustedes son lo único que tengo aquí.

Dudo. No sé cómo contestarle, porque ni siquiera yo estoy

segura. Sí, ahora Lillia y yo nos llevamos bien, pero tampoco es que vaya a aparecer mañana con el collar de la amistad puesto. Sin embargo, Mary me contempla con ojos llenos de súplica y no quiero decepcionarla.

—No te preocupes por eso ahora. Vamos a disfrutar del espectáculo, ¿de acuerdo? Es tu momento. —Tengo que hablar más alto de lo que me gustaría a causa de los aplausos. Me pongo de puntitas y miro la pista de baile. Se está formando un círculo. Le sonrío—. Sígueme.

La guío hasta el centro del multideportivo, justo al borde de la multitud que se formó alrededor de Reeve. Todo el mundo está aplaudiendo y dejándole la pista libre. Está muy rojo y tiene la camisa empapada de sudor, se desabrochó los botones de arriba y se aflojó la corbata. Está dándolo todo, saltando como un idiota. No sé si es por el éxtasis o por su propia personalidad.

Mary y yo intercambiamos una mirada.

Me queda claro que es por el éxtasis cuando empieza a bailar *break dance*. Le sale horrible. Me echo a reír. Me río todavía más cuando veo que Rennie intenta acercarse a él con un baile sensual, pero no le funciona porque Reeve se mueve como un loco y de forma errática. Hay un momento en el que está a punto de darle un puñetazo en toda la cara. Rennie lo jala de la corbata para acercarlo a ella, pero, entonces, él se la quita y se la ata en la cabeza. La prenda se sacude de un lado a otro mientras Reeve se aparta de Rennie entre bailoteos y agarra a la señora Dumfee, la profesora de Química, que tendrá unos cien años. Ella intenta protestar, pero él le coloca los brazos en su cuello y empieza a saltar. Y la vieja le sigue el juego. Seguramente no ha tenido tanta acción desde hace unos treinta años.

El DJ empieza a lanzar boas de plumas, pelotas de playa y cursilerías por el estilo a la pista. Reeve sube corriendo a la consola, toma un par de maracas y empieza a galopar por la pista de baile como un poni mientras las sacude por encima de la cabeza. En serio, las está meneando con tanta fuerza que tengo el presentimiento de que se van a partir y las bolitas acabarán esparcidas por todo el suelo.

Alex, PJ y demás están muriéndose de la risa. Pero, cuando le echo un vistazo a Mary, me doy cuenta de que parece disgustada.

—Está quedando en ridículo —dice con voz triste.

No sé por qué, pero siento que hay algo que pasé por alto.

—¿Cuándo se van a enterar de lo que está pasando? Igual deberías ir a avisar al señor Tremont.

No obstante, en ese momento la música para en seco y se encienden las luces. La entrenadora Christy sube al escenario ataviada con un vestido rojo. Es muy raro verla engalanada. Normalmente lleva *shorts* deportivos y una visera.

—¿Puede subir al escenario la corte de bienvenida de Jar Island, por favor? —pide por el micrófono.

Ellos se colocan en fila detrás de ella. Rennie se agarra a Reeve como si no pudiera aguantar de pie con esos tacones de estríper de doce centímetros. Y por esa sonrisa felina, sé que se piensa que el título es suyo. Le quita a Reeve la corbata de la cabeza, se la vuelve a poner alrededor del cuello y la alisa. Cómo no, quiere que estén perfectos para la coronación.

Me pongo recta. Este es mi momento. Más me vale disfrutarlo.

La entrenadora Christy presenta a todos los que están en el escenario y, después, abre el sobre color crema que lleva en la mano con una floritura.

—Y el rey del baile de bienvenida de Jar Island es... ¡Reeve Tabatsky!

Todo el mundo grita, aplaude y da pisotones en el suelo como si esto los tomara por sorpresa. La entrenadora Christy le pone la corona en la cabeza y él sobreactúa, empieza a bailar y a mover las manos como si estuviera sujetando bastoncitos luminosos en un rave. Le da un abrazo tan fuerte a la entrenadora que la levanta por los aires. Ella se lo quita de encima, se alisa el vestido y tiene aspecto de estar sorprendida.

—Y la reina del baile es... ¡Lillia Cho! —añade rápidamente.

Mierda.

No quiero ni mirar a Mary, sobre todo porque le dije que lo tenía todo controlado y que me había asegurado de que Ashlin tuviera suficientes votos para ganar. En realidad, ni se me pasó por la cabeza contar los votos de Lillia. Es cierto que vi un montón, pero como dijo que no iba a suponer una amenaza, no me preocupé en absoluto. Demonios.

Quizá todo salga bien. Rennie perdió y Reeve está hasta el gorro. Quizá aún funcione.

En el escenario, Rennie tiene la mandíbula desencajada. Ni siquiera está enojada, solo confundida. Como si estuviera segura de que hay un error. Y la pobre Lillia mira al público como un cervatillo asustado cuando la entrenadora le pone la corona en la cabeza.

Reeve sale corriendo hacia ella, la agarra y prácticamente la lanza por los aires.

—Mierda —digo.

36
Lillia

No tenía que ser yo. Esto no es lo que habíamos planeado.

Ashlin aplaude. No parece decepcionada, seguramente porque no se le había pasado por la cabeza que fuera a ganar. Rennie está a su lado y tiene una expresión vacía en el rostro, y triste. Nadia corre hasta el borde del escenario y da saltitos mientras me anima y grita mi nombre. Yo levanto el brazo para tocar la tiara que llevo en la cabeza con una mano temblorosa.

De la nada, Reeve me carga, me levanta y empieza a hacerme girar como si fuéramos patinadores sobre hielo. Lo empujo para apartarlo mientras le grito que me baje, pero la gente aplaude y grita tan fuerte que creo que ni siquiera me oye.

El resto de la corte baja del escenario, Rennie al último, y me quedo sola aquí arriba con Reeve. Busco a Kat o a Mary entre la multitud para intentar entender qué demonios está pasando, pero alguien baja las luces y la música empieza a sonar. Una canción lenta.

Reeve me pega a su cuerpo. Yo intento apartarlo, que haya algo de distancia entre nosotros, pero solo consigo que me abrace más fuerte. Levanto la mirada para mirarlo, tiene las pupilas totalmente dilatadas y está sudando.

—Voté por ti —me informa.

Creo que lo escuché mal, porque no habla como siempre. Su voz suena lejana, como si estuviera soñando.

—¿Por qué eres tan mala conmigo, Cho?

—No soy mala —respondo.

Alarga la mano y me toca el cabello, pero yo aparto la cabeza con brusquedad.

—Tienes el cabello muy suave. Muy pero muy suave. Joder. Creo que no debería decir eso.

Reeve me hace girar de forma que vuelvo a estar mirando al público y me percato de que Alex nos observa desde abajo. Tiene la mandíbula apretada y no aparta los ojos de nosotros.

Reeve no deja de hacerme girar y girar en círculos, cada vez más y más deprisa. Por fin veo a Mary entre la multitud. Se está mordiendo el labio y abrazándose a sí misma.

—El corazón me late a mil por hora —dice Reeve jadeando. En su voz ya no hay ni rastro de diversión, la ha reemplazado algo más grave; suena fatigado, por mucho que esté sonriendo.

Es verdad que el corazón le late muy rápido, tanto que casi puedo oírlo. Casi lo noto a través del saco del traje.

Me aparto. Reeve tiene los ojos llorosos y desenfocados. Me está dando miedo. Creo que ni siquiera sabe dónde está, y mucho menos con quién. Me está apretando tanto que me cuesta respirar. Estoy mareada. Esta vez me voy a desmayar de verdad.

—Te veo borrosa —murmura Reeve mientras me toca la cara sin pensar.

—Reeve —le digo—. Para.

—Hace un momento... me preguntaste por Ren. Ahora me toca a mí preguntarte algo. ¿Qué hay entre Lindy y tú? ¿Qué son?

—Somos amigos —contesto, y me obligo a tragar saliva—. Solo eso.

Espero que me haga algún comentario cruel, como siempre que sale este tema. Pero esta vez todo es diferente. Me levanta la barbilla con los dedos temblorosos. Y me besa. Con la boca abierta, húmeda y caliente. Intento quitármelo de encima, pero me coloca la mano en la nuca y me empuja hacia él.

Solo puedo pensar en Rennie.

Va a matarme.

Lo empujo con todas mis fuerzas para que me suelte. Trastabilla unos cuantos pasos, pierde el equilibrio y me da miedo que se caiga del escenario. El DJ baja el volumen y todo el mundo se queda en silencio. Reeve sacude la cabeza, como si intentara volver a sus cabales. Empieza a caminar hacia mí de nuevo, pero parece que los brazos y las piernas no le hacen caso a su cerebro.

—No —gimotea. Se da la vuelta para mirar al público como si estuviera buscando a alguien y se acerca al borde del escenario—. Lo siento —dice mientras se cubre los ojos para protegerlos de los focos—. Lo siento, Alex.

De repente, se le tensa todo el cuerpo y desaparece el color de su cara. Susurra algo.

—Big Easy.

37
Mary

Big Easy. Big Easy. Big Easy. No importa lo guapa que me vea esta noche. Puedes maquillar a un cerdo, pero seguirá siendo un cerdo. Soy Big Easy.

Y lo seré para siempre.

Sigo llevando el vestido del baile, me lo veo puesto, pero lo noto diferente. Como unos pantalones de mezclilla empapados y una camiseta sucia y llena de arena. Me froto las manos, los brazos. Parecen normales, pero noto la piel tensa y estirada como si, por dentro, estuviera hinchándome hasta llegar al peso que tenía a los doce años.

De repente, toda la electricidad del multideportivo viene a mí, como si se encendiera un cerillo dentro de cientos de ríos de gasolina. Cualquiera que me tocara se quemaría vivo. El zumbido de las corrientes chispeantes ahoga los susurros. Las luces, las extensiones eléctricas que llegan hasta la consola del DJ, los latidos de los corazones de la gente que me rodea... Todo viene a mí. Soy magnética. Me aparto el cabello de la cara con manos temblorosas. Es como si cada mechón irradiara energía pura.

Me está mirando fijamente, estupefacto, incrédulo. Asqueado. Cierro los ojos, pero hay demasiada luz. En mi interior solo hay un blanco cegador. No tiene otro lugar al que ir, debe salir.

Cuando abro los ojos, estalla una chispa terrorífica.

38

Lillia

Todos los focos del multideportivo estallan a la vez y, durante un instante, nos sumimos en la oscuridad. Entonces, empiezan a caer esquirlas de cristal del techo y a saltar unas chispas amarillas que parecen un espectáculo de fuegos artificiales. Las bocinas del DJ rechinan por las interferencias. Todo el mundo grita y se echa a correr para refugiarse. El recinto está haciendo cortocircuito.

—¡Lillia! —Es Alex, que se abre paso entre la muchedumbre hasta llegar al borde del escenario. Está intentando alcanzarme.

Casi he llegado a las escaleras cuando me acuerdo de Reeve. Está de pie en el borde del escenario con la mirada perdida. Le tiembla todo el cuerpo.

Corro hacia él.

—¡Vamos! ¡Tenemos que salir de aquí!

Lo agarro por las solapas del saco e intento moverlo, pero, aunque estoy justo delante de su cara, no me ve. Está en otra parte. Lo sé porque tiene la mirada apagada. Desenfocada. Se sacude para librarse de mí.

Entonces me doy cuenta. Está convulsionando.

Cada vez se agita con más fuerza, con tal violencia que no puedo aferrarme a él.

—¡Para! —grito mientras me postro de rodillas.

Reeve cae del escenario, se estampa contra el suelo y se desploma como un bulto. Está tirado como un trapo con la pierna doblada de forma espantosa debajo de su cuerpo. No se mueve ni un centímetro. Ni siquiera parpadea.

Alguien grita más fuerte que cualquier otra voz, que cualquier otro sonido. Tan alto que es lo único que oigo.

39
Kat

Al principio, ni siquiera distingo lo que es. Ese sonido... es tan intenso y estridente que tengo que taparme los oídos. Aun así, lo oigo. Tan alto que parece que se haya quedado atrapado dentro de mis oídos para siempre.

Entonces me doy cuenta. Es Mary. Nuestra callada y tímida Mary está gritando con tal ímpetu que duele oírlo. Giro sobre mí misma para intentar encontrarla, pero está muy oscuro y hay demasiada gente.

Es un caos. Las chicas chillan, los chicos vociferan y los profesores nos suplican que nos calmemos y que vayamos a la salida más cercana. Yo respiro con dificultad, intento abrirme paso entre el gentío, doy codazos para llegar a la puerta mientras los trozos de cristal crujen bajo mis botas. Todo el multideportivo huele a quemado y está cayendo una lluvia de chispas de los focos rotos.

Me doy la vuelta justo antes de llegar a la puerta y veo a Lillia arrodillada junto al escenario y mirando al suelo.

—¡Que alguien llame a una ambulancia! —grita una y otra vez.

Por fin, llego al exterior y tomo una gran bocanada de aire. Es frío y afilado. Los que salieron antes que yo están abrazándose y llamando por teléfono. El sonido de la sirena de una ambulancia se acerca cada vez más.

Entonces me doy cuenta de que me arde la frente, justo en el nacimiento del cabello. Me toco con cautela y la noto húmeda y caliente. Tengo las yemas de los dedos rojas. Es por las esquirlas de cristal que caían del techo. No es solo Reeve. Podría haber otras personas heridas. Y de gravedad.

Lillia parecía estar bien, pero no he visto a Mary. Se me corta la respiración cuando me percato de que podría estar encerrada dentro del multideportivo.

Mierda.

—¡Mary! —le llamo mientras intento volver corriendo al interior—. ¡Mary!

El señor Tremont alarga un brazo para detenerme.

—No puedes volver a entrar, Kat.

—Pero ¡tengo que sacar a mi amiga!

Me da la espalda para dirigir el tráfico de gente, les pide a los alumnos que sigan caminando y se aparten del edificio. A unos pocos metros de distancia, la entrenadora Christy cojea mientras comprueba qué estudiantes están heridos.

La ambulancia llega con las luces y las sirenas encendidas. Los paramédicos entran a toda prisa y, unos minutos más tarde, sacan a Reeve en una camilla.

No veo que se mueva.

Hay chicas llorando, chicas que apenas lo conocen. Pero yo sí lo conozco. Sé que es alérgico a los mariscos y que tiene una cicatriz en el hombro izquierdo de la vez que su hermano lo empujó y se cayó de la casa del árbol. Sé que lloró durante toda una semana cuando atropellaron a su gato. Lo conozco y soy la que le hizo esto. Yo soy la que puso el plan en marcha.

Rennie se abre paso a empujones. Está histérica. Intenta subirse a la ambulancia con él, pero los técnicos no se lo permiten. Se desploma en la banqueta y se hace bola, no deja de llorar.

Reeve ha sufrido una mala caída.

No quiero ni pensarlo. No voy a hacerlo, porque es imposible. Solo le hemos dado un poco de éxtasis, nada más. Es lo que se toma la gente para salir de fiesta, carajo. ¿Qué demonios le pasó? ¿Qué ocurrió ahí dentro?

No tengo ni idea de dónde están Mary ni Lillia, ni de si debería esperarlas. Entonces veo a Lillia. Alex la lleva de la mano. Tienen los dedos entrelazados con fuerza.

Parpadeo.

Ella lo suelta en cuanto ve a Rennie en el suelo. Sale corriendo y la ayuda a levantarse. Las dos se abrazan y se ponen a llorar. Alex está hablando por teléfono.

La ambulancia arranca con las sirenas a todo volumen. Algunas personas se reúnen en grupos, pero los jugadores de futbol se ponen en marcha. Suben corriendo a sus coches y salen en caravana del estacionamiento.

Una limusina aparece a toda velocidad por la curva. Alex habla con el conductor, que saca la cabeza por la ventanilla. Después, les hace un gesto a las chicas y ellas se le acercan corriendo. Ashlin también está con ellas, de la mano de Nadia. Todos se suben y la limusina se va como una exhalación.

Me doy la vuelta y veo a Mary. Atraviesa las puertas a tropezones, tan blanca como el papel.

—¡Mary! —grito. Gira la cabeza, pero no me ve—. ¡Mary!

40
Mary

Todo me da vueltas. Es como si estuviera en un carrusel que gira a toda velocidad. Hay demasiadas personas, demasiado ruido. Hay mucha electricidad estática. Camino, me muevo sin propósito ni dirección, me limito a seguir a la marabunta. Siento que estoy sumida en un trance. Tengo que parar y apoyarme en alguna superficie para estabilizarme.

Pero entonces veo a Kat y, de repente, todo se para de golpe.

Contemplo la sangre que le chorrea por un lado de la cara. A ella también le hice daño.

—¿Estás bien, Mary?

Me pongo a temblar.

Solo puedes atribuir los acontecimientos a coincidencias un cierto número de veces antes de tener que enfrentarte a la verdad. Aquel día no fue el viento lo que provocó que los casilleros se cerraran de golpe. No fue un paso en falso lo que hizo que Rennie casi se cayera de la pirámide. Y, esta noche, lo del estallido de los focos y la subida de tensión...

Fui yo.

—Larguémonos de aquí —me insta Kat con urgencia.

Va a agarrarme del brazo, pero yo retrocedo. No. No

pienso irme, no me voy a ninguna parte sin saber si Reeve está bien. Kat está perdiendo la paciencia, lo noto.

—Mary. Tenemos que irnos. ¡YA!

—Esto es culpa mía, Kat. Lo hice yo.

—No digas tonterías. Fue un accidente. Reeve seguramente tuvo una reacción alérgica o algo así.

Aprieto los labios y contengo las lágrimas.

—Estás sangrando. Te hice daño.

Niega con la cabeza con incredulidad.

—Pero ¿qué dices? Fue una subida de tensión. O algo. No sé qué. Por favor, te lo suplico, vámonos de aquí, ¿de acuerdo? Tenemos que pasar desapercibidas y ponernos en contacto con Lillia.

—Yo no pretendía hacerle daño.

En cuanto las palabras salen de mi boca, también brotan las lágrimas. Lloro como si se me estuviera partiendo el corazón, porque así es.

—¿Está muerto? —pregunto, y se me quiebra la voz—. ¿Lo está?

Kat no me contesta, caigo de rodillas y apoyo la cabeza en las manos.

Puede que Reeve se muera.

Y eso hace que yo también quiera morirme.

41

Lillia

La sala de espera del hospital está abarrotada, creo que vinieron todos los que estaban en el baile. Los chicos están sentados en el suelo o apoyados en las paredes, mientras que las chicas se sientan en las sillas. Yo estoy en un sofá, entre Rennie y Alex. Ella tiene la cabeza apoyada en el hombro de Ash y por fin dejó de llorar. Yo también quiero llorar, pero no puedo. No tengo derecho. Soy responsable de lo que pasó. Yo soy la que le puse éxtasis en la bebida.

Cuando llegaron los padres de Reeve, ni siquiera podía mirarlos a la cara.

—La señora Tabatsky está llorando —me susurró Ash.

Yo mantuve la cabeza baja y miré fijamente al suelo. La madre de Reeve había venido en chanclas. Rennie se levantó de un salto, le tendió unos pañuelos que llevaba en el bolso y se dieron un abrazo muy largo.

A mi lado, Alex me habla en voz baja:

—Se va a poner bien.

Eso no me sirve de consuelo. Porque Alex no lo sabe, ni él ni nadie. Dicen que está estable, pero le están haciendo pruebas en el cerebro y en el corazón para descubrir qué es lo que causó las convulsiones. Además, se rompió la pierna. Todavía no saben si la caída le causó daños permanentes en la columna. Reeve. El *quarterback*. Al que le encanta bailar, hacerse el tonto y nadar... ¿No va a poder volver a caminar? Es inconcebible.

Estoy rezando con todas mis fuerzas para que los médicos no le hagan un test de drogas. Sé que ese era el objetivo, conseguir que lo echaran del equipo. Pero ¿y si abren una investigación? ¿Y si, de alguna manera, descubren que Kat, Mary y yo somos las responsables? ¿Qué nos pasará? Ojalá estuvieran aquí.

Cuando Alex se levanta para llevarles café a los Tabatsky, Rennie se sienta muy recta.

—Lil, ¿qué te dijo Reeve en el escenario?

—¿Cuándo? —pregunto sin mirarla a los ojos.

—Justo antes de besarte —espeta sin emoción alguna en la voz.

Noto que se me encienden las mejillas.

—Nada. No lo sé. Lo que decía no tenía ningún sentido.

—A mí me pareció que le devolviste el beso.

—¡No, para nada! ¡Si prácticamente me atacó! —Bajo la voz—. Él no sabía lo que estaba haciendo, Ren. Seguramente bebió mucho más que nosotros.

Rennie asiente.

—Es verdad, sí parecía no estar en su sano juicio. —Se muerde la uña—. Pero sabes lo que siento por él.

—Te lo juro, Rennie, no le devolví el beso. No sé qué más quieres que te diga.

Ella se muerde el labio y asiente. Unas cuantas lágrimas le corren por las mejillas. Se las seca y después va a sentarse con los hermanos de Reeve. Yo me levanto y me acerco a la máquina de refrescos. Quiero encender el celular para asegurarme de que Kat y Mary están bien, pero en el hospital está prohibido utilizarlo. Supongo que tendré que esperar hasta que pueda escaparme.

¿Qué vamos a hacer ahora?

42
Kat

Estamos sentadas en el muelle, justo al lado de mi barco. Mary está callada. No ha pronunciado palabra desde que conseguí que se metiera en mi coche. Se pone a llorar cada pocos minutos. Yo estoy sentada a su lado mientras me saco trocitos de cristal de la suela de la bota.

Alrededor de la medianoche, recibo un mensaje. Es de Lillia.

¿Dónde están?

Le contesto que en mi barco y que venga aquí cuanto antes. No tengo ni idea de qué hacer con Mary. ¿Le está dando una crisis nerviosa? ¿Debería llevarla al hospital o algo? No tiene ningún corte, pero me da miedo lo que veo en sus ojos.

Veinte minutos después, Lillia llega corriendo al muelle. Sin aliento. Me levanto.

—¿Cómo está?

Lillia se echa a llorar.

—Está en la UCI. —Se sienta y se abraza las rodillas. Se le está deshaciendo el chongo—. ¿Cómo se torcieron tanto las cosas?

Aparto la mirada.

—Fue culpa mía. Pensaba que habíamos conseguido suficientes votos.

Mary se limpia la nariz en el brazo.

—Yo le di la droga a Reeve. Yo soy la que le arrebaté el título a Rennie. Yo soy el centro de todo —dice con voz monótona.

—No te preocupes —intervengo—. Nadie va a sospechar de ti.

Lillia tiene la mirada perdida en el agua.

—Ni siquiera sé qué pensar. Puede que Reeve acabe paralítico, chicas.

Mary emite un ruidito.

—No está paralítico —afirmo con tanta confianza como puedo—. Confía en mí, Lil.

—Tú no lo viste. No lo sabes. —Niega con la cabeza mientras las lágrimas le corren por las mejillas—. Debería irme a casa. Seguro que mi madre me está esperando.

Casi le pido que espere, que deberíamos inventarnos una coartada. Pero, entonces, Mary interviene.

—Todo esto es culpa mía —asegura.

Lillia suspira y vuelve a negar con la cabeza. Se enjuga las lágrimas y dice:

—No es verdad.

Mary está temblando, encogida.

—Claro que sí —afirma, y me mira—. Y lo sé.

Busco el encendedor en mi bolsa y enciendo un cigarro.

—Fue culpa de todas —declaro. Doy una calada. Dejo que el humo me inunde el cuerpo—. Solo espero que salgamos impunes.